일본인이 죽는 법

34명의 유언시조로 보는 일본 역사와 문화 이야기

저자 **김조웅**

시사일본어사

그동안 아쉬움이 많았다. 한국에는 일본 역사와 관련한 책이 많이 나와 있다. 그러나 일본사의 절반을 차지하는 무사들의 역사에 대해서는 왜 충분한 페이지를 할애한 것이 없는 것일까? 일본 문화를 소개한다고 하면서도 일본 사회에 오늘도 살아 숨 쉬고 있는 에도 시대(1603~1868년)의 서민 문화에 대한 소개가 빈약할까?

일본의 역사나 문화에 대한 개론서는 한반도의 선진 문화가 일본에 미친 영향과 일본이 한반도를 침략한 역사 그리고 우리 선조들이 일본 사회에 남긴 발자취에 집중한 나머지 일본의 고유한 문화와 역사 서술에는 인색하다. 일본을 찾는 한국인 관광객은 많아졌으나 역사 탐방의 테마는 여전히 〈일본 속의 한국 문화를 찾아서〉가 주축을 이루고 있다.

50년 가까이 일본어를 가르치는 일에 종사하면서 느껴왔던 또 다른 아쉬움이 있었다. 흔히 언어는 문화라고 한다. 그러나 언어를 배운다고 해서 저절로 문화를 알게 되는 것은 아니다. 역사도, 문화도 관심을 가진 사람에게만 보이기 때문이다. 그동안 일본어 교육의 현장에서 심지어 일본 관련 학회나 세미나에서 일본어는 유창한데 일본과 일본인에 대한 이해가 매우 부족한 사람을 많이 보아 왔다. 〈언어를 배우는 것이 문화를 배우는 것이다〉라는 말은 새빨갛다고까지 할 수는 없더라도 노란 거짓말이라고 생각한다. 하지만 한 나라 한 민족을 이해하는 데 언어가 가장 유효한 도구임은 엄연한 사실이다.

일본의 역사와 문화가 그 여명기에는 모방 위주의 아류였다고 할 수 있으나 일본 글자인 가나(仮名)가 9세기에 만들어지고 가나로 쓰인 문학 작품들이 나타나기 시작한 10세기 무렵부터 일본 문화는 더는 다른 나라 문화의 아류가 아니게 되었다.

일본에서 태어나 대학 교육까지 일본에서 마치고 고국에 유학와서 대학원에서 한국 고전문학을 전공하면서 한일 양국의 고전문학의 모습이 확연하게 다르다는 것을 알게 되었다. 일본의 고전작품은 가나로 쓰인 것들이 주축을 이루는 데 비해 한국 고전문학은 한글로 쓰인 것보다 한문으로 쓰인 것이 압도적으로 많고 일본 고전문학에 대한 관심은 매우 한정적임을 실감했다. 학업을 마친 후 대학을 비롯한 여러 교육기관에서 일본어를 가르치며 차츰 일본 고전문학에 관심을 쏟게 되었다.

일본의 역사와 문화을 이해하기 위해서는 그 뿌리이자 줄기인 고전문학을 빼놓을 수가 없다. 그러나 관련 논문이나 전문 서적은 있어도 일본 고전문학에 쉽게 접근할 수 있는 교양서나 일반 서적이 없는 것이 늘 아쉬웠다.

이런저런 아쉬움이 쌓이는 동안 계속 주목해 온 일본 고전문학의 한 영역이 있었다. 이 책에서 그 일부를 소개하게 된 辞世(지세에)이다. 〈지세에〉는 일본인들이 죽기 전에 남기는 짤막한 시(詩)를 일컫는 말인데 일본인들이 지세에를 남기는 관습은 12세기경부터 있었다. 지세에는 가나로 쓰는 정형시이며 31자로 된 것은 辞世の歌(지세에노 우타), 17자로 된 것은 辞世の句(지세에노 쿠)로 지칭하기도 하는데 이 책에서는 두 가지 모두를 유언시조(遺言

時調)라는 이름으로 부르기로 했다. 우리 문학에도 시조(時調)라는 정통 단시(短詩)가 있기는 하지만 죽기 전에 유언같은 시조를 짓는 관습은 없다. 그렇기에 죽음을 앞두고 짓는 일본의 지세에를 가장 가까운 우리말로 옮기자면 유언시조란 호칭이 어울리지 않을까 싶다.

한국에서는 생경한 장르인 일본의 유언시조에 주목해 온 이유는 유언시조가 갖는 시(詩)로서의 매력과 더불어 이제까지의 일본 소개서가 소홀히 해왔던 무사들의 가치관이나 에도 시대의 서민 문화를 상징적으로 나타내거나 대변하기 때문이다. 유언시조를 짓는 관습은 현대에까지 이어지고 있으며 그 속에서 우리는 일본인들의 전통적인 가치관을 엿볼 수 있다.

다만, 이 책에서 다룬 유언시조는 34수에 불과하고 유언시조를 남긴 34명의 그 선별은 전적으로 필자 개인의 판단에 따른 것임을 밝혀두고 널리 양해를 구하는 바이다. 유언시조는 매우 짧은 시(詩)이므로 이에 대한 해설에는 지은이에 대한 소개와 그가 살았던 시대적 배경을 설명하였다. 인물에 따라서는 그가 겪은 역사적 사건이나 주변 인물에 관한 언급을 빠뜨릴 수 없어서 해설문의 길이가 들쑥날쑥해졌다. 골라 뽑은 34명은 시대 순서대로 책에 배열함으로써 일본 역사의 큰 흐름에 대해서도 통관(通觀)할 수 있도록 애를 썼으나 이 책의 목적은 어디까지나 일본인들이 죽음의 문턱에서 남긴 유언시조에 배어 있는 일본적인 것들을 살펴보는 데 있다.

아름다우냐 추하냐를 따지며 미(美)를 가장 중히 여기는 일본인들의 가치관은 옳으냐 그르냐를 따지며 선(善)을 최우선시하는 우리가 간과하기 쉬운 가치관이다. 그리고 부귀영화와 불로장수에 대한 갈망이 희박한 무사들의 전통과 일본인의 직업이나 기량 연마에 대한 구도(求道)적인 자세도 우리가 놓치기 쉬운 일본 문화의 단면들이다. 유언시조에 투영된 이러한 일본 문화의 특성을 부각하는 것은 한일 양국 간의 대화와 교류에 얼마간의 도움이 되지 않을까 주제넘은 기대도 해본다.

끝으로 이 책은 유언시조에 얽힌 일본인들의 인생 이야기 혹은 34명 각자를 주인공으로 하여 전개되는 일본 역사 이야기로도 볼 수 있으므로 순서는 무시하고 흥미를 끄는 인물부터 읽어도 상관이 없다. 하지만 우리에게 잘 알려지지 않은 인물도 많으므로 34명의 신분이나 직업, 성별과 서거한 나이와 그 사인(死因)에 대해 목차에 명시하였다. 사진 자료와 관련 지도도 가능한 한 많이 실었으니 가벼운 마음으로 읽어 주기 바라며 일본 시조에 관심이 있는 분이라면 이 책에서 다룬 83수를 모두 모은 권말 부록 〈와카와 하이쿠 일람〉부터 보아 주기를 바란다.

2024년 2월

1. 인물의 순서는 서거한 연도순으로 배열하였다. 다만 두 인물(제14화와 제27화)에 관해서는 앞뒤 인물과의 역사적 관련을 고려하여 순서를 바꾸었다.

2. 유언시조를 비롯하여 본문에 인용한 일본 시조들의 번역은 원문의 뜻과 뉘앙스를 전달하기 위해 의역하였다. 일본어를 아는 독자들에게는 참고가 되도록 일본어 원문도 함께 실었는데 원문의 고어(古語)는 그대로 놓아두고 히라가나 맞춤법만은 현행 맞춤법에 따라 표기하였다. 그리고 히라가나보다 한자로 표기하는 것이 적합하다고 생각되는 말은 한자로 표기하였다.

   ex 人は人なれ → 그대로 人は人なれ / 春死なむ → 春死なん /
   朝日ににほふ → 朝日に匂う

3. 일본 시조를 구성하는 5개 내지는 7개 음절의 마디에는 빗금(/)을 넣어 표시했고 일본어가 서툰 독자들도 원문의 말소리와 리듬을 음미할 수 있도록 원문을 로마자로도 표기하였다.

4. 이 책에서는 일본어 발음에 좀 더 가까운 한글로 표기하기 위해 일본어의 긴소리 등은 현행 외래어 표기법을 따르지 않았다.

   ex 오사카→오오사카 / 교토→교오토 / 메이지→메에지

5. 인명·지명을 포함하여 일본어로 기억해둘 만한 고유명사는 한자로 표기하고 괄호 안에 한글로 읽는 법을 명기하였다.

ex 鎌倉(가마쿠라) / 俳句(하이쿠) / 参勤交代(산킨코오타이)

다만 유언시조를 남긴 주요인물들의 이름은 목차 등에서는 먼저 한글로 표기하였다.

ex 아시카가 요시마사(足利義政)

6. 일본어로 기억해둘 필요가 없거나 한국어로 어느 정도 통용되고 있는 고유명사는 한글로 표기하고 괄호 안에 한자를 명기하였다.

ex 임제종(臨濟宗) / 금각사(金閣寺) / 명치유신(明治維新)

7. 본문 중의 연도와 날짜는 양력으로, 인물의 연령은 만 나이로 기재했으나, 특정할 수 없을 때는 단서를 달고 음력과 세는 나이로 기재하였다.

8. 역사의 무대가 된 중요한 장소 이름에는 오른쪽 어깨에 빨간색으로 숫자를 달았고 에도(江戸) 시중의 장소에는 파란색으로 알파벳을 달았다. 그것들의 위치 관계를 알 수 있도록 관련 약도를 본문 사이에 게재하였다.

목차

제 1 장

무사들의
정권 싸움 속에서

1 시모노세키(下関)
2 가마쿠라(鎌倉)
3 고야산(高野山)
4 이세신궁(伊勢神宮)
5 나라(奈良)
6 요시노(吉野)
7 사가미(相模)
8 아라이성(新井城)
9 시즈오카(静岡)
10 미키성(三木城)

11 돗토리성(鳥取城)
12 다카마츠성(高松城)
13 아즈치성(安土城)
14 사카이(堺)
15 나가오카교오(長岡京)
16 세키가하라(関ヶ原)

17 구마모토(熊本)번
18 오다와라성(小田原城)
19 이쥬우인(伊集院)
20 사츠마(薩摩)번 / 가고시마(鹿児島)
21 미야자키(宮崎)

교오토
고오베
요코하마
후쿠오카
에도(동경)
오오사카

제1화

날 저물어

나무 그늘 아래 잠자리 잡으면

내일도 모르는 몸

달래줄 이는 벚꽃이 되리라

yukikurete / kono shita kagewo / yadotoseba /
hanaya koyoino / aruji naramashi

行き暮れて / 木の下かげを / 宿とせば /
花や今宵の / あるじならまし

다이라노 다다노리
平忠度 (1144~1184년)

갑옷을 벗고
벚나무 밑에 앉은 다다노리의 모습
19세기의 화가 그림

죽음을 각오하고 싸움에 임하는 무사들 중에는 이승에 남기고 싶은 말을 시조로 짓는 이가 많았다. 그것을 품속에 넣거나 자기의 무구(武具)에 묶고 싸움터로 떠나는 이도 있었는데 平忠度(다이라노 다다노리)가 그랬다. 註

　1180년, 일본 무사 집단의 양대 세력인 平家(헤에케)와 源氏(겐지) 사이에서 자웅을 겨루는 전쟁이 일어난다. 다음해 1181년에 헤에케 쪽의 총수 平淸盛(다이라노 기요모리)가 병사하자 헤에케는 강력한 지도자를 잃게 되고 1184년에는 겐지 쪽의 우세가 짙어지는 가운데 지금의 神戸(고오베) 근교에서 양군이 맞붙게 된다. 그 싸움터에서 源氏(겐지)의 한 무사가 도망가는 平家(헤에케)의 장성급 무사와 격투 끝에 그의 목을 베는 공을 세운다. 죽은 적장의 화살통에는 쪽지가 하나 묶여 있었고 거기에는 시조 한 수와 지은이의 이름이 쓰여 있었다. 죽은 이는 淸盛(기요모리)의 이복동생 忠度(다다노리)였다.

　앞 페이지에 게재한 다다노리의 유언시조에는 후세 무사들의 유언시조같은 살벌함 대신 우아함을 잊지 않는 귀족적인 정취(情趣)가 느껴진다. 그는 용맹한 무장인 동시에 시조의 명수로도 이름이 높았다. 그는 겐지와의 전쟁 와중에 잠시 전선을 이탈하여 일본 시조의 당대 1인자였던 京都(교오토)의 조정 귀족을 찾아가 본인이 지은 시조 백 여수를 유품으로 맡길 정도로 시조에 대한 자부심과 애착이 강한 무장이었다. 문무양도에 뛰어난 인물을 잃었다고 하여 그의 죽음을 적군까지도 애도했고 다다노리의 목을 벤 겐지의 무장은 그의 명복을 빌기 위해 자기 고향에 공양탑을 세웠다. 다다노리가 죽고 1년이 지난 1185년 3월에 헤에케 세력은 下関(시모노세키)[1]까지 밀렸다가 명운을 건 마지막 싸움에서 패하여 멸망하고 만다.

　전쟁에서 승리한 겐지는 교오토를 본거지로 삼았던 헤에케와 달리 교오토에서 멀리 떨어진 横浜(요코하마) 남쪽의 鎌倉(가마쿠라)[2]에 무사정권을 세운다. 이후 1868년 명치유신 때까지 약 700년간 일본 사회는 무사들이 만든 법과 제도 아래 놓이게 된다. 우리도 고려 때 100년간의 무신정권 시대가 있었으나 일본은 무사들이 지배한 700년의 역사가 일본 역사의 절반을 차지하는 만큼 그 영향이 매우 컸다. 일본을 논할 때 일본인들의 머리와 마음속에 지금도 무사들의 가치관과 정서가 자리잡고 있음을 잊어서는 안 된다.

헤에케가 멸망한 후 『平家物語(헤에케 모노가타리)』라는 소설이 13세기 중반에 나오는데 이것은 "헤에케가 아니면 사람도 아니다"라는 말이 세간에 퍼질 정도로 벼슬을 독차지하고 영화를 누렸던 헤에케 가문이 멸망하는 과정을 그린 역사소설이다. 소설이기는 하지만 책으로 보급되기보다는 우리의 판소리처럼 구연으로 전국 각지에 전파되었고 맹인 스님들이 휴대용 악기인 비파(琵琶)를 뜯으며 장단을 맞추어 구연하였다.

○ 현재도 〈헤에케 모노가타리〉는 일본 전통 예능의 하나로서 비파를 뜯으면서 구연되고 있다.

"교만한 자 오래 가지 못하고 단지 짧은 봄밤의 꿈과 같도다. 용맹스러운 사람도 끝내는 쓰러지고 마나니 그저 바람 앞의 먼지와 같도다."라는 말로 시작되는 이 소설의 주제는 인생의 무상함이었으니 스님이 구연할 만하다. 하지만 서민들은 인생무상보다는 불꽃 튀는 무사들의 싸움과 그로 인해 펼쳐지는 그들의 흥망성쇠와 애환에 관심이 있었을 것이다. 이 『헤에케 모노가타리』가 전하는 여러 인물들의 인생과 일화는 요즘도 빛 바래지 않고 소설이나 드라마의 소재가 되어 인기를 모으고 있다.

여담이지만 매년 12월 31일이 되면 일본 NHK방송은 그해의 인기가수들을 모아 여자 가수들을 홍팀, 남자 가수들을 백팀으로 나누어 노래로 자웅

● 초등학교 운동회에서 홍색 모자를 쓴
팀과 백색 모자를 쓴 팀이 기마전 경기
를 하는 모습

을 겨루는 紅白歌合戰(고오하쿠 우타갓센)
이라는 가요프로그램을 방영한다. 그리고
체육대회 등에서 두 편으로 나누어 겨룰
때 한쪽을 홍팀, 다른 한쪽을 백팀으로 하
는 경우가 많은데 이것은 그 옛날에 헤에케
가 홍색 깃발을, 겐지가 백색 깃발을 각각
아군의 표식으로 세우고 싸웠던 데서 유래
한다. 헤에케와 겐지의 전쟁은 이미 800년

도 더 지난 옛이야기이지만 일본 사회에 지금도 그 흔적을 남기고 있다.

● 좀 더 알아봅시다

註 이 전통은 근래까지도 이어졌고 19세기 中野竹子(나카노 다케코)와
20세기 三島由起夫(미시마 유키오)의 사례를 이 책 제28화와 제33화에서
소개하였다.

제2화

비나이다 비나이다
벚꽃 나무 아래 누워 숨 거두기를
중춘이월(仲春二月) 보름달 뜰 무렵
때맞추어 가기를 비나이다

※ 仲春二月은 음력 2월. 중추명월의 仲秋는 음력 8월.

negawakuba / hanano motonite / haru shinan /
sono kisaragino / mochizukino koro

願わくば / 花の下にて / 春死なん /
その如月の / 望月のころ

사이교오
西行 (1118~1190년)

MOA미술관 소장의 초상화

이 시조는 西行(사이교오) 법사가 입적한 1190년 당시에 이미 유명하였으며 지금도 많은 사람들에게 사랑받는 유언시조이다. 본인의 소원대로 음력 2월 16일 벚꽃이 피고 보름달이 뜰 무렵에 사이교오는 눈을 감았고 그날은 석가모니가 열반한 날이기도 해서 그의 명성은 한층 더 높아졌다고 한다. 사이교오는 승려였지만 일찍부터 시조 작가로서 이름이 나 있었다. 2,300수나 되는 그의 시조는 역대 여러 시조집에 수록되어 있으며 1000년이 넘는 일본 시조 역사에 가장 유명한 작가 중 한 사람으로 꼽힌다.

그런데 원래 사이교오는 무사 계급 출신이었다. 교오토에서 천황을 호위하는 무사단으로 선발된 적도 있었는데 같은 시기에 제1화에서 언급한 平清盛(다이라노 기요모리)도 호위 무사로 천황을 모시고 있었다고 한다. 1118년 생으로 사이교오와 동갑내기인 기요모리는 그 후 천황의 외조부가 되고 실권을 장악하여 平家(헤에케)의 총수로서 영화를 누리다가 1181년에 타계한다. 사이교오는 기요모리와 달리 20대 초반인 1140년에 무사 신분을 버리고 출가하여 승려가 되어서 현세의 영달과는 거리가 먼 삶을 살았다.

출가한 사이교오는 진언종(眞言宗)의 성지인 고야산(高野山)[3]에 들어가 불법 수행을 하는데 간간이 일본 각지를 순례하면서 많은 시조를 지었다. 그중 이세신궁(伊勢神宮)[4]을 참배했을 때 지은 다음 시조는 일본인들의 종교관을 대변한다고 해서 자주 거론된다.

여기 계신 분 뉘신지 모르오나 /
황송하고 감사한 마음에 / 눈물 금할 길 / 없나이다
何事の / おわしますをば / 知らねども /
かたじけなさに / 涙こぼるる

이세신궁은 알다시피 천황의 조상신이자 일본 토착신앙인 神道(신토오)의 최고신인 天照大御神(아마테라스 오오미카미)을 모신 곳이라 그곳에 충만한 신성한 기운을 감지했을 수는 있으나 불교를 믿는 승려가 황송함을 느끼며 감격의 눈물까지 흘린다는 것은 너무 나간 것 같지만 일본인들의

◎ 이세신궁 입구의 현재 모습
국민적 신앙의 대상으로 해마다 수백만 명의 참배객이 몰린다.

정서는 이것을 충분히 용납할 수가 있으며 이 시조 또한 많은 사람에게 사랑받고 있다.

일본 시조인 和歌(와카)는 5·7·5·7·7의 31자로 구성되어 45자 안팎의 우리 시조보다 더 짧다. 우리 시조도 오랜 역사가 있으나 시조집이 엮인 것은 1728년의 『청구영언(靑丘永言)』이 처음이다. 와카는 천황의 명으로 상당히 오래전부터 와카를 모은 가집이 편찬되었다.

와카의 가집 편찬은 국가사업이었다. 905년의 『고금집(古今集)』을 비롯하여 1439년까지 모두 21종의 와카 가집이 천황의 명으로 편찬되었고 여기에 본인의 시조가 수록된다는 것은 그 당시의 귀족을 중심으로 한 시조작가들에게는 큰 영예였다. 여러 와카 가집에 사이교오의 시조는 모두 265수가 수록되었는데 그중에서도 수작이 많은 것으로 유명한 『신고금집(新古今集)』(1216년)에는 94수가 실려 있어 가장 많은 와카가 수록된 작가로 꼽히는 등 사이교오는 일본 시조 역사에 큰 발자취를 남겼다.

와카는 히라가나로 쓰였다. 앞서 소개한 『고금집』의 서문(序文)도 히라가나로 쓰여 있기 때문에 히라가나가 만들어진 것은 9세기로 추정된다. 한편 와카보다 훨씬 이전인 7세기 후반에는 일본에서도 한시(漢詩)를 지었으며 751

년에는 일본인들의 한시를 모은 한시집이 편찬되었고 9세기에는 천황의 명으로 3종의 한시집도 연이어 편찬된다. 하지만 그후 한시를 짓는 일은 소수의 지식계층 사이에서만 행해졌고 10세기부터는 와카가 일본 시문학(詩文學)의 본류가 되었다.

오늘날에도 해가 바뀌고 정월 중순이 되면 일본 황실은 와카를 낭송하는 歌会始(우타카이 하지메)라는 행사를 개최한다. 천황이 사는 황거 안에 행사장이 마련되고 공모작 중 우수작으로 뽑힌 일반인들의 와카와 천황과 황족들이 지은 와카가 낭송되는데 이 우아한 황실의 전통 행사는 NHK 등을 통해서 전국에 중계되기도 한다.

와카를 짓거나 감상하는 사회인들도 많고 서점에는 와카 작가들의 가집이나 와카 짓는 교본류가 진열되어 있다. 일본 시조인 와카는 사람들의 마음을 담고 정서를 노래하는 시(詩)로서 계승되고 오늘에 이르기까지 일본 시문학의 한 영역을 확실하게 차지하고 있다.

제3화

주저없이 떠나노라
살아서는 돌아오지 않기로 맹세한
우리 모두의 이름을 예 남기고

kaerajito / kanete omoeba / azusayumi /
naki kazuni iru / nawozo todomuru

帰らじと / かねて思えば / 梓弓 /
なき数に入る / 名をぞとどむる

구스노키 마사츠라
楠木正行 (1320?~1348년)

화살촉으로 시조를 새긴
마사츠라의 모습을 그린 19세기의 목판화

이 시조를 지은 正行(마사츠라)는 楠木正成(구스노키 마사시게)의 아들로 아버지와 더불어 적의 대군과 맞서 여러 번 승리를 거둔 명장으로 이름이 높다. 부자가 모두 천황에게 충성을 다하여 목숨을 바쳤다고 해서 충신 중의 충신으로도 이름을 남겼다.

마사츠라는 足利尊氏(아시카가 다카우지)와의 싸움에서 전사한 아버지의 유지를 받들어 다카우지와 싸우기 위해 1347년 9월에 출사표를 던진다. 그러나 이미 쇼군직에 올라 교오토에 무사정권을 수립했던 다카우지에 비해 병력이 절대 열세였다. 싸움이 벌어진 첫해에는 여러 번 적군을 격파하며 다카우지의 간담을 서늘케 하였으나 다음해 2월에 벌어진 전투에서 패하고 마사츠라는 아버지가 그랬듯이 싸움터에서 자결한다.

이 마지막 싸움에 출진할 때 마사츠라는 奈良(나라) 남쪽의 吉野(요시노)⁵⁶를 찾아가 아버지가 모셨던 後醍醐(고다이고) 천황의 능을 참배한 후 그 능을 지키는 여의륜사(如意輪寺)의 벽면에 동행한 143명의 이름을 적고 절의 문짝에는 이 유언시조를 화살촉으로 새겼다고 한다. 그 일화를 그린 것이 앞 페이지의 목판화이다.

이에 앞선 1336년에 아버지 正成(마사시게)가 천황의 명을 받아 다카우지 토벌에 나설 때 벌써 전세는 패배가 거의 확실한 상태였기 때문에 마사츠라는 아버지를 혼자 보낼 수 없다며 함께 출진하게 해달라고 간청한다. 그러나 그때 이미 싸움에서 죽기를 각오한 아버지는 "너는 고향으로 내려가 힘을 길러 훗날에 반드시 다카우지를 몰아내라"고 타이른 후 마사츠라의 읍소를 뿌리치고 출진한다. 이때 마사츠라의 나이는 겨우 10살이었다고 해서 이 부자의 이별은 사람들의 눈물샘을 자극하는 일화로 후세에 남게 된다.〔註〕

이 楠木(구스노기) 부자의 삶을 전하는 『太平記(다이헤에키)』는 제1화에서 소개한 『平家物語(헤에케 모노가타리)』와 쌍벽을 이루는 역사소설로 1318

년경부터 1368년경까지의 일본 역사를 그리고 있다.『다이헤에키』에 담긴 이 50년 동안은 일본 역사가 크게 요동친 시기였다.

平家(헤에케) 정권을 쓰러뜨리고 12세기 말에 鎌倉(가마쿠라)에 본격적인 무사정권인 가마쿠라 막부를 세운 源氏(겐지)도 13세기 후반에는 엄청난 국난을 겪는다. 몽고족의 원(元)나라와 고려 연합군이 침공해왔기 때문이다. 이를 겨우 막아내기는 했으나 이 전쟁은 전국 각지에서 동원된 무사들에게 큰 부담만 안겨 주었다. 적을 몰아내기만 했을 뿐 전리품은 없는 싸움이었기에 가마쿠라 막부가 그들의 공로에 따라 나누어줄 새로운 영토나 재물은 생기지 않았던 것이다. 그 결과, 무사들의 불만이 고조되어 가마쿠라 막부의 지배력이 약화하기 시작한다.

1333년에 이르러 천황의 권력을 회복하려는 後醍醐(고다이고) 천황이 楠木正成(구스노키 마사시게)를 비롯한 무사들을 동원하여 가마쿠라 막부를 멸망시키고 교오토에 천황정권을 수립한다. 이 천황정권은 불과 3년 만에 와해되지만 이 3년짜리 정권은 700년의 무사 통치를 중단시킨 유일한 사례이다.

◦ 천황에게 충성을 다한 正成(마사시게)의 동상
동경역 앞 황거 광장에 서 있다.

1336년 고다이고 천황의 천황정권을 와해시킨 足利尊氏(아시카가 다카우지)가 교오토에 천황을 새로 옹립하고 1338년에는 쇼군직에 올라 아시카가 정권을 수립한다. 하지만, 새로 옹립된 천황의 정통성을 인정하지 않는 세력은 고다이고 천황의 자손을 모시고 奈良(나라)[5] 남쪽의 吉野(요시노)[6]에서 아시카가정권과 대치하게 된다. 그 대치상황 속에서 벌어진 싸움이 1347년에 마사츠라가 일으킨 싸움이었다. 그 이후에도 크고 작은 무력 충돌이 양쪽 무사들 사이에서 계속된다. 교오토의 천황 측을 북조(北朝), 요시노의 천황 측을 남조(南朝)로 하여 그 정통성을 놓고 무사들이 전쟁을 거듭하던 남북조 시대는 1392년에 군사력에서 뒤져 있던 남조가 북조의 천황에게 천황의 자리를 양위함으로써 막을 내린다.

이 얽히고설킨 정권 교체극을 전하는 역사소설 『太平記(다이헤에키)』는 일본이 다시 혼란기에 빠져드는 전국시대(1467~1591년)가 되면서 무사들 사이에서 병법서(兵法書)로 주목 받게 되었다. 40권의 장편 『다이헤에키』에 나타나는 수많은 전쟁과 권모술수의 이야기들이 전국시대를 살아야 했던 무사들의 지침서가 된 것이다.

● 좀 더 알아봅시다

註 교오토와 오오사카 사이에 桜井(사쿠라이)라고 하는 곳이 있는데 거기서 마지막 대면이 있었다고 해서 두 부자의 이별은 후세에 桜井の別れ (사쿠라이노 와카레)라고 불리며 충효 사상의 귀감이 되었다. 그런데 역사가들 사이에서는 출생연도가 분명치 않은 正行(마사츠라)의 당시 나이에 관해서는 관련 문헌들을 참고로 하여 스무 살 정도로 보는 견해가 많다.

제 **4** 화

빌린 다섯(地·水·火·風·空) 중에

넷을 돌려주고

텅 빈 공(空)만 챙겨 본래 모습 찾아가리

karlokishi / itsutsuno monowo / yotsu kaeshi /
honrai kuuni / imazo motozuku

借りおきし / 五つのものを / 四つ返し /
本来空に / 今ぞ基づく

잇큐우
一休 (1394~1481년)

동경국립박물관 소장의 초상화

잇큐우는 선종(禪宗)의 한 종파인 임제종(臨濟宗)의 스님으로 88세까지 살면서 많은 일화를 남겼다. **註1** 6세에 절에 들어가 22세에 교오토의 명찰 대덕사(大德寺)의 스님 밑에서 수행한다. 그가 27세가 되었을 때 스승은 수행을 마쳤다는 증명서인 인가장(引可狀)을 주려고 했으나 권위나 허례를 싫어하는 잇큐우는 이를 마다한다.

그 후 잇큐우의 이단아적인 행동은 잦아지고 35세가 되자 대덕사를 떠나 술도 마시고 여자와도 관계를 맺는 파계승 생활을 시작한다. 만년에는 맹인 여성과 한 지붕 밑에서 살기도 했다. 앞 페이지의 초상화에서 볼 수 있듯이 그는 삭발도 하지 않고 평소에 남루한 옷을 입고 지냈다고 한다.

잇큐우는 어릴 때부터 신동이라는 말을 듣고 자랐다. 그가 13세에 지은 한시(漢詩)는 이미 주위 사람들을 놀라게 하는 수준이었다고 하는데 그가 만년에 남긴 한시집(漢詩集)에는 구법하는 수행승다운 한시도 있으나 당시 불교계의 위선과 타락을 풍자하거나 자신의 음탕한 생활을 적나라하게 묘사한 칠언절구(七言絶句)가 점철되어 있다. **註2**

잇큐우는 한시와 더불어 和歌(와카)도 여러 수를 남겼는데 그의 와카는 개인의 심상이나 정서를 노래한 것이 아니라 와카의 형식을 빌려서 사람들을 인도하는 내용으로 되어 있다. 다만 스님의 설법치고는 내용이 특이하고 파격적이다.

> 설날은 / 저승길로 가는 이정표라 / 반갑기도 하고 /
> 반갑지 않기도 하구나
> 門松は / 冥土の旅の / 一里塚 / めでたくもあり / めでたくもなし

잇큐우는 정초에 사람의 두개골을 지팡이에 꽂고 교오토 거리를 위 시조를 읊으며 "정신 차리시오, 정신 차려요!"하고 다녔다고 한다. 그런가 하면 불교를 스스로 폄훼하거나 불교 종파끼리 비방하는 것을 야유하는 듯한 시조도 남겼다.

> 석가모니라는 장난꾸러기가 / 이 세상에 나타나 /
> 많은 사람을 헷갈리게 하네
> 釈迦という / いたずら者が / 世に出てて /
> 多くの人を / 迷わするかな

> 오르는 길은 / 저마다 다르더라도 /
> 정상에서 보는 달은 / 같은 달이로다
> 分け登る / 麓の道は / 多けれど / 同じ高嶺の / 月をこそ見れ

그때 당시의 불교계에서는 여자들이 극락왕생하는 일은 없다고 하는 종파도 많았는데 잇큐우는 시조 속에서 이렇게 말한다.

> 여자는 불법(佛法)의 보고(寶庫)라고 / 해야 하느니라 /
> 석가모니도 달마대사도 / 쑤욱쑥 낳았으니
> 女をば / 法の御藏と / 言うぞ實に /
> 釈迦も達磨も / ひょいひょいと産む

잇큐우가 살았던 시대는 한 마디로 불안한 시대였다. 足利尊氏(아시카가 다카우지)가 세운 무사정권도 서서히 쇼군의 권세가 기울어지기 시작하면서 1441년에는 6대째 쇼군이 부하 무장에게 암살되는 사건마저 일어난다. 그 후에도 쇼군의 후계자 문제와 정권 내부의 주도권 싸움은 끊이지 않았고 1467년부터는 11년간이나 계속되는 내란(応仁の乱/오오닌노란)이 일어나 정권의 중심지인 교오토는 황폐화하고 그 와중에 많은 절이 소실된다.

잇큐우가 수행을 쌓던 임제종(臨濟宗)은 12세기 말부터 무사정권의 비호를 받아 잇큐우가 태어난 14세기 말에는 일본 불교계를 주름잡는 거대 종단이 되어 있었다. 임제종 스님 가운데는 정권에 아부하거나 부귀영화를 누리려는 타락한 스님들이 많았고 계속되는 정세 불안과 난리 속에 서민들의 생활은 불안정하고 불만은 날로 쌓여가는 시대이기도 하였다.

그런데 잇큐우에게는 천황과 궁녀 사이에서 태어난 천황의 숨겨진 자식이라는 소문이 따라다녔다. 그는 귀하신 몸이기도 했다. 실제로 1474년, 그의 나이 81세에는 천황의 명을 받아 임제종의 명찰 대덕사(大德寺)의 제5대 주지스님이 되는데 이는 応仁の乱(오오닌노란)으로 소실된 대덕사를 재건하는 성금을 모으기 위해 잇큐우의 명망을 이용한 것이라고 보는 시각이 많다. 그는 부유한 상인들의 돈을 모아 재건 사업을 무사히 마쳤으나 대덕사에서 살지는 않고 교오토 남쪽에 있는 암자에서 앞서 말한 맹인 여성과 함께 살다가 그곳에서 입적했다고 전해진다.

권위와 권세를 멀리했을 뿐만 아니라 그것을 비판하고 야유했던 잇큐우는 그의 파계승 행적과 기행(奇行)에도 불구하고 서민들 사이에서 인기가 높았다. 오늘날에도 고상함과 저속함이 뒤섞인 한시집이나 특이하고 파격적인 와카, 그리고 자유 활달하게 휘호한 글씨를 남긴 희대의 이단아였던 잇큐우에 대한 관심과 인기는 사그라지지 않고 있다.

잇큐우에 대한 이런 일화도 있다. 어느 날 어떤 부자 상인이 잇큐우를 찾아왔다. 보따리 속에서 말이 그려진 멋진 그림을 꺼내서 그림을 칭송하는 찬(讚: 칭찬의 말)을 써 줄 것을 청했다. 잇큐우는 그 멋진 말 그림에 「말이네, 이건」이라고 써 주었다. 기가 막힌 부자는 잇큐우의 친구 스님에게 가서 다시 찬(讚)을 써 달라고 했다. 친구 스님은 잇큐우가 쓴 멋진 글을 보고 자신도 멋지게 써 주었다. 「그러네, 이건」

고승이라는 명성만 믿고 잇큐우를 찾아간 부자가 잘못이었다.

● 좀 더 알아봅시다

註1 잇큐우의 나이는 모두 세는 나이임.

註2 잇큐우는 네 권의 한시집을 남겼는데 대표작 『광운집(狂雲集)』에 있는 한 수를 소개하면 아래와 같다.

住庵十日意忙忙 이 암자에 와서 열흘 동안 아주 정신이 없었다

脚下紅糸線甚長 난 아직 수행이 부족해서 늘 속세가 그립다네

他日君來如問我 자네가 언젠가 여기 와서 나를 찾아도

魚行酒肆又娃坊 난 맛집이나 주막 아니면 사창가에 있을테니 못 만날 걸세

제5화

세상만사 허무한 꿈인 걸 깨달으니

시름이 이 몸 어디 있으며

이 몸에 기쁨이 어디 있으리

nanigotomo / yume maboroshito / omoishiru /
miniwa ureimo / yorokobimo nashi

何事も / 夢まぼろしと / 思い知る /
身には憂いも / 喜びもなし

아시카가 요시마사
足利義政 (1436~1490년)

요시마사가 창건한 은각사(銀閣寺)

체념이 짙게 깔린 이 시조는 쇼군 足利義政(아시카가 요시마사)의 유언시조이다. 그 생애를 들여다보면 그의 심경도 이해할 만하다.

그가 8대 쇼군직에 올랐을 때는 3대 쇼군인 할아버지 義滿(요시미츠)가 누리던 足利(아시카가)정권의 전성시대는 이미 지나갔고 부하 무장에게 암살당한 6대 쇼군인 아버지 義敎(요시노리)의 뒤를 이은 형(7대 쇼군)도 일찍 세상을 뜨는 바람에 요시마사는 13세의 나이로 제8대 쇼군이 되었다. 정권 전반기에는 쇼군의 실권을 회복하고 재정도 다시 안정시켰으나 차츰 거세지는 정권 내부의 주도권 싸움을 통제하지 못하여 1467년에 내란(応仁の乱 / 오오닌노란)이 일어난다. 이 내란이 11년간이나 계속되는 바람에 정권의 중심지인 교오토는 황폐화하고 쇼군의 권세는 약화한다.

이 와중에 요시마사의 정실부인 히노토미코(日野富子)는 서로 대립하는 양쪽 무사단에 군자금을 대주면서 이자놀이를 하고 쌀을 매점매석하여 투기하는 등 사욕을 채웠다. 부인 토미코와의 갈등은 요시마사가 죽을 때까지도 계속된다. 요시마사가 퇴위한 후 실권은 서서히 토미코의 손으로 넘어가게 된다. 8살이라는 어린 나이에 요시마사로부터 9대 쇼군직을 물려받은 義尙(요시히사)는 어머니 토미코의 통제하에 놓여 있었고 요시히사가 23세로 병사하자 다음 10대 쇼군의 자리는 토미코 여동생의 아들 차지가 된다. 같은 해 1489년 8월에 요시마사는 중풍으로 쓰러졌고 10월에 한 번 더 쓰러졌다가 다음 해인 1490년에 타계한다. 54세였다.

요시마사가 살았던 시대는 일본 역사에서 室町(무로마치)시대라고 부른다. 무사정권의 중앙청인 막부(幕府)가 교오토의 무로마치라는 구역에 있었기 때문이다. 막부라는 말은 무사정권 자체를 가리키기도 하므로 足利尊氏(아시카카 다카우지)가 세운 무사정권은 足利(아시카가) 막부라고도 하고 室町

(무로마치) 막부라고도 부른다. 註

　무로마치시대(1338~1573년)라고 하는 235년의 기간에는 제3화에서도 보았듯이 천황 가문이 둘로 분열되어 두 천황이 병립하는 남북조 시대(南北朝時代 1337~1392년)와 전국 각지에 무사단이 할거하는 전국시대(戰國時代 1467~1591년)가 공존한다. 그래서 남북조 시대와 전국시대 사이에 낀 약 80년간만을 무로마치시대라고 부를 때도 있다.

　무로마치 막부는 235년에 걸쳐 쇼군직을 유지하기는 했으나 군사력과 재정 기반이 약해서 지방 무사 세력을 완전히 제압하지 못하고 그들의 도움을 얻으면서 전국을 통치하였다. 그러다 보니 무로마치시대에는 반란이나 내란이 잦았다. 그러나 한편으로는 각종 기술의 발달로 농작물의 생산량이 크게 늘고 화폐가 전국에 유통되기 시작하였고 일본의 고유문화가 발흥했다는 점에서 중요한 시대이기도 했다.

　오늘날까지 이어지는 일본의 전통 예능과 문화 양식, 즉 가면극인 能(노오), 차를 마시면서 정신수양을 하는 茶道(사도오), 꽃꽂이 華道(가도오) 등이 모두 무로마치시대에 비롯되었다. 일본을 대표하는 아름다운 건축물인 금각사(金閣寺)는 요시마사의 할아버지인 義滿(요시미츠)가 지었고 은각사(銀閣寺)는 요시마사 자신이 창건하였다. 금박으로 장식하여 금색이 빛나는 금각사에 비해 외국인 관광객들에게 인기는 덜하지만, 은각사의 수수한 아름다움도 또 다른 일본미를 구현하고 있어 충분히 매력적이다.

　건축과 더불어 정원도 무로마치시대에 일본 고유의 양식이 나타났다. 교오토 용안사(龍安寺)의 정원이 가장 유명한데, 이 하얀 모래와 몇 안 되는 돌덩이만으로 구성된 텅

빈 뜰은 다른 선종(禪宗) 사찰에서도 흔히 볼 수 있다. 선종은 서방정토(西方淨土)를 꿈꾸고 극락왕생(極樂往生)을 염원하는 불교의 다른 종파와 달리 제4화 잇큐우의 유언시조가 말하는 공(空) 즉, 〈모든 것이 사라지고 아무 것도 없는 정신세계〉를 추구하며 좌선(坐禪/앉아서 마음을 비우는 수행)을 통해서 깨달음을 얻고 성불(成佛/부처가 됨)을 하는 것을 목표로 삼는다고 한다.

○ 일본 선종의 한 종파인 조동종(曹洞宗) 스님들이 좌선하는 모습. 일본 선종은 ZEN이라고 지칭되어 1960년대에 미국에서 붐을 일으킨 적이 있었고 근래에 와서도 애플의 스티브 잡스 등이 신봉자가 되었다.

선종은 가마쿠라(鎌倉) 시대부터 무사 계급의 지지를 받아왔고 무사들의 사생관(死生觀)에 큰 영향을 미쳤다. 요시마사도 그 예외가 아니라고 본다면 그의 유언시조 《시름이 이 몸 어디 있으며 / 이 몸에 기쁨이 어디 있으리》라는 말을 체념이나 탄식이 아니고 모든 것이 사라진 공(空)의 경지를 말한 것으로 봐야 할 것 같다.

● 좀 더 알아봅시다

註 무로마치 막부는 일본에서 두 번째로 탄생한 무사정권이다. 다만, 源氏(겐지)와의 싸움에서 진 平家(헤에케) 정권을 첫 번째로 보고 겐지가 세운 鎌倉(가마쿠라) 막부를 두 번째, 무로마치 막부를 세 번째로 보는 학자도 있다.

제6화

칼로 베는 자 칼에 맞는 자
모두가 한낱 토기 그릇
산산이 부서져 흙으로 돌아가리니

utsu monomo / utareru monomo / kawarakeyo /
kudakete nochiwa / motono tsuchikure

討つ者も / 討たれる者も / かわらけよ /
砕けて後は / もとの土くれ

미우라 도오순
三浦道寸 (1457?~1516년)

미우라 도오순의 모습
19세기 중엽에 출판된 책의 삽화

이 살벌한 시조를 남긴 三浦道寸(미우라 도오순)은 무로마치시대 후반기 즉 전국시대의 무장이다. 무로마치 막부의 지배력이 약화됨에 따라 시작된 전국시대는 말 그대로 일본 각지에서 죽고 죽이는 전란이 이어지는 살벌한 시대였다.

도오순은 요코하마 서쪽에 있는 相模(사가미)[7] 지역을 통치하는 무사단의 수장이었는데 1512년에 그들의 서쪽 지역을 통치했던 北条早雲(호오조오 소오운) 세력으로부터 침공당하여 퇴각하다가 바닷가 절벽 위에 세워진 新井城(아라이성)[8]이란 성에서 농성에 들어간다. 이 작은 항만을 내려다보는 성에서 3년을 버티지만 마지막에는 성에서 나와 사투를 벌이다가 도오순은 이 유언시조를 남기고 싸움터에서 할복한다. 마지막 전투는 매우 치열했고 엄청난 피가 바다로 흘러들어 부근의 항구는 피와 사람의 몸에서 나온 기름으로 뒤덮였다고 전해진다. 아라이성 부근의 작은 항만을 油壺灣(아부라츠보완)이라고 이름 지었는데 '기름항아리의 만'이라는 뜻의 이 이름은 500년 전의 참혹한 전투에서 유래한 것이다.

도오순을 멸망시킨 北条早雲(호오조오 소오운 / 1456?~1519년)은 무로마치 막부의 일개 가신이었는데 富士山(후지산)이 있는 静岡(시즈오카)[9] 지역을 통치했던 今川(이마가와) 가문에서 후계자 싸움이 일어났을 때 큰 공을 세우고 영지를 하사받아 기반을 잡았다. 그런데 今川(이마가와) 가문의 신하가 된 早雲(소오운)은 그 후 부하 무장이라는 틀에서 벗어나 스스로의 군사력을 키워 동쪽으로 영토를 확장해 간다. 1516년에는 앞서 말한 대로 相模(사가미) 지역까지 손에 넣고 그 지역 일대의 큰 영주가 되었다. 일본의 역사는 하극상(下剋上)으로 영주가 된 早

ㅇ 호오조오 소오운의 동상

雲(소오운)을 최초의 전국대명(戰國大名)으로 기록하고 있다.

　그런데 三浦道寸(미우라 도오순)도 원래 출신은 사가미 지역을 통치했던 미우라 가문의 양자였다. 미우라 가문에 친자가 생긴 후에는 불화가 생겨 가문의 수장 자리를 놓고 다투다가 마침내 1494년에 양아버지 부자를 무력으로 몰아내고 그 자리를 차지한 인물이었다. 전국시대에는 이렇게 출세하는 사례가 비일비재했다.

　한편 도오순을 양자로 보냈던 扇谷(오오기가야츠) 가문에는 太田道灌(오오타 도오칸 / 1432~1486년)이라는 가신이 있었다. 도오칸은 扇谷(오오기가야츠)의 가신단을 이끄는 대장으로 수많은 싸움에서 공을 세워 가신들 사이에서도 신망이 높았다. 하지만 그의 모반을 우려했던 주군은 자객을 보내서 그를 제거한다. 어릴 때부터 한학(漢學)을 공부하여 학식도 높았다는 太田道灌(오오타 도오칸)은 그렇게 죽었다. 그가 암살될 때 읊었다고 하는 다음과 같은 시조가 남아 있다.

---

　① 불시에 변을 당하면 오죽이나 목숨이 아까우랴

　　かかる時 / さこそ命の / 惜しからめ

　② 언제 어디서나 죽을 각오가 되어있지 않았더라면

　　かねてなき身と / 思い知らずば

　자객이 목욕하고 나오는 도오칸을 창으로 찌르면서 시조의 전련(①)을 그에게 건네자 도오칸은 그 창을 붙들고 후련(②)을 읊으며 절명했다는 이야기가 전해진다. 도오칸이 아무리 和歌(와카)에 뛰어난 재능이 있었다 하더라

도 급습당해 죽는 순간에 시조를 짓는 것은 불가능하다. 이 시조는 그가 23세 때 전쟁터에서 나이 어린 무사가 죽은 모습을 보고 그를 불쌍히 여겨 추도하는 마음으로 지은 것이라는 견해가 맞을 것이다. 그렇지만 이 시조를 도오칸의 유언시조로 삼자는 의견이 많다. 그는 반평생을 전쟁터에서 보냈으며 무사로서의 각오를 잊은 적이 없는 무장으로 알려져 있기 때문이다.

　그나저나 道灌(도오칸)도, 무雲(소오운)도, 道寸(도오슌)도 한시도 방심할 수 없고 죽음을 각오하고 지내야 하는 시대를 살았다. 그러나 그들이 살았던 시대는 아직 전국시대의 초반기에 불과했다. 그들이 모두 흙이 되고 난 다음에도 일본은 1591년 豐臣秀吉(도요토미 히데요시)가 천하를 통일할 때까지 피를 피로 씻는 살벌한 전란의 시대가 이어진다.

　오오타 도오칸의 초상화

제7화

이제 가노라
수많은 목숨 대신하여 내 몸 바치러
원한도 모두 내려놓고

imawa tada / uramimo araji / morobitono /
inochini kawaru / wagamito omoeba

今はただ / 恨みもあらじ / もろびとの /
命に代わる / わが身と思えば

벳쇼 나가하루
別所長治 (1558~1580년)

나가하루가 농성했던
옛 성터에 세워진 석상

別所長治(벳쇼 나가하루)의 최후는 기억될 만하다. 神戸(고오베) 서쪽 지역의 영주였던 나가하루는 豊臣秀吉(도요토미 히데요시)의 공격을 받고 2년 가까이 본거지인 三木城(미키성)에서 농성하며 싸웠는데 더 이상 버틸 수 없게 되자 1580년 항복을 결심한다. 그때 그는 자기 목숨을 내놓는 대신 성 안에 있는 병사들은 살려줄 것을 히데요시에게 부탁한 후 이 시조를 남기고 할복한다. 그의 나이 22세 때의 일이었다.

1573년 織田信長(오다 노부나가)는 제15대 쇼군 足利義昭(아시카가 요시아키)를 교오토에서 추방함으로써 무로마치 막부를 붕괴시킨다. 이어 1577년부터는 서일본 일대를 지배하고 있던 毛利(모오리) 세력과 싸움을 벌이기 시작한다. 이 각축전은 5년 가까이 계속되는데 노부나가와 모오리의 틈바구니에서 모오리 편에 선 나가하루는 1578년 노부나가 산하 히데요시의 군사 2만 명의 공격을 받는다.

나가하루는 三木城(미키성)에서 농성하면서 모오리 쪽에서 보내올 군량미를 기다렸으나 히데요시가 군량미 수송길을 모두 차단한다. 1579년에는 포위망을 뚫기 위하여 성 밖으로 결사대가 치고 나갔지만 2,500명이 섬멸되고 만다. 모오리는 모오리대로 8,000명을 동원하여 또다시 군량미 보급을 시도하였으나 역시 실패하고 만다. 식량이 모두 바닥이 나자 성안에서는 풀뿌리, 나무껍질, 생쥐, 군마까지 먹는 지경에 이르렀고 이를 눈치챈 히데요시는 1580년 해가 바뀌자마자 나가하루에게 성을 넘기고 항복할 것을 종용한다. 이에 나가하루는 자기의 할복 약속과 병사들의 구명 요청을 담은 서신을 히데요시에게 보낸다.

히데요시는 이를 받아들이고 장기간에 걸친 농성을 위로하는 술과 먹을 것을 미키성에 보낸다. 나가하루는 몸을 씻고 향을 피우며 처자식을 먼저 죽인 다음 두 살 아래의 남동생과 둘이 나란히 앉아 차례로 할복했다고 한

○ 나가하루와 동생이 할복하는 모습을 그린 에도시대 그림

다. 그날 성문이 열리자 병사들은 창과 칼을 지팡이 삼아 귀신과 같은 모습으로 성 밖으로 걸어 나왔다고 전해진다.

織田信長(오다 노부나가)의 명을 받아 시작된 히데요시의 毛利(모오리) 정벌은 그 후에도 계속되고 미키성이 함락된 다음 해인 1581년에는 鳥取城(돗토리성)[11]이, 그 다음 해 1582년에는 松高城(다카마츠성)[12]이 함락되었다.

이 두 싸움에서도 히데요시는 미키성 때와 마찬가지로 兵糧攻め(효오로 오제메)라는 전술을 썼다. 즉, 성을 포위한 다음 식량 보급로를 차단함으로써 적의 전투력을 와해시켜 항복하게 하는 전술이다. 히데요시는 시간은 걸리지만 자기 편의 전력 손실을 최소화할 수 있는 이 전술을 자주 그리고 능숙하게 썼다.

鳥取城(돗토리성)과 高松城(다카마츠성) 싸움에서도 성주들은 자기 목숨을 바치고 병사들의 목숨을 구했다. 돗토리성에서는 吉川経家(깃카와 츠네이에)가, 다카마츠성에서는 淸水宗治(시미즈 무네하루)가 할복했다. 할복하기 전에는 두 사람 다 무사의 기개를 느끼게 하는 유언시조를 남겼다.[註 1]

노부나가는 돗토리에서 보내온 経家(츠네이에)의 목을 확인한 후 츠네이에의 장례를 정중히 치렀다고 하고 히데요시도 宗治(무네하루)의 명복을 빌기 위해 공양탑을 세웠다고 전해진다.[註 2]

1582년 淸水宗治(시미즈 무네하루)가 자결한 그 다음날 새벽, 히데요시는 교오토 本能寺(혼노오지)에서 주군 노부나가가 살해되었다는 충격적인 소식을 접한다. 明智光秀(아케치 미츠히데)의 모반이었다. 히데요시는 毛利(모오리) 쪽과 휴전하고 곧바로 교오토로 되돌아가 光秀(미츠히데)를 진압하였다. 그 후 히데요시는 노부나가의 혈육과 여러 유력 가신들을 누르고 노부나가의 후계자가 되어 아직 굴복하지 않고 각지에 남아있던 전국대명(戰國大名)을 모두 복종시켜 1591년에 마침내 일본 열도를 통일하였다.

노부나가와 히데요시가 정권을 잡고 일본 역사의 중심에 섰던 시대를 安土·桃山時代(아즈치·모모야마시대 / 1573~1603년)라고 부른다. 이는 노부나가의 본거지였던 安土城(아즈치성)과 히데요시가 만년을 보낸 성이 교오토의 桃山(모모야마)라는 곳에 있었기 때문인데 노부나가의 織田(오다)와 히데요시의 豊臣(도요토미)의 머리글자를 따서 織豊時代(쇼쿠호오시대)라고도 한다. 그런데 두 사람은 모두 천황이 내리는 쇼군직에 취임하지 않았다. 註3 둘은 쇼군이 아니었으므로 노부나가 정권도, 히데요시 정권도 무사 정권이기는 했지만 이들 정권에는 막부라는 호칭을 쓰지는 않는다.

● 좀 더 알아봅시다

註1 吉川経家(깃카와 츠네이에)의 유언시조

> 대대로 물려받은 무사의 기개 /
> 이제 내 혼과 함께 돌아가리 /
> 원래 있던 조상들 곁으로
>
> 武士の / 取り伝えたる / 梓弓 / 帰るや元の / 棲家なるらん

清水宗治(시미즈 무네하루)의 유언시조

이승 떠나야 할 때가 이때로다 /
무사로 태어난 나의 이름 / 영원토록 이 땅에 남기고

浮世をば / 今こそ渡れ / 武士の / 名を高松の / 苔に残して

註2 무사들은 적장들의 목을 베면 首桶(구비오케)라
고 하는 나무통에 담아 주군에게 보냈다(오른쪽 사진).
그 목을 확인하는 것을 首実検(구비짓켄)이라고 하는데
주군은 이를 근거로 가신에게 보상을 주었다.

그런데 돗토리성을 지키던 吉川経家(깃카와 츠네이
에)는 자신의 구비오케를 마련해 놓고 농성에 들어갔다
고 하니 처음부터 죽음을 각오하고 있었던 것이다.

註3 노부나가는 쇼군직에 임명되기 직전에 죽었고 히데요시는 쇼군보다
높은 관직을 얻고 일본을 통치했다.

제 **2** 장

천하통일의
빛과 그림자 속에서

제8화

아, 나는 복도 많구나
후세에 사람들이 신으로 모실 테니

rikyuumewa / tokaku myoogano / monozokashi /
kanshoojooni / naruto omoeba

利休めは / とかく冥加の / ものぞかし /
※菅丞相に / なると思えば

※ 菅丞相(간쇼오조오)는 9세기의 조정 귀족 菅原道真(스가와라노 미치자네)의 존
칭, 고명한 학자였으나 누명을 쓴 채 죽었다. 그 진혼을 위해 신사(神社)를 세우고
무고한 죄를 씻어주는 신이자 학문의 신으로 숭상하였다.

센노 리큐우
千利休 (1522~1591년)

180cm의 거구였다고 알려진 리큐우의 초상화

일본 다도(茶道)의 거장 千 利休(센노 리큐우)는 교만하기 짝이 없는 유언 시조를 남기고 1591년 豊臣秀吉(도요토미 히데요시)에 의해 죽임을 당했다. 그는 할복하기 전에 앞 페이지의 시조와는 다르게 분노에 가득 찬 유언시조 도 남겼다.

> 아껴왔던 검 한 자루 / 이제야 뽑아서 내 몸에 꽂고 /
> 나의 영혼 함께 던지리 / 저 하늘 높이
>
> ひっさぐる / わが得具足の / 一つ太刀 /
> 今この時ぞ / 天に投げ打つ

교만함과 분노를 통해 그가 히데요시와 세상 사람들에게 전하고자 했던 것은 '아무도 날 죽일 수는 없다'라는 메시지가 아닌가 싶다. 실제로 일본 다 도는 그를 400년 넘게 신(神)처럼 모시고 추앙하고 있으니 센노 리큐우는 오 늘도 살아있는 셈이다.

리큐우가 할복의 명을 받은 이유에 대해서는 여러 설이 있다.

① 교오토의 명찰 대덕사(大德寺)가 입구에 있는 산문(山門)을 개축할 때 거액을 기부한 리큐우의 목상(木像)이 그 누각(樓閣) 2층에 안치되었다. 그 런데 대덕사는 고위 관리들의 출입이 잦은 데다가 히데요시도 언제 찾아가 게 될지도 모르는 명찰 중의 명찰이었다. 그 입구에 비록 나무로 된 인형이 긴 했으나 리큐우의 발밑을 지나야만 절에 들어갈 수 있다는 것이 문제가 되었다.

② 다도의 거장이라는 지위를 이용하여 찻잔을 비롯한 다도 용구를 다도

애호가들에게 비싸게 팔아 큰 재산을 모았다.

③ 리큐우의 딸을 첩으로 맞아들이려는 히데요시의 요구를 거절했다.

이외에도 리큐우가 임진왜란은 무모한 출병이라고 비판했다든가 고상함을 추구하는 리큐우와 달리 화려함을 추구하는 히데요시의 취향을 다도 모임에서 무시할 때가 종종 있었다는 등 여러 설이 있으나 한마디로 리큐우가 지은 죄는 결국 괘씸죄였다고 하겠다.

히데요시의 노여움을 사기 전의 센노 리큐우는 측근 중의 측근이었다. 히데요시의 남동생 豊臣秀長(도요토미 히데나가)는 히데요시 정권의 2인자였는데, 그는 히데요시를 알현하러 온 어느 대명(大名)에게 "공적인 일은 이 히데나가에게, 사적인 일은 리큐우에게 의논하라"라고 말했다는 이야기가 전해지고 있다.

하지만 두 사람의 관계는 처음부터 다분히 위태로워질 소지가 있었다. 둘은 주군과 신하인 동시에 다도라는 수양 세계에서는 스승과 제자의 관계였기 때문이다. 오오사카 근교 堺(사카이)[14]의 부유한 상인이었던 리큐우는 일찍이 다도를 배워 다도 지도자가 되었다. 다도 지도자의 사회적 지위는 織田信長(오다 노부나가)와 히데요시가 살았던 시절에는 지방 대명과 맞먹을 정도로 대단했다고 한다. 리큐우의 명성은 노부나가 때부터 높았고 히데요시도 그를 중용하자 더욱더 높아졌다. 다도를 배우려는 사람들이 리큐우에게 줄을 섰고 히데요시에 관한 정보를 얻으려는 대명과 조정 귀족들도 모여들자 리큐우의 주변은 자연스럽게 귀인들의 사교장이 되었다. 히데요시에게는 이것도 괘씸한 일이었다.

최고 권력자가 괘씸죄에 내리는 벌은 무거워지기 마련이지만 히데요시는 리큐우에게 할복을 명했다. 상인 출신이었던 리큐우에게 무사들에게만 허락되었던 할복형을 내린 것은 명예롭게 죽으라는 히데요시 나름의 배려였다고 볼 수 있다. 할복의 고통을 덜기 위해 할복할 사람이 배에 칼을 꽂는 순간 뒤에서 목을 쳐주는 것이 관례였으나 리큐우는 분노를 참지 못해 배를 일자로 긋고 손으로 창자를 꺼내 들고나서야 "이제 목을 치시오!"라고 외치면서 죽었다고 한다. 히데요시도 화가 풀리지 않아서였는지 대덕사에서 리큐우의 목상을 떼어다가 리큐우의 목과 함께 교오토 시중의 한 다리 위에 갖다 놓게 하였다. 리큐우의 잘린 목 위에 목상을 올려놓아 목상에 밟히는 형상으로 만들어서 죽은 다음에도 리큐우에게 욕을 보였다.

일본 다도를 말할 때 센노 리큐우는 빼놓을 수 없는 존재이다. 오늘날 일본 최대의 다도 유파인 裏千家(우라센케)는 리큐우의 후손이 대대로 수장의 자리를 지키며 이끌어가고 있으며, 리큐우가 확립한 わび茶(와비차)라고 하는 다도는 일본 문화의 한 근간을 이루고 있다. 註 그렇다고 와비차가 심오하고 신비스럽기만 한 것은 아니다. 세계의 모든 문화가 그렇듯이 문화는 결국 사람들의 삶의 방식이며 취향이므로 나라마다, 인종마다 심지어는 집집마다 다르게 형성되기 마련이다.

그런 관점에서 볼 때 리큐우의 와비차는 수수함의 탐구라고 할 수 있고 히데요시가 선호했던 화려함과는 대립할 수밖에 없는 가치관이었다. 히데요시는 금박으로 뒤덮은 황금 다실이나 금덩어리와 다름없는 물 끓이는 솥 등을 만들게 하였으나 리큐우가 자신을 위해 만든 것은 待庵(타이안)이라는 그저 수수한 다실이었다.(사진 1)

리큐우가 추구한 와비차의 또 하나의 가치관은 불완전함이었다. 와비차의 시조로 지목되는 村田珠光(무라타 쥬코오 / 1423~1502년)는 '달도 구름 사이에서 보이지 않는 달은 나는 싫소이다'라는 말을 남겼고 리큐우의 수제자 중 한 사람인 古田織部(후루타 오리베 / 1543~1615년)는 금이 가고 비뚤어진 물

병을 보고 이보다 아름다운 물병은 없을 것이라고 절찬했다고 한다(사진 2). 이 독특한 심미안 때문에 한국에서는 거들떠보지도 않는 막사발이 일본 다도계에서는 보물 취급을 받게 된 것이다(사진 3).

다시 말하면 리큐우는 수수한 다실에서 불완전한 차 도구를 써가며 자기 스타일의 와비차를 완성시켰다고 할 수 있다.

사진 1

사진 2

사진 3

◎ 사진 1과 사진 3은 국보로, 사진 2는 중요문화재로 지정되어 있음.
사진 2는 높이 21.4cm 지름 15.2cm,
사진 3은 높이 8.9cm 지름 15.4cm.

그런데 일본 문화에 공통된 특징 중에는 초점 맞추기라는 것이 있다. 흔히 일본 문화는 축소지향적이라고 하는데 실상은 초점 맞추기라고 보는 것이 더 정확하지 않은가 싶다. 소설을 축소한다고 시가 되는 것은 아니다. 소설과 시는 발상부터가 다르고 조준하는 방식이 다르기 때문이다. 총에 비유하자면 일본 문화는 저격용 총이지 기관총은 아니다.

리큐우와 히데요시 사이가 벌어지기 전의 일로 이런 일화가 남아 있다. 히데요시가 어느 날 리큐우의 집을 찾아가기로 했다. 그의 집 마당에 아름다운 나팔꽃이 많이 피었다는 소문을 듣고 꽃도 보고 차도 한잔 대접받으러 갔는데 마당 가득 피었다는 나팔꽃은 모두 가위로 잘렸고 보이는 것은 잎사귀들뿐이었다. 의아하게 생각하면서 히데요시는 리큐우가 청하는 대로 다실에 들어갔더니 꽃병에 나팔꽃 단 한 줄기가 꽂혀 있는 것을 보았다. 히데요시는 그 아름다움과 리큐우의 연출에 경탄했다고 한다.

일본 다도의 모든 유파가 一期一会(이치고 이치에), 즉 이 순간 이 만남, 다시 돌아오지 않으니 소중히 하자는 말을 금과옥조로 삼고 다도 모임을 연다. 일본 문화의 초점 맞추기라는 체질을 알면 일본 다도가 표방하는 〈이치고 이치에〉도 납득이 가지 않을까 한다.

● 좀 더 알아봅시다

註 각급 학교의 다도 모임을 비롯하여 일본 다도 인구의 절반 이상은 裏千家(우라센케)의 다도를 배우고 있다고 추정된다. 淡交会(단코오카이)라고 하는 동문 조직은 해외 여러나라에 지부를 두고 다도 보급에 힘을 기울이고 있으며 서울에도 지부를 두고 있다.

제9화

우리의 핏줄 끊어질지라도
해변에서 모래가 사라질지라도
남의 것 훔치는 도적들의 씨가
마를 날은 오지 않으리

ishikawaya / hamano masagowa / tsukirutomo /
yoni nusubitono / tanewa tsukimaji

石川や / 浜の真砂は / 尽きるとも /
世に盗人の / 種は尽きまじ

이시카와 고에몬
石川五右衛門 (1558~1594년)

고에몬의 최후를 그린
19세기의 목판화

石川五右衛門(이시카와 고에몬)은 織豊時代(쇼쿠호오시대)의 큰 도적이다. 한때 교오토나 오오사카 일대를 종횡무진으로 누비며 권세가의 저택이나 부유한 상인들의 집을 털어 세상을 떠들썩하게 한 도적 무리의 두목이었다. 당시의 교오토나 오오사카에서는 임진왜란에 군사들을 보냈기 때문에 경비병사들의 수가 줄어 치안 유지에 허점이 생긴 상태였다. 히데요시는 임진왜란을 지휘하느라 골치가 아픈 와중에 자신의 통치력을 비웃기나 하듯 도적질을 되풀이하는 고에몬을 좌시할 수 없어 그를 잡아 극형에 처하도록 엄명을 내렸고 마침내 고에몬은 1594년에 붙잡혀 교오토에서 처형되었다.

화려한 도둑 행각을 벌이던 그의 처형은 세간의 빅 뉴스가 되었으나 그의 나이나 신상에 대해서는 남은 자료가 거의 없고 항간에 유포되었던 소문만 전해지고 있다.

① 젊은 시절에 忍者(닌자) 집단의 일원이 되어 잠복·침입·도주 등 닌자들의 초인적 능력을 터득하였다. 그의 신출귀몰한 도적질은 그 덕분이다.

② 훔친 재물을 가난한 사람들에게 나누어 준 의적(義賊)이었다.

③ 히데요시가 자고 있던 방에 침입하여 보물을 훔치려고 했다.

④ 히데요시 암살 계획에 가담하여 히데요시를 죽이려고도 했다.

고에몬의 실제 행적에 대한 역사 자료는 없으므로 이러한 이야기는 모두 소문에 불과하나 오히려 그 때문에 후세 작가들이 상상력을 발휘하여 그와 관련된 많은 창작물을 만들어냈다. 18세기 말에는 이미 그를 주인공으로 한 전통 연극인 歌舞技(가부키) 등이 만들어졌고 근래에 들어서도 고에몬를 소재로 한 소설, 영화, 드라마, 만화, 게임 등이 꾸준히 만들어지고 있다.

이들 창작물 속의 고에몬은 경찰을 따돌리고 큰돈이나 보물을 훔치는 통쾌한 도적 내지는 권력과 맞서는 베일에 싸인 초인적인 인물로 묘사될 때가 많다. 그러다 보니 고에몬은 서민들의 벗, 대중들의 우상이라는 이미지가 일반화되어 있다. 그리고 그의 이름을 딴 파스타 체인점이 북해도에서 큐우슈우까지 일본 각지에서 성업 중인 것을 보아도 고에몬이 예나 지금이나 친근한 존재임을 알 수 있다.

● 일본식 파스타 전문점 〈고에몬〉 서울에도 체인점이 있다.

하지만 고에몬의 유언시조를 곱씹어보면 그의 시조는 인간에 대한 저주를 담고 있어서 섬뜩한 느낌마저 든다. '나를 없앤다고 될 일이 아니야. 인간이라는 인간은 모두 없애야지'라고 외치는 듯하다. 그는 사회를 비판하는 게 아니라 인간 내면에 숨어있는 뿌리 깊은 '악'을 규탄하고 있다. 유감스럽게도 '훔치는 도적들의 씨앗'은 오늘날에도 사람들 마음에서 싹이 트고 자라고 또 새로운 씨앗을 뿌리고 있다. 논문 표절이나 주가 조작, 횡령이나 분식회계, 해킹이나 피싱 등 도적질은 그 모습만 바꾸어서 여전히 번성하고 있다.

"거봐! 내 말이 맞지?"

고에몬이 지하에서 웃는 소리가 들린다.

그나저나 옛날의 처형은 참혹했다. 우리나라에서도 조선시대에 능지처참이라는 형벌이 있었지만 고에몬에게 내려진 팽형(烹刑)도 참혹하기 짝이 없었다. 팽형이란 큰 가마솥에 기름을 끓여 그 속에 죄인을 집어넣는 형벌로 서두에 게재한 그림은 그가 어린 아들을 끝까지 살리려 가마솥 안에서 버티는 모습을 그린 것이다. 같은 날 그의 일가친척도 모두 극형에 처해졌다.

또한 옛날의 처형은 구경거리였다. 처형의 집행은 구경하기 쉽도록 사람들이 많이 모일 수 있는 곳에서 공개적으로 집행되었는데 서울에서는 청계천이 흐르는 광교가 그러한 곳이었고 교오토에서는 고에몬이 처형된 鴨川(가모가와)가 흐르는 둔치가 그랬다.

고에몬이 처형된 다음 해인 1595년 히데요시는 그의 조카이자 후계자였던 豊臣秀次(도요토미 히데츠구)에게 모반의 누명을 씌우고 할복을 명했다. 히데요시는 고에몬을 처형한 같은 장소에서 히데츠구의 잘린 목을 3미터 높이로 쌓아올린 흙 위에 갖다 놓게 한 다음 그 목이 내려다보는 앞에서 히데츠구의 처자식과 하녀들까지 모두 39명을 처형했다고 전해진다.

이후에도 이 가모가와 강변의 둔치 三条河原(산조오가와라)는 19세기 중반까지 처형 장소로 쓰였고 죄인들의 잘린 목을 갖다 놓고 공개하는 효수장(梟首場)으로도 사용되었다.

하지만 그러한 역사도 이제는 모두 옛이야기가 되고 지금의 산조오가와라는 가모가와의 물소리를 들으면서 연인들이 사랑을 속삭이는 평화로운 장소가 되었다.

◉ 커플들의 데이트 장소가 된 산조 오가와라 둔치의 모습

제10화

이슬로 왔다가
이슬로 사라져 가니
꿈속의 꿈이었도다
오오사카에서 누린 영화는

※ 浪速(나니와): 오오사카의 옛 이름.

tsuyuto ochi / tsuyuto kienishi / waga mikana /
naniwano kotowa / yumeno mata yume

露と落ち / 露と消えにし / わが身かな /
※ 浪速のことは / 夢のまた夢

도요토미 히데요시
豊臣秀吉 (1537~1598년)

동경대학 사료편찬소(史料編纂所)
소장의 초상화

'꿈속의 꿈'이라니 히데요시는 결국 허튼 고생을 했다는 것인가? 일본 역사상 히데요시만큼 출세한 이는 전무후무하다. 가난한 백성의 아들로 태어나 무사가 되고 대명이 되고 천하를 통일하여 나라를 다스리는 지위에까지 올랐다. 쇼군보다도 더 높은 관직을 천황으로부터 받아내고 '豊臣(도요토미)'라는 성을 하사받아 창씨(創氏)했다. 교오토에 호화찬란한 저택을 짓고 그곳에서 천황의 행차도 맞이하는 등 부귀와 영화를 누렸다.

그러나 그의 만년에는 암운이 감돌았다. 대륙 진출(임진왜란과 정유재란)은 뜻대로 진행되지 않았고 든든한 후계자를 찾지 못하는 것이 큰 고민거리였다. 이를 해결하지 못한 채 병상에 눕게 되고 그때 겨우 다섯 돌이 지난 아들의 앞날을 걱정하면서 61세로 눈을 감았다. 걱정은 기우가 아니었다. 그토록 "아들을 잘 부탁한다"라고 당부했던 德川家康(도쿠가와 이에야스)에 의해 1615년 오오사카성은 불길에 휩싸였고 히데요시 아들 豊臣秀頼(도요토미 히데요리 / 당시 21세)은 자결하여 도요토미 가문은 멸망한다.

그런데 히데요시의 유언시조에는 조금 의아한 부분이 있다. 그것은 '꿈속의 꿈이었도다'의 주어가 '오오사카에서 누린 영화는'으로 되어 있는 점이다. 히데요시는 1583년 오오사카에 큰 성을 세우고 군사적인 본거지로 삼았지만, 그가 실제로 그곳에 살았던 것은 1587년까지 약 4년에 지나지 않는다.

◉ 오오사카성 천수각(天守閣)
1931년에 철근 콘크리트로 재건되고 1997년에 개보수되었다.

그 후 히데요시는 교오토 시중에 조성한 저택이자 소규모 성인 聚樂第(쥬라쿠다이)나 교오토 동남쪽에 지은 伏見城(후시미성)에서 살다가 1598년에 죽었으니 오사카보다 교오토에서 지낸 시간이 2배 이상 길다. 오오사카에서 누린 영화란 무엇이었기에 아쉬움을 토로한 것일까?

오오사카성에 있는 동안에 히데요시는 무사가 받을 수 있는 최고 관직인 征夷大將軍(세에이다이쇼오군, 소위 말하는 쇼군)을 뛰어넘는 엄청난 신분 상승을 이루어 낸다. 1585년에 무사로는 역사상 처음으로 천황을 직접 보필하는 関白(간파쿠)라는 감투를 쓰게 되고 다음해인 1586년에는 豊臣(도요토미)라는 성을 하사받아 조정의 명문 귀족들과 어깨를 나란히 하는 귀족 신분이 된다. 곧이어 조정의 최고 관직인 太政大臣(다조오다이진) 자리에도 오르게 된다. 간파쿠와 다조오다이진을 겸직함으로써 히데요시는 막강한 군사력에다 최고위 귀족의 권위까지 등에 업고 천황과 조정을 통제하고 대명과 무사들을 통솔하는 막강한 존재가 된다.

하지만 그의 전성시대는 1587년에 聚樂第(쥬라쿠다이)라는 저택을 짓고 거처를 오오사카에서 교오토로 옮긴 후로 보아야 할 것이다. 왜냐하면 1588

● 쥬라쿠다이의 복원 모형
1591년에 히데츠구가 물려받아 거주했으나 1595년에 히데요시에 의해 파괴되고 없어졌다.

년에는 금박 입힌 기와를 얹어 휘황찬란한 쥬라쿠다이에서 천황 행차라는 큰 행사를 치르고 1590년에는 끝까지 남아서 저항하던 관동 지방의 北条(호오조오) 가문을 항복시키고 1591년에는 동북 지방의 저항 세력들도 진압하여 천하통일을 완성하였으니 말이다. 註1

한편, 천하를 통일한 1591년은 동시에 히데요시의 운세가 서서히 기울기 시작하는 해이기도 했다. 가장 신뢰했던 혈육인 남동생 秀長(히데나가)가 병으로 죽고 곧이어 늦둥이로 얻은 첫째 아들도 겨우 두 살에 병사한다. 히데요시는 차선책으로 조카인 秀次(히데츠구)를 후계자로 정하고 정권을 맡기려 했지만 1593년에 두 번째 늦둥이로 秀賴(히데요리)가 태어나자 1595년 결국 조카 히데츠구를 무참히 제거하고 만다(p.53 참조).

이러한 일들이 일어나는 와중에도 히데요시는 중국까지 지배하겠다는 야욕에 사로잡히는 한편 자신의 수명과 어린 아들의 미래에 대해 심한 불안을 느끼고 있었다. 註2 교오토 伏見城(후시미성)에서 보내던 히데요시의 만년은 한 마디로 평온치 못했다.

◎ 후시미성 천수각
남아있는 자료가 많지 않아 모의성(模擬城)으로서 1964년에 복원되었다.

그러므로 히데요시가 '꿈속의 꿈'이라고 그리워할 만한 시기는 정권 절정기인 쥬라쿠다이 시절이어야 할 텐데 그의 유언시조는 오오사카 시절을 자기 육십 평생의 정점으로 삼았다. 미천한 신분이었으나 입신하여 천황에 버금가는 자리까지 출세한 것이 오오사카 시절이었으니 충분히 그럴 만하다. 하지만 그가 후세에 평가받는 것은 그가 쓴 감투(간파쿠, 다조오다이진) 때문이 아니라 업적 때문이다.

히데요시가 남긴 최대의 업적은 120년 넘게 지속된 전국시대를 종식한 일이다. 그는 전란의 재발을 막기 위해 대명끼리의 무력 충돌을 금지했고 전국 각지의 농촌이나 사찰에까지 널리 퍼져 있던 무기들을 모두 몰수했다. 그리고 지방마다 달랐던 길이와 무게의 기준을 고르게 하여 도량형을 통일하고 농지의 정확한 크기와 생산량을 측정하였다. 부의 기준을 쌀로 정하고 납세, 포상, 예산도 모두 쌀의 양으로 정했다. 이런 시책들은 다음 정권인 德川(도쿠가와) 막부의 경제 번영의 토대가 되었다.

히데요시가 자신의 업적에 보람을 느꼈더라면 그는 자신의 유언시조에 좀 더 다른 감회를 담았을 것이다. 감투나 직위는 그 시대의 사람들에게는 눈부시고 빛날지 몰라도 시대를 뛰어넘지는 못한다. 우리는 이순신 장군의 감투에 대해서는 잘 몰라도 업적에 대해서는 잘 알고 있지 않은가. '아는 것이 힘'이라는 말과 귀납법으로 유명한 프랜시스 베이컨의 마지막 작위가 자작(子爵)이었던 것을 아는 사람은 거의 없다. 세계사에 이름을 남긴 사람들은 모두 그들이 태어난 집안이나 차지했던 지위가 아니라 업적 때문에 기억되는 것이다. 그런가 하면 역사상의 인물이 비난받는 것도 그가 저지른 일 때문이다.

큰 업적도 남겼으나 감투와 영토 확대를 희구하다 이슬로 사라진 히데요시의 유언시조 중《꿈속의 꿈이었도다 오오사카에서 누린 영화는》이라는 대목은 우리에게 부귀영화의 가치와 그것을 넘어서는 가치에 대해 생각하게 한다.

● 좀 더 알아봅시다

註1 北条(호오조오) 가문은 제6화에서 소개한 최초의 전국대명(戰國大名) 北条早雲(호오조오 소오운)의 후예로 70년 넘게 相模(사가미)를 거점으로 관동 지방을 지배했다. 마지막까지 남아서 히데요시와 싸운 호오조오 가문은 공교롭게도 최초의 전국대명이자 마지막 전국대명으로 역사에 남게 되었다.

註2 히데요시가 1592년 5월 18일자로 秀次(히데츠구)에게 보낸 공문서가 남아 있다(임진왜란은 1592년 4월 13일 부산진 전투로 시작되었음). 히데요시는 그 공문서에서 "명나라를 정복하면 일본 수도를 북경으로 옮긴다, 천황도 북경으로 모시고 북경 주변의 땅을 천황과 조정 귀족들에게도 영지로 나누어 준다"라는 등 그의 원대한 꿈을 피력하고 있다.

제11화

목숨은 모두가 지키려고 한다마는
사라져야 할 때를 알아야만이
꽃도 꽃이어라 사람도 사람이어라

chirinubeki / toki shiritekoso / yono nakano /
hanamo hana nare / hitomo hito nare

散りぬべき / 時知りてこそ / 世の中の /
花も花なれ / 人も人なれ

호소카와 가라샤
細川ガラシャ (1563~1600년)

시마네현립미술관(島根県立美術館) 소장
橋本明治 작품. 1923년

이 유언시조는 지은이인 細川ガ ラシャ(호소카와 가라샤)와 더불어 인기가 높다. 가라샤가 시집간 細 川忠興(호소카와 타다오키)의 성이 있던 교오토 서남쪽의 長岡京(나가 오카교오)[15]에서는 매년 가라샤축제 가 열린다. 축제의 주인공인 가라샤 역을 맡는 미녀를 뽑고 1578년에 있었던 그녀의 혼례 행렬을 재현한다(위의 사진은 그 한 장면).

가라샤는 굉장한 미인이었다고 한다. 일본을 비롯하여 동양에서는 서양과 는 달리 귀부인들의 모습을 초상화로 남기는 일이 없었으므로 그녀가 얼마 나 아름다웠는지는 알 길이 없다. 모두에 게재한 초상화는 현대 작가가 그녀 의 모습을 상상하여 그린 것이다.

그림 속의 가라샤가 목에 걸고 있는 십자가로 알 수 있듯이 그녀는 천주교 신자였고 가라샤(Garacia)는 그녀의 세례명이다. 가라샤는 앞 페이지에 게재 한 유언시조를 남기고 37세의 나이로 세상을 떠났는데 당시 무사 집안의 부 녀자들은 단도를 늘 소지하였고 자신의 명예를 지켜야 할 때는 가슴이나 목 을 찌르고 자결하였으나 천주교 교리는 자살을 금하기 때문에 가라샤는 가 신에게 명하여 자신의 가슴을 창으로 찌르게 하고 운명했다.

가라샤에게 사람들의 관심이 쏠리는 이유는 그녀가 독실한 천주교 신자였 다는 것 외에 그녀가 겪어야 했던 일들, 즉 그 기구한 운명 때문이다. 가라 샤는 織田信長(오다 노부나가)의 가신인 明智光秀(아케치 미츠히데)의 딸로 태어나 15세에 명문 무사 가문인 細川(호소카와) 집안의 맏아들 忠興(타다 오키)와 결혼하게 되는데 信長(노부나가) 산하의 유력 집안끼리의 이 혼사는 당시 장안의 화제가 되었다. 결혼 생활은 순탄했고 곧이어 아들도 낳고 동갑이었던 남편 타다오키도 출세하기 시작했다.

그러나 1582년에 큰 이변이 일어났다. 그녀의 아버지인 光秀(미츠히데)가 주군 노부나가를 모반하고 시해한 것이다. 그리고 이때 호소가와 집안은 미츠히데의 지원 요청을 거절했고 미츠히데의 군세는 모반 후 불과 11일 만에 히데요시에 의해 진압되고 미츠히데도 도망가는 도중에 살해되었다.

가라샤는 연좌제로 중형을 받을 뻔 하였으나 남편 타다오키의 구명 청원이 받아들여져 중형은 면하였지만 교오토 북쪽 시골 마을에 갇혀 지내야 했고 평생 '모반인의 딸'이라는 꼬리표를 달고 살아야 하는 신세가 되었다. 그 후 히데요시의 신하가 된 타다오키가 큰 공을 세운 덕분에 1586년부터는 오오사카성 부근의 타다오키 일가의 집에 들어가 살게 되는데 이곳에서도 외출의 자유가 제한되고 감시받는 생활을 하게 된다.

이즈음 천주교에 관심을 갖기 시작한 가라샤는 하녀들을 통해 선교사와 교신하면서 교리를 공부하고 세례를 받는다. 1587년 히데요시가 천주교를 탄압하기 시작하지만 가라샤는 신앙을 지켰고 자녀들에게도 세례를 받게 한다. 그동안 히데요시를 도와 전쟁터에서 살다시피 하고 임진왜란에도 출진했던 타다오키가 오오사카 집에서 보내는 시간이 많아지자 1595년에 가라샤는 남편에게 신앙을 고백한다. 타다오키는 신앙을 버릴 것을 강요했으나 그녀는 남편의 말을 듣지 않았다. 선교사들의 기록에 따르면 가라샤는 매우 영리하고 의지가 굳은 여성이었다고 한다.

1600년 일본의 역사가 또다시 요동치면서 가라샤도 그 소용돌이에 휘말리게 된다. 1598년에 히데요시가 타계하자 정권을 손에 넣으려고 하는 德川家康(도쿠가와 이에야스)와 히데요시 정권을 지키려고 하는 石田三成(이시다 미츠나리)가 첨예하게 대립하고 각지의 대명들도 두 세력으로 나뉘어지고 関が原(세키가하라)에서 맞붙게 된다. 그때 가라샤의 남편 타다오키는 家康(이에야스) 측에 가담하게 되는데 이를 저지하려는 三成(미츠나리)는 오오사카 집에 있는 가라샤를 인질로 잡으려고 한다. 그러자 가라샤는 인질로 잡혀서 남편에게 부담되는 일이 없도록 앞서 말한 대로 무사의 부인답게 본인이 희생되는 길을 택하고 생을 마친다.

세키가하라 싸움은 이에야스 측의 승리로 끝났고 타다오키도 18만 석이었던 영지가 두 배 이상으로 늘어나는데 아들이 대를 이은 후에는 도쿠가와 막부로부터 熊本藩(구마모토번)[17] 54만 석이라는 더 큰 영지를 받게 된다. 細川(호소카와) 가문은 이리하여 도쿠가와 정권 내내 구마모토번의 영주 자리를 지키며 큰 대명으로 번영했다.

호소카와 가문은 현재까지도 구마모토의 명문가로 남아있는데, 제18대 당주(가문의 장)인 細川護熙(호소카와 모리히로)가 구마모토 현지사(縣知事)와 국회의원을 거쳐 1993년에 일본의 수상이 되었을 때 "옛 영주님이 수상이 되었다"라고 해서 화제를 모았다. 수상 퇴임 후에도 국회의원으로 활발하게 정치활동을 이어가다가 1998년에 환갑의 나이가 되었다는 것을 이유로 돌연 정계 은퇴를 선언하고 국회를 떠났다. **註 1** 그 훨훨 털고 떠나는 모습이 또다시 화제가 되었고 그때 그가 낸 은퇴 성명문에 가문의 조상인 가라샤의 시조 《사라져야 할 때를 알아야만이》가 인용되면서 가라샤의 시조는 이전보다 더 유명해졌다.

그런데 이 유명한 가라샤의 시조는 淸水宗知(시미즈 무네토모)의 시조와 매우 유사하고 후렴부가 〈꽃도 꽃이어라〉와 〈꽃은 꽃이어라〉로 한 글자만 빼고 똑같다. 그 무네토모의 유언시조는 아래와 같다.

사람들이 아쉬워할 때 / 사라져야만이 /
꽃은 꽃이어라 / 사람도 사람이어라
世の中に / 惜しまるる時 / 散りてこそ /
花は花なれ / 人も人なれ

무네토모는 제7화에서 소개한 清水宗治(시미즈 무네하루)의 형으로 1582
년 高松城(다카마츠성)에서 동생과 함께 할복한 무장이다. 가라샤가 18년
전에 지어진 이 시조를 알고 있었는지에 대해서는 밝혀진 바 없다. 우연의
일치일까? 아니면 가라샤의 표절일까?

5·7·5·7·7 모두 31자로 구성되는 일본 시조는 양적으로 절반이 넘지 않으
면 표절로 보지 않기 때문에 전련이나 후련 부분이 유사하거나 똑같은 시조
들이 종종 생긴다. **註2** 그러므로 가라샤가 비난받을 일은 없다. 그러나 나
중에 지은 가라샤의 시조가 무네토모의 시조보다 유명해진 것은 무엇 때문
일까?

가라샤의 지명도가 높기 때문이기도 하지만《세상 사람들이 아쉬워할 때
사라져야만이》보다도《사라져야 할 때를 알아야만이》가 지위도 명예도 없는
보통 사람들에게도 공감을 불러일으키기 때문이 아닐까 싶다. 가라샤는 천
주교 신앙을 가진 후부터 다른 사람을 많이 배려하고 겸손해졌다고 한다. 자
결을 결심하고 집에 불을 지를 때에도 며느리를 비롯하여 부녀자와 하녀들
을 먼저 피신시켰다고 한다.

일본 시조 속에는 서로 유사한 시조가 많이 있는데 서른한 글자밖에 안
되는 짧은 것이라 미세한 차이가 수작과 범작을 가른다. 가라샤의 시조는
《사람들이 아쉬워할 때》가 아니라《사라져야 할 때를 알아야만이》라고 함으

로써 더 넓고 함축적인 '때'를 부각하였다. 이 근소한 차이로 가라샤의 시조는 퇴임이나 사직, 이별이나 좌절 등 모든 사람이 한 번쯤은 겪게 되는 인생의 고비에서 되새기는 시조가 되었다. 그녀의 시조가 체념과 포기의 아름다움을 일깨워주기 때문이다.

《꽃도 꽃이어라 사람도 사람이어라》

● 좀 더 알아봅시다

註1 그는 수상 취임 직후인 1993년 8월 23일의 국회 연설에서 "과거 일본의 침략행위나 식민지 지배가 많은 사람에게 견디기 힘든 고통과 슬픔을 안겨준 데 대해 다시 한번 깊이 반성하고 사과드리며 앞으로 세계 평화 구축에 더욱 공헌함으로써 우리의 결의를 실현해 나가려고 합니다"라고 소신을 표명했다.

○ 수상 취임 당시의 사진

정계 은퇴 후 2010년 8월 아사히신문과의 인터뷰에서는 "한일합병은 일본이 무력으로 강요한 것이다. 그리고 천황(제125대 明仁 아키히토)이 미국과 유럽, 중국, 동남아를 방문했으면서도 한국만을 방문하지 않은 것은 순서가 잘못되었고 그릇된 판단이므로 미적거리지 말고 조속히 방한해야 한다"라고 말하는 등 진보적인 인물로 알려져 있다.

註2 옛사람이 지은 시조에서 일부를 가져다 쓰는 것을 本歌取(혼카도리)라고 해서 일본 시조에서는 하나의 기법으로 인정하고 있다.

제12화

남길 말 따로 없고
길 헤매는 일도 없을 테니
저승 가는 길 물 흐르듯 따라가 보자

omoi oku / kotonoha nakute / tsuini yuku /
michiwa mayowaji / naruni makasete

思いおく / 言の葉なくて / ついに逝く /
道は迷わじ / なるにまかせて

구로다 칸베에
黒田官兵衛 (1547~1604년)

黒田官兵衛(쿠로다 칸베에)의 유언시조에는 비장함이나 체념, 분노나 슬픔 같은 것이 보이지 않고 그저 담담함만이 흐르고 있다. 이 담담함은 후회 없는 생을 살았다는 자부심과 이제 모두 내려놓고 갈 수 있다는 충족감에 기인하는 것으로 보인다.

《헤매는 일 없이 물 흐르듯이 저승으로 가겠다》라는 말은 두 가지로 해석되는데 官兵衛(칸베에)는 한때 천주교 신자였기 때문에 "나의 생명은 모두 하나님에게 맡기고 그 뜻을 따르겠다"라는 의미로도 보이고 또 하나는 "예로부터 미련을 버리지 못한 영혼은 이승을 떠나지 못해 헤맨다고 하지만 나는 이승에 미련이 없다. 저승에 가면 불교에서는 인과(因果)에 따라 환생하는 세계가 정해진다고 하는데 내가 그 어느 곳에 환생할지는 모르나 다 받아들이겠다"라는 뜻으로도 해석된다. 칸베에의 유언시조가 그 어느 쪽을 의미하는 지는 알 수 없으나 그 이면에는 "내가 해야 할 일은 할 만큼 다 했다"라는 그의 자부심과 충족감이 드러난다.

○ 福岡(후쿠오카) 시내에 있는 후쿠오카시 박물관에는 모두에 게재한 칸베에의 초상화와 그가 유언시조를 적은 쪽지(5.7cm×36.4cm)가 남아 있다.

그는 16세기 후반에 信長(노부나가)와 秀吉(히데요시)와 家康(이에야스)가 벌인 천하통일의 치열한 각축전을 두루 겪으면서 1604년 57세의 나이로 천수를 다했다.

칸베에는 전국시대의 3대 영걸로 일컫는 노부나가, 히데요시, 이에야스를 모두 섬긴 무장이었는데 그는 칼을 들고 싸우는 것보다 전황을 분석하고 작전을 세우거나 적장을 항복하도록 설득하거나 혹은 동맹이나 강화를 맺도록 협상하는 일에 능했다. 한마디로 유능한 책사였다. 3대 영걸 중에서도 특히 히데요시의 천하통일에 큰 공을 세웠다. 히데요시가 거둔 승리에는 그 뒤에 칸베에의 작전 수립과 조언이 있을 때가 많았는데 그중에서도 가장 큰 공은 제7화에서 언급한 대로 1582년 노부나가가 교오토에서 시해되었을 때 멀리 떨어진 高松城(다카마츠성)[12]에서 毛利(모오리) 세력과 전쟁 중이었던 히데요시에게 교오토로 돌아가서 모반자 明智光秀(아케치 미츠히데)를 정벌할 것을 강력하게 진언한 일이었다. 칸베에는 모오리 세력과 바로 휴전협정을 맺은 다음 히데요시가 2만의 군대를 이끌고 230km를 달려갈 수 있도록 면밀한 행군계획을 세웠고 히데요시는 강행군 끝에 일주일 만에 교오토 근교에 도착하여 미츠히데의 모반을 진압하였다.

미츠히데를 정벌함으로써 히데요시는 노부나가 정권을 이어받는 1인자 자리에 올랐고 1590년에는 마지막까지 남아 저항했던 전국대명 北条早雲(호오조오 소오운)의 후예들과의 싸움에서 칸베에를 적의 본거지인 小田原城(오다와라성)[18]으로 보낸다. 적진에 들어간 칸베에는 자신의 목숨을 걸고 北条(호오조오) 세력을 설득하여 항복을 받아낸다. 히데요시는 이 천하통일의 마지막 대규모 싸움에서 큰 무력 충돌 없이 승리를 거둬냈다. 칸베에는 이처럼 히데요시에게 있어서 누구하고도 바꿀 수 없는 참모였다.

천하통일을 마치고 난 후의 어느 날 측근 가신들이 모인 자리에서 히데요시가 물었다.

"나 다음에 천하를 손에 넣을 자는 누구라고 생각하느냐?"

그러자 가신들은 이에야스를 비롯하여 여러 유력 대명들의 이름을 들었으나 히데요시는 이렇게 답했다.

"그것은 칸베에야."

이 일화는 히데요시가 칸베에를 참모 이상으로 높이 평가하는 한편 그의 능력에 위협도 느끼고 있었음을 말해 준다. 실제로 히데요시는 칸베에에게 큰 영지를 준 일이 없었다. 칸베에의 영지는 1587년에 큐우슈우 지역을 제압했을 때 히데요시가 포상으로 준 후쿠오카 동쪽의 12만 석 영지가 가장 컸으며 히데요시 정권하에서는 그것이 전부였다. **註 1**

그 후 칸베에는 히데요시의 명으로 임진왜란에도 참전했는데 현지에 있던 무장들이 자신의 지휘를 따르지 않고 대립하게 되자 귀국하여 히데요시와 의논하려 했으나 히데요시는 전선 이탈을 이유로 회견을 거부한다. 한시적이기는 했으나 이때 칸베에와 히데요시 사이가 험악해졌다. 칸베에는 히데요시가 자신의 천주교 신앙을 구실로 삼을까 봐 1593년 머리를 깎고 불교로 개종한 적도 있다. **註 2**

1598년 히데요시가 세상을 뜨자 1600년의 関が原(세키가하라)[16] 싸움에서는 이에야스 쪽에 가담하여 아들 黒田長政(구로다 나가마사)를 참전하게 한다. 나가마사는 이 싸움에서 큰 공을 세우고 이에야스로부터 후쿠오카 일대의 52만 석의 영지를 하사받아 초대 후쿠오카 번주(藩主)가 된다. 그 후 黒田(쿠로다) 가문의 혈통은 6대 번주까지 이어지다가 대가 끊기는데 7대 번주부터는 도쿠가와 쇼군 가문을 비롯한 다른 가문에서 양자를 맞아들이면서 후쿠오카번은 존속한다. 칸베에를 시조로 하는 후쿠오카번은 명치유신으로 번과 번주라는 제도가 폐지되는 1871년까지 후쿠오카를 통치하면서 큐우슈우 제1의 대도시가 된 오늘날의 후쿠오카의 기반을 만들었다.

희대의 지장(智將)이자 군략가로서 전국시대를 헤쳐나간 칸베에는 현대 사회의 서바이벌 게임에 나서야 하는 많은 사람의 관심을 끌기에 충분한 인물이다. 그가 남긴 유훈이나 일화는 경영 세미나 등에서 참고 사례로 자주 언급되고 평생 첩을 두는 일 없이 근검절약하며 의리와 약속을 지켰던 그의 삶은 각종 교양강좌에서 소개되는 일이 많다.

● 좀 더 알아봅시다

註1 쌀의 양을 세는 단위 석(石)은 지금의 약 150kg에 해당한다. 1석은 어른 한 명이 1년간 먹을 수 있는 양이고 쌀의 수확량은 결국 그 영지를 지배하는 영주의 군사력을 의미했다.

註2 임종을 맞을 때 칸베에는 병상에서 기도문과 로사리오를 가져오게 했다고 하고 장례는 선교사들이 와서 천주교식으로 치렀다는 기록이 남아 있다. 한편, 아들 長政(나가마사)는 며칠 후 불교식으로도 장례를 치렀는데 칸베에는 만년에는 교오토의 대덕사(大德寺) 주지 스님과도 친교가 두터웠다고 한다.

제13화

봄가을의 꽃도 단풍도 한때 뿐

사람도 남지 않고

어두운 길만 남았도다

shunjuuno / hanamo momijimo / todomarazu /
hitomo munashiki / yamiji narikeri

春秋の / 花も紅葉も / とどまらず /
人も空しき / 闇路なりけり

시마즈 요시히로
島津義弘 (1535~1619년)

19
JR 伊集院(이쥬우인)역 앞에
세워진 요시히로의 동상

큐우슈우의 가장 남쪽 땅 薩摩(사츠마)[20]의 영주였던 島津義弘(시마즈 요시히로)의 유언시조에는 요시히로가 関が原(세키가하라)[16] 싸움에서 겪은 참담했던 퇴각전의 한이 짙게 깔려 있다. 요시히로가 《사람도 남지 않고 어두운 길만 남았도다》라고 말하는 '사람'은 그 퇴각전에서 자신을 탈출시키기 위해 적의 추격을 가로막고 싸우다가 죽은 많은 가신들을 일컫는 듯하다. 싸움터에서 간신히 빠져나와 철군했던 일은 잊을 수 없었을 것이다. 그는 당시의 사람들 그리고 어둡고 멀기만 했던 길을 상기하면서 이 시조를 지은 것 같다. 《봄가을의 꽃도 단풍도 한때 뿐》이라는 구절에는 그들에 대한 추모와 지난 세월에 대한 인생무상의 감회가 배어난다.

1600년 세키가하라 싸움에서 요시히로는 이에야스와 적대하는 편에 서서 싸우게 된다. 천하의 패권을 놓고 각각 8만 안팎의 대군을 일으켜 맞붙게 된 이 큰 싸움은 예상 외로 단 하루 만에 이에야스 편의 승리로 끝난다. 싸움의 끝자락에서 요시히로는 아군의 패색이 짙어지자 퇴각하기로 결단하고 퇴로를 찾았으나 퇴로에도 이미 적의 숫자가 훨씬 많았다.

적에게 등을 돌리고 퇴각하다 죽느냐 아니면 앞으로 나가 싸우다 죽느냐, 그것도 아니면 여기서 할복하느냐 하는 세 가지 기로에 서게 된 요시히로는 가장 명예로운 두 번째 길을 선택한다. 그것도 이에야스의 지휘 본부가 있는 적의 대군 한가운데를 뚫고 가기로 했다(오른쪽 그림). 남아 있던 요시히로의 군세는 300명 정도였다고 하니 이 어처구니없는 정면돌파는 아무도 예상치 못했다. 이 탈출전으로 많은 희생자가 나왔으나 정면돌파는 기적

○ 세키가하라의 싸움을 그린 병풍(가로 약 3.5m 세로 약 1.6m)의 일부. 19세기 중엽 제작. 사츠마번의 군사들이 그들의 표식인 동그라미 안에 십자를 써넣은 깃발을 등에 꽂고 탈출을 감행하는 모습이 그려져 있다.

적으로 성공한다. 이 탈출극은 사츠마 무사들의 용맹함을 말해주는 유명한 일화로 남아 있는데 세키가하라에서 1,000km 이상 떨어진 고향 사츠마(지금의 가고시마현)에 도착한 인원은 80여 명뿐이었다고 한다.[20]

맹장으로 이름을 떨쳤던 요시히로도 84세가 되는 해에 병상에 눕게 되었는데 날로 기운이 떨어져 밥도 제대로 먹을 수 없었다. 이를 염려한 가신 중 하나가 누워 있는 요시히로의 머리맡에 식사를 갖다 놓고 다급한 목소리로 말했다.

"나리! 큰일 났습니다. 전쟁이 터졌습니다!"

그 말을 듣자 요시히로는 벌떡 일어나 얼른 밥을 다 먹어버렸다고 한다. 죽음이 눈앞에 다가왔을 때까지도 얼른 배를 채우고 전쟁터로 나가려 했다는 이야기는 좀 믿기가 힘들지만 요시히로가 그만큼 맹장 중의 맹장이었다는 이야기로 받아들이면 될 것 같다.

1619년에 요시히로가 죽자 13명의 가신이 그의 뒤를 따라 순사(殉死)했고 그 이전인 1611년 선대 영주였던 요시히로의 형이 타계했을 때는 15명이 순사했다. 사츠마 무사들은 충성심이 매우 높았고 상무(尙武)의 기풍도 유별난 데가 있었다.

사츠마 무사가 고안해낸 示現流(지겐류우)라고 하는 검술도 별나다. 이 검술은 첫 번째 공격에 모든 힘과 온 정신을 집중시켜 일격에 적을 쓰러뜨리는 것이 특징인데 적보다 종이 한 장 차이라도 빨리 칼을 내리칠 수 있도록 훈련시킨다. 칼을 내리칠 때 원숭이와 같은 기이한 소리로 외치는 것도 특색이다. 게다가 이 지겐류우라는 검술에는 방어술이 없다. 방어는 각자도생이라고 한다. 괴성을 지르며 일격필살만을 노리는 이 17세기의 검술을 계승·보전하기 위해 鹿児島(가고시마)에서는 지금도 지겐류우를 전수하는 도장이 운영되고 있다.

또한 가고시마에서는 그 옛날 세키가하라 싸움에서 요시히로와 사츠마 무사들이 보여준 용맹함과 희생을 기리기 위해 매년 10월에 추모행사가 열린다. 참가하는 시민들은 갑옷을 입고 투구를 쓰고 깃발을 등에 꽂아 전국시대의 무사를 방불케 하는 모습으로(아래 사진) 가고시마 시내를 출발하여 요시히로의 목상(木像)이 안치된 신사(神社)까지 약 20km를 행진한다. 이 행사가 200년 넘게 이어져 내려오고 있다고 하니 가고시마 사람들이 요시히로를 비롯한 사츠마 무사들을 경애하는 마음이 어느 정도인지를 가늠할 수 있다.

그런데 요시히로의 가문인 시마즈는 대단히 오래된 가문으로 12세기 말 鎌倉(가마쿠라)시대부터 큐우슈우 남쪽 지역을 통치해 왔다. 요시히로는 그 시마즈 가문의 17대 당주(가문의 장)이자 薩摩(사츠마) 지역의 영주였다. 시대에 따라 시마즈의 영지는 늘기도 하고 줄기도 하지만 대체로 지금의 가고시마현과 바로 동쪽에 인접한 宮崎県(미야자키현)을 영지로 유지

◎ 요시히로를 기리는 축제
妙円寺詣り(묘오엔지 마이리)의
한 장면

해 왔다. 전국시대에 들어서 1586년에는 큐우슈우의 대부분 지역(약 3 / 4)까지 세력을 확장한 적도 있었으나 바로 다음해에 히데요시가 20만 대군을 이끌고 진압에 나섬으로써 새로 정복한 지역을 모두 몰수당했고 원래 영지마저 히데요시에게 빼앗길 존망의 위기를 겪었다.

1600년에는 세키가하라 싸움에서 이에야스에게 패함으로써 또 한 번의 위기를 맞았다. 하지만 이 두 번째 위기도 모면하게 되는데 이것은 이에야스도 히데요시와 마찬가지로 시마즈 가문의 영지를 몰수하여 적으로 만드는 것보

다 이들의 용맹함과 충성심을 고려할 때 영지를 인정하고 신하로 만드는 것이 낫다고 판단했기 때문이다.

그 후 시마즈 가문은 요시히로의 아들이 영주 자리에 오르면서 이에야스로부터 미야자키현의 일부까지를 영지로 인정받아 薩摩藩(사츠마번)을 창건하여 초대 번주(藩主)가 된다. 1609년에는 지금의 오키나와인 琉球(류우큐우) 왕국을 귀속시키면서 사츠마번은 77만 석의 큰 대명이 된다. 註

18세기부터는 도쿠가와 쇼군의 딸을 며느리로 맞이하거나 쇼군의 정실부인으로 딸을 시집보내어 도쿠가와 집안과 친족 관계를 맺으면서 막부의 유력 대명으로서의 지위를 다졌다. 하지만 사츠마번은 19세기 후반에는 도쿠가와 막부와 대치하여 명치유신을 성사시키는 중심세력이 된다. 그후에도 시마즈 가문은 일본을 대표하는 명문가로 남아서 현재 32대 당주가 가문을 이어가고 있다.

● 좀 더 알아봅시다

註 도쿠가와 정권 아래서 큐우슈우에는 구로다 가문의 福岡藩(후쿠오카번) 52만 석, 호소카와 가문의 熊本藩(구마모토번) 54만 석, 시마즈 가문의 薩摩藩(사츠마번) 77만 석 등 50만 석 이상의 큰 영지를 가진 대명만 3명이 있었다.

제3장

무사정권의
번영 속에서

교오토

후지산

에도(동경)

오오사카

제14화

먼저 가든 뒤에 남든 다를 게 무엔가

같이 가지 못함이

이별이라 하지 않더냐

sakini yuki / atoni nokorumo / onaji koto /
tsurete yukenuwo / wakaretozo omou

先に逝き / あとに残るも / 同じこと /
連れて行けぬを / 別れとぞ思う

도쿠가와 이에야스
徳川家康 (1543~1616년)

관복(官服)을 입은 이에야스의 초상화
오오사카성 천수각 소장

전국시대 때 무사들은 주군이 전사하거나 자결하면 그 뒤를 따라 순사하는 풍습이 있었다. 그러나 주군이 천수를 다하고 병사했을 때는 순사하지 않았는데 德川家康(도쿠가와 이에야스)가 정권을 잡고 난 후 전쟁이 줄어들자 주군이 병사하여도 그 뒤를 따라 가신들이 순사하는 풍조가 생겼다.

이에야스는 이 풍조를 매우 못마땅하게 생각했다. 1607년 나고야 지역에 영주로 보냈던 4남이 병사하자 그의 가신들이 할복 순사했다. 그 소식을 들은 이에야스는 화를 내면서 "살아서 주군의 후계자를 보필하는 것이 진정한 충성이며 가신의 순사를 막지 못한다면 우매한 주군이다"라고 하면서 순사를 금하는 서신을 도쿠가와 가문의 대명들에게 보냈다고 한다. 모두에 게재한 이에야스의 유언시조는 가신들의 순사가 부질없는 일이니 그런 짓은 하지 말고 각자가 맡은 일을 충실히 하라는 훈계가 담겨 있다. 조직 관리의 달인이었던 이에야스의 면모를 보여주는 유언시조라 하겠다.

쿠로다 간베에(제12화)도 1604년에 타계할 때 유언으로 가신들의 순사를 금했다. 자살을 금하는 천주교 신앙의 영향도 있었겠지만 칸베에는 자신이 키운 유능한 가신들을 순사로 잃고 싶지 않았던 것이다. 실제로 능력 있는 가신들을 많이 넘겨줌으로써 쿠로다 가문은 아들 대에 크게 번영했다.

하지만 칸베에나 이에야스의 생각과 달리 순사는 이후에도 일본 각지에서 발생하였다. 13화에서 소개한 島津(시마즈) 가문에서는 1611년에 15명, 1619년에 13명, 1638년에는 9명, 1641년에는 11화에서 소개한 細川(호소카와) 가문에서 19명 등 1650년대까지 순사가 종종 발생한다.

이에야스가 서거했을 때는 유언시조의 훈계가 효력을 발휘해서였는지 순사자가 나오지 않았으나 2대 쇼군, 3대 쇼군이 별세했을 때는 순사자가 발생하였다. 그러자 4대 쇼군 家綱(이에츠나)는 1663년에 순사 금지령을 내렸고 1668년에 어느 대명 집안에서 발생한 순사에 대해서는 후계자인 아들과 순사한 가신들의 아들까지도 처벌했다. 그러나 가신의 순사는 결국 5대 쇼군 綱吉(츠나요시)가 1683년에 정식으로 순사 금지를 명문화한 다음에야 비로소 멈추었다.

평화로운 시대가 계속되자 전국시대를 살아남은 카리스마 있는 주군과 혈기 넘치는 가신들이 사라진 것도 순사가 없어진 이유로 볼 수 있으나 주군이 아니라 주군의 가문에 대한 충성을 보다 중히 여기게 함으로써 개인 숭배의 싹을 자르고 일본 각지의 대명들을 그 가문 단위로 통치하려는 막부의 압력이 거세졌기 때문이라고 보아야 할 것이다.

이에야스는 순사를 근절하지는 못했으나 그 이전의 어느 정권보다도 튼튼한 지배체제를 구축했다. 그는 1603년에 쇼군직에 올라 지금의 동경인 江戶(에도)에 막부를 세운 지 불과 2년 후인 1605년에 아들 秀忠(히데타다)를 쇼군 자리에 앉힘으로써 쇼군직은 도쿠가와 가문이 대대로 세습한다는 것을 만천하에 알렸다. 이에야스 본인은 에도성을 떠나 거처를 후지산 서남쪽의 駿府城(순푸성)²²으로 옮겨 정권 운영을 뒤에서 조종했고 1607년에는 조선통신사를 만나는 등 조선왕조와의 국교도 회복하였다. 1614년과 1615년에는 두 번에 걸쳐 15만이 넘는 대군을 이끌고 오오사카성을 공격하여 유력 대명으로 남아있던 토요토미 히데요시의 아들을 멸망시킴으로써 토요토미 세력을 근절하였다.

1615년에는 정권 운영에 대단히 중요한 법 두 가지를 제정한다. 하나는 천황을 수장으로 하는 조정과 쇼군을 수장으로 하는 막부의 관계를 규정하는 법이고 다른 하나는 대명들의 권한을 제한하고 그들을 통제하기 위한 법이다. 註1 이 중에서 조정과의 관계를 명문화한 법은 매우 획기적이었다. 천황의 책무를 명시한 사상 초유의 법이었기 때문이다. 이 법으로 천황의 국가

적 책무가 전통 의식이나 전통문화의 계승에 있음을 명시함으로써 천황이 정치에 관여하는 일을 막았고 막부의 동의 없이는 무사들에게 관위(官位)를 수여할 수도 없게 만들었다. 이로써 정권 타도를 노리는 무사 세력이 나타나더라도 조정의 높은 관위나 관직을 얻기도, 천황의 정치적 성명문을 얻어서 대의명분을 세우는 일도 불가능해졌다.

토요토미 히데요시 정권 때는 히데요시 본인이 조정의 최고 관직에 오름으로써(제10화 참조) 조정과 천황을 통제하고 천황의 권위를 등에 업고 무사들을 통치했으나 이에야스는 막강한 군사력과 재력을 배경으로 법을 정하여 쇼군이 나라 전체를 통치하는 체제를 만들었다. 조정의 위계로 따지면 쇼군(정식 명칭은 征夷大将軍 / 세에이타이쇼오군)은 최고위 무사일 뿐이다. 하지만 이에야스는 쇼군의 권위가 천황의 권위를 능가하도록 만들어 무사정권이 명실공히 일본을 지배하는 기틀을 마련했다. 도쿠가와 정권은 이에야스가 만든 이 지배체제를 기반으로 260여 년 동안 일본을 통치하며 일본의 역사를 움직이는 주역이 되었다. 註2

건강 관리에 남달리 관심이 많았던 이에야스는 만년에는 매사냥과 한약 만들기로 소일했다고 한다. 정권 유지의 토대를 확고히 하는 두 가지 법을 제정한 바로 다음 해인 1616년 이에야스는 73세로 세상을 떠난다. 그는 모두에 게재한 시조 외에 또 하나의 유언시조를 남겼다.

다시 눈을 뜨니 / 기쁘기 그지없네 / 한숨 더 자자꾸나
이승에서 꾸는 꿈엔 / 새벽 하늘이 보이네
うれしやと / 再び覚めて / 一眠り / 浮世の夢は / 暁の空

이에야스에게 저승은 해가 지는 서쪽이 아니라 해가 떠오르는 동쪽에 있었고 한숨 푹 자다 가도 되는 편안한 곳이기도 했던 것 같다. 꾀꼬리를 죽이지도 않고 울도록 강요하지도 않고 울 때까지 참고 기다리다가 결국 모든 것을 이루어낸 이에야스가 남긴 위의 유언시조에는 '할 만큼 다 했다'를 뛰어넘어 '하고 싶었던 것은 모두 다 했다'라는 크나큰 만족감이 드러난다.

이에야스가 죽은 후 이에야스를 신으로 모시는 東照宮(도오쇼오구우)가 일본 각지에 세워졌다. 에도 시대에는 500여 곳이 있었으나 현재는 130여 곳만 남아 있다.

◦ 시즈오카 현 구노오잔에 있는 도오쇼오구우

◦ 도치기 현 닛코오에 있는 도오쇼오구우

◦ 동경 우에노에 있는 도오쇼오구우

● 좀 더 알아봅시다

註1　禁中並公家諸法度(킨츄우 나라비니 구게쇼핫토)와 武家諸法度(부케쇼핫토)를 가리킴. 이에야스는 대명들을 다스리기 위해 그들이 가질 수 있는 성(城)을 하나로 제한하고 나머지 성들을 모두 없애도록 한 데 이어 1615년에 〈부케쇼핫토〉라는 법을 만들어 성곽의 개축이나 수리도 마음대로 할 수 없게 하고 대명끼리의 혼인에 대해서도 막부의 허가를 얻도록 함으로써 대명들의 군사력 증대와 세력 확장을 철저히 막았다. 이 부케쇼핫토는 이에야스 이후에도 역대 쇼군에 의해 개정되면서 도쿠가와 막부의 정권 유지를 확고하게 하였다.

註2　도쿠가와 정권이 일본을 통치하고 막부가 江戸(에도)에 있던 1603~1868년을 〈에도 시대〉라고 일컫는다.

제15화

내 마음속에 높이 뜬 밝은 달
그 달빛 따라
이승의 캄캄한 길 뚫고 가리라

kumori naki / kokorono tsukiwo / sakidatete /
ukiyono yamiwo / terashitezo yuku

曇りなき / 心の月を / 先立てて /
浮世の闇を / 照らしてぞ行く

다테 마사무네
伊達政宗 (1567~1636년)

仙台(센다이) 시내에 있는
옛 성터에 세워진 동상

伊達政宗(다테 마사무네)는 어릴 때 천연두로 오른쪽 눈을 잃은 외눈의 무장이었다. 밤낮없이 영토 싸움 속에 지내야 했던 전국시대 무장으로서는 큰 핸디캡이 아닐 수 없었다. 그런데 후(後)고구려를 세운 궁예처럼 그는 장애를 극복하고 보이지 않는 눈보다 더 잘 보이는 눈을 가졌던 듯하다. 그는 그것을 유언시조 속에서 《마음속에 높이 뜬 밝은 달》이라고 하면서 죽음의 고비를 여러 번 헤쳐나가게 해주었던 《그 달빛 따라》 당당하게 저승길로 나가겠다고 선언한다. 마치 저승에 출사표를 던지는 듯한 유언시조이다.

마사무네의 투구를 장식한 길고 날카로운 초승달은 그의 트레이드 마크이기도 했다. 왼쪽 사진은 마사무네가 실제로 입었던 투구와 갑옷으로 仙台(센다이)의 시립박물관이 소장하고 있다. 조지 루카스 감독의 『스타워즈』에 등장하는 다스베이더의 의상은 이 검은 옻칠을 한 마사무네의 갑옷이 모티브가 되었다고 한다.[25]

이 갑옷 외에도 마사무네의 패션 감각은 남다른 데가 있었기 때문에 멋 부리는 남자를 보고 "다테 마사무네 같다"라고 하는 뜻으로 伊達男(다테오토코)라는 말이 생겼고 눈도 나쁘지 않은데 멋 내려고 쓰는 안경을 伊達眼鏡(다테메가네)라고도 한다.

마사무네가 10년만 일찍 태어났더라면 천하를 얻었을 것이라고 말하는 사람도 있다. 마사무네가 보기 드문 맹장이었기 때문이다. 그는 17세에 米沢(요네자와)[26] 지역의 영주였던 아버지의 대를 이어 18세부터 영토 확대에 나서 불과 4년만인 1589년에는 会津(아이즈), 仙台(센다이)[27]를 비롯한 동북지방(東北地方)에 110만 석 규모의 영토를 확보한다. 하지만 당시는 이미 히데요시의 천하통일이 거의 끝나갈 무렵이었으므로 마사무네는 히데요시와 패권 싸움을 벌이기보다 그의 신하가 되어 기회가 오기를 기다리기로 한다.

그리하여 마사무네는 1590년부터 히데요시를 섬기게 되지만 영지는 72만 석으로 깎이고 다음 해인 1591년에는 충성심을 의심받아 58만 석까지 줄어들게 된다. 그 후에도 모반의 의심을 받는 등 마사무네는 히데요시 정권 때는 몸을 사리고 지내야만 했다.

하지만 히데요시가 죽자 1599년에 맏딸을 이에야스의 6남과 혼인시켜 이에야스와 인척 관계를 맺었다. 이에야스가 정권을 잡은 후 1601년에는 仙台(센다이)를 중심으로 하는 62만 석의 영지를 배정받아 센다이번을 창건하여 초대 번주(藩主)가 되고 이에야스가 죽은 후에도 3대에 걸쳐서 도쿠가와 쇼군을 섬기며 살았다. 3대 쇼군 家光(이에미츠)도 마사무네를 집안 어른처럼 극진히 모셨고 전국시대의 산 증인이자 맹장이었던 그로부터 자신의 할아버지 이에야스에 얽힌 옛이야기 듣는 것을 무척 좋아했다고 한다. 마사무네가 1636년 68세로 세상을 뜨자 이에미츠는 그의 죽음을 애도하기 위해 에도 시중에 7일간 살생과 유흥을 금하는 명을 내렸다.

마사무네의 후손들은 도쿠가와 정권 내내 센다이 지역을 통치했고 현재는 18대 당주가 마사무네의 묘인 瑞鳳殿(즈이호오덴 / 오른쪽 사진)을 지키며 자료관도 운영하고 있다.

◎ 1637년 센다이 시내에 창건된 즈이호오덴은 1945년에 소실되었다가 1979년에 재건되었다.

전국시대에 늦게 나타난 스트롱맨 마사무네는 천하를 손에 넣는 꿈은 접고 생애 후반에는 센다이 번주로서 영지를 발전시키는 일에 힘을 쏟는다. 운하를 정비하고 농토를 넓히고 공식적으로는 62만 석의 영지였으나 실질적으로는 74만 석 이상을 생산할 수 있게 하였고 항구를 새로 만들어 1632년부터는 江戸(에도)로 쌀을 수출하기 시작하였다. 한때 '에도 쌀의 3분의 1은 센다이번의 쌀'이라는 말이 나올 정도로 센다이번은 번영을 누렸다. **註**

호소카와 가문(제11화)의 구마모토, 구로다 가문(제12화)의 후쿠오카, 시마즈 가문(제13화)의 가고시마가 그랬듯이 마사무네의 伊達(다테) 가문은 센다이가 오늘날 동북 지방 제1의 도시가 되는 기반을 만들었다.

일본의 지방 도시에는 그곳을 통치했던 옛 영주들의 동상이 서 있고 그들이 남긴 역사와 유적은 지방 출신자들의 정체성을 형성한다. 일본 사람끼리 "나라가 어디냐?"고 물을 때 '나라'는 출신 지방을 뜻한다. 매년 봄과 여름에

○ 제100회 전국고교야구선수권대회
(2018년) 개회식 모습

전국 각지의 지방 대표팀이 고오베의 甲子園(고오시엔) 구장에 모여 열전을 펼치는 고교야구가 시작되면 일본열도는 응원 열기에 휩싸인다. 여러모로 지방에 대한 애착과 자부심이 우리와는 사뭇 다르다.

● 좀 더 알아봅시다

註 도쿠가와 막부는 직할 영지를 뺀 나머지 지역을 대명들에게 나누어 주었는데 이 대명들의 영지와 무사 조직을 가리키는 말이 번(藩)이다. 그런데 막부는 번을 없애거나 다른 곳으로 옮기게 하여 번의 규모를 줄이기도 하고 늘이기도 하면서 대명들을 다스렸다. 그 결과 전국 각지의 번의 수는 도쿠가와 정권 내내 일정하지 않았으나 대략 260개 안팎이었다.

제16화

왜냐고 누구냐고 묻지도 말아라

사루사와 연못의 옛 사연이

가가미가 연못에 다시 일어났을 뿐이니

※ 사루사와 연못: 奈良(나라)의 나라공원 안에 있음
가가미가 연못: 동경 浅草(아사쿠사) 근교에 있던 연못

nawo soreto / towazutomo shire / sarusawano /
atowo kagamiga / ikeni shizumeba

名をそれと / 問わずとも知れ / 猿沢の /
あとを鏡が / 池に沈めば

우네메

采女 (1654년경~1670년경)

요시와라(吉原) 공창가의
모습을 그린 17세기 목판화

동경 동북쪽 浅草(아사쿠사)[b] 근교에 출산사(出山寺)라는 절이 있는데 그 경내에 采女塚(우네메즈카)[c]라고 새겨진 비석이 서 있다. 낡아서 비문도 잘 보이지 않는 이 자그마한 비석(왼쪽 사진)에는 다음과 같은 사연이 있다.

어느 날 아침 출산사 근처에 있는 鏡が池(가가미가 이케)라는 연못에 풀 베러 온 사람이 연못가 소나무 가지에 여자 기모노가 걸려 있는 것을 보고 의아하게 여겨 주위를 살펴보니 젊은 여자의 시신이 연못 위에 떠 있었다. 나무에 걸려 있던 기모노 속에서는 시조 한 수가 적힌 쪽지가 나왔다. 연못에 몸을 던진 여자는 가까운 공창가(公娼街)의 采女(우네메)라는 창기(娼妓)였고 그 공창가에서는 며칠 전에 그녀의 손님이었던 한 남자가 그녀를 잊지 못해 그녀의 가게 앞에서 유서를 남기고 자살한 사건이 있었다는 것이 밝혀진다. 그 남자는 절에서 수행 중이던 젊은 승려였다. 이 젊은 남녀의 이루어질 수 없는 사랑의 결말은 사람들의 동정을 샀고 장안의 큰 화제가 되었다. 1670년경의 일이었다.

우네메는 미모의 창기였고 16세(세는 나이)의 어린 나이치고는 그녀가 남긴 시조는 어제오늘 배운 것으로 생각할 수 없는 높은 기량을 보여준 것이어서 사람들의 이목을 끌었다. 시조 속에 나오는 《사루사와 연못》은 아득한 옛날 8세기경에 한 궁녀가 천황의 총애를 잠시 받다가 천황이 가까이하지 않자 몸을 던져 죽었다는 전설이 내려오는 연못으로 죽은 궁녀는 〈우네메〉였다. 〈우네메〉는 그녀의 이름이 아니라 천황을 가까이서 모시는 궁녀들에게 주어지는 관직 이름으로 그녀들은 뛰어난 미모와 교양을 겸비한 여성들이었다.

나이도 어린 창기가 오래된 전설을 바탕으로 유언시조를 지은 것도 그렇거니와 시조의 수사법(修辭法)도 수준급이어서 이 유언시조는 몇 세대를 건너간 1804년 당시의 문인들이 출산사에 세운 비석에 남았다.

그런데 우네메가 살았던 시대는 도쿠가와 막부의 통치 기반이 날로 견고해지던 시절이었다. 1651년 3대 쇼군 家光(이에미츠)가 죽고 그의 장남인 家綱(이에츠나)가 대를 이어 겨우 10살의 나이로 4대 쇼군이 된다. 쇼군직은 천황이 있는 교오토에 가서 임명을 받는 것이 관례였으나 이에츠나는 에도성에서 천황이 보낸 사신을 맞이하고 쇼군직을 수여받았다. 이후 이것이 관례가 되었는데 이 일로 쇼군의 권위가 천황을 능가함이 세상 사람들에게 알려졌고 도쿠가와 쇼군의 권위는 한층 더 강화되었다.

한편 정권의 중심지인 에도도 점점 큰 도시가 되어가고 있었다. 초대 쇼군 이에야스 시절 에도의 인구는 이미 15만 명 규모에 달했다고 하지만 그때까지만 해도 쿄오토나 오오사카의 20만 명 규모에는 미치지 못했다. 그러다가 3대 쇼군 이에미츠 때에 와서는 에도의 인구가 폭발적으로 증가하게 된다. 그 연유는 武家諸法度(부케쇼핫토, 제14화 註 1) 참조)를 개정하여 1635년에 새로 추가된 參勤交代(산킨코오타이)라는 제도 때문이었다. 막부는 이 새로운 법을 만들어 전국 각지의 대명들에게 1년은 에도에 와서 살고 다음 1년은 영지에 가서 사는 식으로 1년마다 거처를 옮길 것을 명했다.■註■ 이로 인해 에도에는 대명과 그의 가신들이 사는 집이 들어서게 되고 그들이 생활하는 데에 필요한 물품을 취급하는 상인과 직공들도 모여 살기 시작했다. 그 결과 우네메가 살았던 17세기 중반의 에도는 인구 70만 명의 대도시가 되었다.

에도가 국내 제일의 대도시가 되고 소비가 확대되면서 농촌에서 농지를 물려받지 못한 차남이나 삼남들이 일거리를 구하러 에도에 대거 유입되었고 에도에 와서 근무하는 대명들의 가신도 대부분 단신 부임이었기 때문에 에도는 남자가 여자보다 두 배 가까이 많은 도시가 되었다. 그러한 사정을 감안하여 도쿠가와 막부는 1657년에 浅草(아사쿠사) 근교에 2만 평의 땅을 마련하여 그전부터 에도성 동쪽에 있던 吉原(요시와라)라고 하는 공창가를 확장 이전하였다. 당시의 요시와라에는 2천 명 가량의 창기가 있었다고 하고 우네메도 그곳에 몸을 담고 있었다.

우네메도 가난한 집에 태어나 창가(娼街)에 팔려 온 것으로 짐작되지만 그녀에게는 하늘이 내려준 재능이 있었던 것일까. 그녀가 남긴 시조는 흠잡을 데 없는 짜임새를 가진 품격 있는 것이었다. 하지만 그녀의 유언시조 속에 자살한 젊은 승려에 대한 연민이나 애틋한 사랑을 시사하는 말은 보이지 않는다. '님이 없는 세상'이라든가 '당신 곁으로 나도 가겠다'라는 등의 말 대신 자신의 극단적인 선택에 대한 긍지가 보인다. 그녀는 창기가 되었을 때부터 자신의 모진 팔자를 거부하고 죽을 기회만을 찾았던 것이 아닐까? 젊은 승려는 그 기회를 준 것이 아닐까?

그녀의 유언시조는 조금이라도 배운 사람이라면 알 것이니 '왜냐고 누구냐고 묻지도 말아라'하고 얄팍한 생각들을 물리친다. 그리고 밝힌다. 나는 그 옛날 사루사와 연못에 몸을 던진 궁녀 〈우네메〉의 화신이라고.

창기가 되기를 거부한 그녀의 유언시조는 가련하고도 꿋꿋하다.

● 좀 더 알아봅시다

註 산킨코오타이라는 제도는 대명의 정실부인과 대를 잇게 될 아들이 에도에 상주하는 것을 의무화하고 대명들에게 자기 영지와 에도에서 두 집 살림을 해야 하는 부담을 주었다. 그리고 에도에 들어갈 때와 에도를 떠날 때의 행차에 드는 비용도 만만치 않았다. 특히 에도에서 멀리 떨어진 곳에 영지가 있는 대명들에게는 큰 부담이 되었다. 큐우슈우 남쪽 끝에 영지가 있던 사츠마번(제13화)의 경우는 에도까지 오는데 40~60일이 걸렸고 한 번 가는 데 드는 비용은 약 1만 7천 량(현재 가치로 22억 엔 안팎)이었다고 한다. 영지가 가까운 번이라 하여도 에도에 거주하는 동안에 드는 비용이 만만치 않았다. 에도의 물가가 지방에 비해 월등히 비쌌기 때문이다. 번에 따라서는 에도에서 지출되는 경비가 연간 경비의 절반 이상을 차지하는 번도 적지 않았다고 한다.

○ 大名行列(다이묘오 교오레츠)라고 일컬어지는 대명 행차 모습을 그린 판화

이 제도를 만든 목적은 대명들에게 경제적으로, 심리적으로 큰 압박을 줌으로써 그들의 힘을 약화하여 막부에 반기를 들지 못하게 하는 데 있었으나 전국 각지에서 모여드는 대명 행차는 지방과 에도를 잇는 도로망을 확충시켰고 행차가 묵고 가는 일본 각지의 고을을 발전시켰다. 뿐만 아니라 에도와 교오토, 오오사카 사이의 문화 교류를 활발하게 만들었고 이들 대도시의 문화가 지방으로 확산되는 등 일본의 경제 발전과 문화 보급에 뜻하지 않은 공헌을 하게 되었다.

제17화

길 떠나 병든 내 몸
메마른 들판을
이리저리 뛰어다니는 꿈을 꾸네

tabini yande / yumewa karenowo / kakemeguru
旅に病んで / 夢は枯野を / 駆け巡る

마츠오 바쇼오
松尾芭蕉 (1644년~1694년)

바쇼오의 제자이기도 했던
화가가 그린 18세기의 초상화

일본 시조 가운데 5·7·5 모두 17자에 불과한 매우 짧은 것이 있다. 이것을 俳句(하이쿠)라고 하는데 31자로 된 和歌(와카)보다 훨씬 후인 17세기 말부터 유행하기 시작했고 그 후 와카보다 더 성행하다가 일본을 대표하는 시조가 되었고 오늘날에도 많은 작가와 애호가들이 활동하고 있다. 하이쿠는 20세기 후반 들어 구미권을 비롯하여 해외에서도 관심을 모아 관련 서적이 출판되면서 영어나 일어로 하이쿠를 짓는 외국인들도 생기고 있다.

말도 안 되게 짧은 이 시조의 매력은 제8화에서 언급한 일본 문화의 특색인 〈초점 맞추기〉에 있다고 본다(p.48 참조). 하이쿠의 매력은 아름다운 순간을 포착한 사진과 같다. 31자의 와카를 수채화나 스케치에 비유한다면 17자의 하이쿠는 감동적인 순간을 찍는 사진에 비유할 수 있다. 어떤 대상을 그림으로 그리는 것보다 사진 찍는 것이 간편하다 보니 하이쿠 짓기는 와카보다 빨리 그리고 널리 사람들 사이에 퍼지게 되었다. 사진에 매력을 느끼는 사람이 많아지면 예술 사진을 찍는 작가가 생기듯이 하이쿠에도 예술성과 문학성을 추구하는 작가가 나타난다. 松尾芭蕉(마츠오 바쇼오)가 그런 사람이다. 바쇼오는 일본 각지를 돌아다니며 기행문을 쓰면서 그 속에 인상 깊은 하이쿠를 많이 남겼다.

산길 걸어오다 / 발길이 멈췄네 /
그 흔한 작은 제비꽃 앞에서
山路来て / 何やらゆかし / すみれ草
울창한 숲속 / 바위에 스며드는 / 매미 우는 소리
静かさや / 岩にしみ入る / 蝉の声

파도가 몰아치는 거친 바다 / 저 멀리 佐渡(사도)섬 하늘에 / 커다란 은하수 누워 있네[28]

荒海や / 佐渡に横たう / 天の川

바쇼오는 오래전에 무사 신분을 버리고 三重県(미에현) 伊賀(이가)[29]에서 농민이 된 집안의 차남으로 태어났다. 성장 과정에 대한 자세한 기록은 남아 있지 않으나 12세 무렵에 그 지역의 무사 집에 들어가 하인으로 지내면서 18세 무렵에 당시 유행했던 俳諧(하이카이)라고 하는 시조를 배우기 시작했다. 점차 실력을 인정받고 하이카이 스승 자격도 얻게 되자 30세가 될 무렵에 에도로 진출하여 33세쯤부터 하이카이를 생업으로 삼게 된다.

하이카이는 5·7·5로 된 전련을 누군가가 먼저 짓고 다음에 7·7로 된 후련을 다른 사람이 이어 지으면 이것을 한 세트로 하여 모두 18세트나 50세트가 될 때까지 되풀이하며 만드는 긴 시조를 말한다. 여러 사람이 모여서 전련과 후련을 번갈아 짓는 유희성이 강한 하이카이는 일종의 지적인 게임이어서 시조를 계속 이어갈 수 있는 순발력과 폭넓은 지식이 요구된다. 하지만 귀족적인 격조보다 기발하고 참신한 발상을 중시하고 비속어도 과감히 사용하여 서민적이고 해학이 넘치는 내용이 많았다.

에도에 진출한 바쇼오는 하이카이를 짓는 모임에 초대받거나 모임을 주최하면서 제자들도 많이 생겼다. 40대가 되면서 자기만의 하이카이 세계를 개척하기 위해 해학성을 탈피하고 순수한 문학성을 하이카이에 불어넣으려고 한다. 동시에 하이카이의 첫 전련에도 주목하고 이것을 독립된 시조로 짓기 시작했다. 맨 처음에 짓는 5·7·5의 전련은 원래가 하이카이 모임에 화두를 던지는, 이를테면 자동차에 시동을 거는 것과 같은 역할을 하는 것이었다. 바쇼오는 이 5·7·5를 공동제작물인 하이카이로부터 독립시켜 개인이 별도로 창작하는 俳句(하이쿠)라는 새로운 장르로 만들었다. **註1** 다음은 바쇼오가 42세 무렵에 지은 하이쿠로 그의 대표작으로 꼽히고 있다.

> 오래된 연못 / 개구리 한 마리 뛰어드는 / 물소리 들리네
>
> 古池や / かわず飛込む / 水の音

이 하이쿠의 초점은 연못도 아니고 개구리도 아니고 물소리도 아닌 적막함에 있다. 바쇼오의 하이쿠가 추구하려던 것은 わび(와비)라고도 하고 さび(사비)라고도 하는 적막함이나 수수함이 자아내는 아름다움이다. 동시에 이 짧고도 짧은 하이쿠는 〈감추어야 아름답고 숨겨야 빛이 난다〉는 또 다른 일본의 미의식에 대해서도 알려준다. 幽玄(유우겐)이라고도 하고 余白(요하쿠)라고도 하는 일본인들의 센스 오브 뷰티(sense of beauty), 즉 미의식은 불같은 웅변이나 화려한 수사를 배제하는 데서 출발한다.

> 올해도 / 한동안은 바라보게 되었네 /
> 저 벚꽃 위에 뜨는 달
>
> しばらくは / 花の上なる / 月夜かな

47세 무렵에 지은 이 하이쿠는 봄의 아름다운 달밤을 그려내면서 동시에 계절의 무상함을 노래하고 있다. 사라지는 것이어야 아름답다는 일본의 또다른 미의식, 즉 あわれ(아와레)라고 하는 미의식을 구현하고 있다. 바쇼오의 하이쿠가 오래도록 사랑받는 까닭은 그의 하이쿠가 일본의 사계절의 아름다움과 함께 일본인들의 미의식을 짤막한 말로 절묘하게 그려내기 때문으로 보인다.

바쇼오가 살았던 17세기 후반은 서민문화가 꽃피기 시작한 시대였다. 일본 전통인형극 浄瑠璃(죠오루리)나 전통연극 歌舞伎(가부키) 그리고 소설 등의 분야에서 재능이 넘치는 서민 작가들이 나타나 서민의 애환을 그린 작품들을 쏟아냈다. 도쿠가와 막부의 통치로 사회가 안정되고 경제가 발전하면서 화폐 사용이 일상화되고 부유한 상인들과 여가를 즐기려는 서민들이 늘어났다. 문화의 발신도, 향유도 귀족이나 무사가 아닌 서민들이 그 주역이 되어 에도 시대 내내 서민 문화가 일본 문화의 중심에 서게 되었다. **註2**

농민 출신의 바쇼오도 이러한 시대의 흐름 속에서 대도시가 된 에도에서 하이카이와 하이쿠를 가르치며 저작물을 출판하여 일본 각지에 제자들이 많이 생겼다. 바쇼오는 여행도 많이 했다. 역마살이 낀 사람처럼 세 차례에 걸쳐 (1684~1685년 / 1687~1688년 / 1689~1691년) 일본 각지를 돌아다니며 기행문을 쓰고 하이쿠를 지었다.

1694년에도 에도를 떠나 고향인 伊賀(이가)를 거쳐 오오사카에 사는 제자를 만나러 갔을 때 병을 얻어 제자의 집에서 자리에 눕게 된다. 한 달 가량 몸져누웠다가 제자들이 지켜보는 가운데 50세의 생애를 마친다. 바쇼오에게는 처자식이 없었다.

모두에 게재한 하이쿠는 그가 눈을 감기 며칠 전에 지은 것이다. 죽음을 마주한 그의 심상을 노래한 것으로 보이며 황량한 풍경 속에 쓸쓸한 감회가 흐르고 있다. 유언시조로 간주되는 이 하이쿠는 자신이 탐구해온 세계가 아직도 갈 길이 멀고 요원하기만 하다는 아쉬움을 《이리저리 뛰어다니는 꿈》이란 말로 드러내고 있지만, 영원한 구도자 바쇼오의 이름은 그가 남긴 900수가 넘는 하이쿠와 함께 일본 문학사에 우뚝 서 있으며 바쇼오의 하이쿠가 새겨진 비석은 일본 곳곳에 서 있다.

◉ 네덜란드 레이던 대학의 건물 벽면에 쓰여 있는 바쇼오의 하이쿠

● 좀 더 알아봅시다

註 1　俳句(하이쿠)라는 명칭은 19세기 말에 생긴 것으로 바쇼오가 살았던 당시에는 発句(홋쿠)라고 했다. 이 책에서는 5·7·5로 된 시조는 옛것이나 현대 것이나 모두 편의상 하이쿠로 통일하여 지칭했다.

註 2　에도 시대 서민 문화의 황금기는 두 번 있었다. 첫째는 元祿文化(겐로크 분카)로 일컬어지는 17세기 후반, 두 번째는 19세기 전반의 化政文化(가세에 분카)인데 겐로크 분카는 오오사카·교오토를 중심으로 융성했고 가세에 분카는 에도가 중심이 되어 狂歌(교오카 / 제22화), 浮世絵(우키요에 / 제24화), 川柳(센류우 / 제24화) 등의 서민 문화가 전국에 널리 확산·보급되었다.

제18화

얼씨구나 절씨구나

소원 성취하고 이 내 몸 바치니

이승에서 보는 달

가리는 구름 없이 밝기만 하네

ara tanoshi / omoiwa haruru / miwa sutsuru /
ukiyono tsukini / kakaru kumo nashi

あら楽し / 思いは晴る / 身は捨つる /
浮世の月に / かかる雲なし

오오이시 구라노스케
大石内蔵助 (1659~1703년)

동경 泉岳寺(센가쿠지)
경내에 세워진 동상

오오사카 서쪽으로 120km가량 떨어진 赤穗(아코오)[30]에 5만 석의 영지를 가진 赤穗藩(아코오번)이 있었다. 註1 大石內藏助(오오이시 구라노스케)는 그 아코오번 가신단의 최고 책임자였는데 1703년에 에도에서 할복하면서 이 《얼씨구나 절씨구나》로 시작하는 시조를 남겼다. 구라노스케가 유언시조에서 홀가분함을 노래한 이유는 간단하다. 그는 2년 가까이 극도의 긴장감 속에서 지내왔기 때문이다.

그가 겪어야 했던 남다른 고충과 고난은 參勤交代(산킨코오타이 / p.91 참조)로 에도에 가 있던 그의 주군인 아코오번의 번주가 1701년 3월 14일 江戶城(에도성) 안에서 살인 미수 사건을 일으킨 데서 비롯되었다. 註2 아코오번주는 吉良上野介(키라 고오즈케노스케)라고 하는 막부 고위급 가신으로부터 심한 모욕을 당했다고 하는데 이유야 어쨌든 쇼군의 거처이자 막부의

◉ 아코오성의 망루와 해자(1955년 복원)

중앙청인 에도성 안에서 칼을 뽑는다는 것 자체가 죽을 죄에 해당하는 어리석은 짓이었다. 막부는 그날 바로 아코오 번주에게 할복을 명하고 영지도 몰수했다. 그로 말미암아 아코오번의 5백 명이 넘는 가신들은 졸지에 실업자 신세가 되고 말았다. 註3

아코오에서 번주를 대신하여 영지와 가신을 다스리고 있던 구라노스케에게 이 엄청난 사건이 급보되면서 그의 생활은 일변한다. 그는 가신단을 모아 대책을 논의하기 시작하는데 여기서 구라노스케를 비롯하여 가신들 모두가 문제삼았던 것은 칼을 맞아 상처를 입은 키라 고오즈케노스케(이하 키라로 칭함)에 대해서는 아무런 벌도 내리지 않았던 막부의 편향된 처단이었다. 옛부터 무사들 사회에서는 분쟁의 책임은 양쪽에 있다고 보고 잘잘못을 따지지 않고 양자를 모두 처벌하는 것이 엄격히 지켜져 내려온 원칙이었다. 그러

나 이번 사건에서는 이 양자 처벌 원칙이 지켜지지 않았다.

막부에 대한 반감이 들끓는 속에서 구라노스케는 다음과 같은 일들을 처리해야 했다.

1) 강경파 가신들이 본인들은 아코오번 번주의 가신이지 막부, 즉 쇼군의 가신은 아니다. 따라서 아코오번을 접수하러 오는 막부에 맞서서 농성하여 싸우다 죽든가 막부에 항의하기 위해 주군의 뒤를 따라 할복하여 순사하든가 아니면 에도에 가서 키라를 죽이고 원수를 갚자고 하는 등 과격하게 대응하려는 것을 진정시키는 일.

2) 막부에 탄원서를 제출하여 아코오 번주의 양자로 되어 있던 남동생을 새 번주로 세워서 아코오번의 재건을 도모함과 동시에 키라 측에 대한 처벌도 요구하는 일.

3) 막부가 보내오는 새 통치자에게 아코오번을 넘기는 인수인계 작업을 차질없이 진행함으로써 막부와 우호적인 관계를 유지하며 아코오번 재건의 발판을 마련하는 일.

4) 실업자 신세가 된 가신들에게 아코오번의 잔여 재산을 나누어 주는 일.

구라노스케는 3개월에 걸친 인수인계 작업과 잔무 처리를 마치고 6월 25일에 자신의 고향인 아코오를 떠나 친인척이 가까이 사는 교오토 외곽으로 거처를 옮긴다. 이후 2)번 일에 매달리게 되는데 키라를 죽이고 주군의 원수를 갚자는 아코오번의 강경파 유신들은 계속 구라노스케를 압박했다.

하지만 해가 넘어가면서 강경파 유신들도 생계를 유지하기 위해 다른 번의 가신이 되거나 무사 신분을 버리고 상인이나 농민이 되는 자들이 생겨 한때 100명이 넘던 강경파도 그 수가 줄어들기 시작한다. 초조해진 강경파 유신들 사이에서는 구라노스케의 지시를 따르지 않고 즉각적인 거사 단행을 꾀하는 일도 생겼으나 구라노스케는 아코오번 재건의 꿈을 버리지 않고 막부 요로에 줄을 대며 탄원 활동을 계속했다.

그러다가 1년이 지난 1702년 7월 18일, 기다리고 기다리던 구라노스케에게 기별이 날아든다. 막부가 자택에서 근신 중이었던 주군의 양자이자 남동생을 주군의 종가인 広島藩(히로시마번)에 보내고 구금하라는 명을 내렸다는[31] 무정한 소식이었다. 양아버지인 아코오번주가 저지른 죄에 대하여 연좌제가 적용된 것이었다. 유일한 희망이 사라져버린 구라노스케는 이에 유신들을 이끌고 키라를 치는 거사를 결심한다.

그들의 원수가 된 키라는 대대로 조정 귀족들에 대한 의전을 맡아온 명문 가문의 무사로서 구라노스케의 주군이 칼부림을 한 그날도 교오토에서 온 조정 사신을 에도성에서 영접 중이었다. 구라노스케의 주군인 아코오번주는 키라의 지휘를 받으면서 사신들에 대한 향응을 준비하다 키라에게 칼부림을 했으니 그날 행사는 엉망진창이 되었고 쇼군은 분통이 터질 대로 터져 버렸다. 5대 쇼군 綱吉(츠나요시)는 별다른 심문 절차도 없이 그날 바로 할복을 명했고 대명의 할복은 실내에 그 자리를 마련하는 것이 관례였으나 그 관례도 무시되고 아코오번주 浅野内匠頭(아사노 타쿠미노카미)는 마당에 앉아서 배를 갈랐다.

7월 28일 구라노스케는 동지들을 모아 거사를 천명한다. 거사는 결국 자신들의 죽음을 의미했다. 실패하면 죽임을 당하거나 자결해야 할 것이고 성공한다 하더라도 막부가 목숨을 살려 줄 가능성은 희박했다. 이날 이후 동지들의 수를 최종 확인하는 가운데 하나둘씩 탈락자가 생긴다. 각자의 결심을 확인하고 또 확인하자 55명이 남았다. 이 무렵부터 구라노스케는 이 거사가 과연 성공할까, 계획이 새어나가지는 않을까 하는 불안과 초조함에 시달리게 된다.

9월 들어 동지들이 에도에 잠입하기 시작하고 구라노스케도 11월 5일에 에도에 들어간다. 키라가 사는 저택 주변도 살피고 그 집의 도면도 입수하여 면밀한 계획을 세우기 시작하는데 그 와중에도 탈락자가 여러 명 생겼고 거사를 위해 어렵게 마련한 군자금도 바닥나기 시작했다. 註4

아코오번의 유신들이 키라에게 보복할 것이라는 소문은 사건 당시부터 장안에 돌고 있었다. 사건 발생 이후 키라 측에서도 경계를 늦추지 않았기 때문에 유신들의 거사는 성공하기 힘들 거라고 수군거리는 사람도 적지 않았다.

에도에서 숨을 죽이고 기회를 기다리던 구라노스케와 유신들에게 키라의 집에서 12월 14일에 다도(茶道) 모임이 있다는 정보가 입수되자 그날 거사를 감행하기로 한다. 그날 키라가 집에 있는 것은 확실했다. 구라노스케는 거사의 대의명분을 적은 결의문을 작성하고 12월 2일에 마지막 준비를 위해 동지들을 모은 자리에서 이와 같이 말했다고 전해진다.

"키라를 찾아내어 그의 목을 치는 자도, 집 주위에서 망을 보는 자도 돌아가신 주군에 대한 충성에는 하등의 차이가 없다. 고로 자기에게 주어진 일에 이의를 제기하지 말고 각자가 맡은 임무에 힘써주기 바란다."

12월 15일 새벽 4시 마지막까지 남은 47명이 키라의 저택 앞에 집결했다. 이웃 주민들의 눈을 속이기 위해 소방대원으로 위장한 그들은 키라 집에 화재가 난 것처럼 "불이야, 불이 났다!"라고 외쳐대면서 정면 대문에는 사다리를 걸고 뒷문

은 큰 나무망치로 부수며 쳐들어갔다(위는 그 모습을 그린 판화). 키라 집을 지키던 무사들과 2시간가량 접전한 끝에 드디어 거사의 목적을 완수한다.

그들은 키라의 목을 베어 창끝에 매달고 주군의 묘가 있는 泉岳寺(센가쿠

지)를 향해 에도 장안을 행진했다. 에도 동북쪽에 있던 키라의 집에서 남쪽으로 약 13km 떨어진 센가쿠지까지 행진하는 도중에 구라노스케는 거사 참여자 중 2명을 막부에 보내 대의명분이 적힌 거사의 결의문을 전달한다. 이 싸움에서 키라 측은 40명 가까운 사상자를 냈고 구라노스케 측은 사망자는 없고 몇 사람이 다치기만 했다. 센가쿠지에 도착한 일행은 키라의 목을 주군의 묘 앞에 바치고 그 자리에 머물며 막부의 처분을 기다렸다.

그날 밤늦게 그들은 에도성 주변의 대명 집 네 곳에 분산 수용되었는데 에도 장안은 아코오번 유신들의 거사 이야기로 난리가 났고 소문은 전국에 퍼져 나갔다. 무사들의 칼싸움이 사라진 지 오래였지만 주군의 원수를 갚기 위해 싸운 무사다운 무사가 남아 있었다고 서민들은 갈채를 보냈고 막부의 명으로 그들을 수용한 대명 집에서도 그들의 거사에 호의적으로 반응했다. 충(忠)과 의(義)를 최고의 덕목으로 내세우는 무사정권으로서 아코오번 유신들의 거사를 부정하는 것은 자기모순이라고 막부 고위층의 일각에서도 거사를 인정하는 의견이 나왔다. 막부의 최종 결정은 거사로부터 50일이 지난 2월 4일이 되어서야 내려졌고 그 판결은 다음과 같았다.

"이번 사건에서 키라는 아무런 대항도 하지 않았으니 아코오번주의 칼부림은 키라에 대한 일방적 가해 행위이며 서로가 힘으로 맞붙은 싸움이 아니다. 일방적인 상해 사건이었음에도 불구하고 주군의 원수를 갚겠다고 무리 지어 키라의 집을 습격하여 그를 죽인 것은 막부가 이미 아코오번주에게 내린 할복 명에 승복하지 않고 항명한 것이므로 그 죄는 가볍지 않다."

결과는 전원에 대한 할복 명이었다. 항명에 대한 벌은 참수형이 원칙이었으나 막부는 아코오번 유신들의 충성심만큼은 인정한 셈이다. 하지만 집단적인 무력 행사는 절대로 용납하지 않겠다는 의사를 천명했고 이후에도 도쿠가와 막부는 질서 유지를 최우선 과제로 삼고 정권을 운영해나갔다.

막부는 전원에게 할복을 명한 그 날 또 하나의 명을 내렸다. 거사 날에 키라 집에 있던 키라의 양자에게 아버지를 지키지 못한 죄를 물으면서 '무사는 목을 베는 것이지 베이는 것이 아니다. 아버지의 목이 베였는데도 살아남아서 가만히 있는다는 것은 수치를 모르는 짓이다'라는 이유로 영지를 몰수하고 키라의 양자를 유배지로 보냈다.

이로써 구라노스케는 아코오번 재건의 꿈은 이루지는 못했으나 주군의 원수는 갚았고 막부로부터 키라에 대한 처벌도 받아낸 셈이 되었다. 2년 가까이 짊어지고 있던 짐을 내려놓고 그는 《이승에서 보는 달 가리는 구름 없이 밝기만 하네》라는 유언시조를 남기고 할복으로 생을 마감했다. 그때 나이가 45세였다.

유신들의 할복은 그들을 수용하고 있던 네 군데 대명 집에서 막부의 명이 떨어진 바로 그날 2월 4일에 동시에 집행되었다. 유신들의 나이는 10대부터 70대까지 모든 연령대에 두루 걸쳐 있었는데 주축을 이룬 것은 20대와 30대였다. 그 가운데 구라노스케의 신임이 두터웠던 大高源五(오오타카 겐고)는 俳句(하이쿠) 작가로도 이름이 알려져 있었다. 그가 마지막에 남긴 하이쿠에는 할복을 익살스럽게 받아들이는 남자다움이 드러난다. 그날은 매화꽃이 필 무렵이었고 술을 좋아했다는 그의 나이는 32세였다.

저승으로 넘어가는 산길에도 /
매화 보며 한잔 걸치고 갈 / 주막 하나쯤은 있겠지

梅で飲む / 茶屋もあるべし / 死出の山

최연소자는 16세의 구라노스케의 아들 大石主税(오오이시 치카라)였다. 나이가 어리다는 이유로 거사에 동참하지 못할 뻔했으나 "소자는 무사가 아니옵니까?" 하고 아버지 구라노스케에게 거사 동참 허락을 간청했다고 한다. 치카라와 구라노스케는 거사를 마친 후 각각 다른 대명 집에 수용되는 바람에 부자가 다시 만나지는 못했다. 치카라도 유언시조를 남겼다.

마음에 있던 말 / 모두 아뢴 줄 알았건만 /
헤어질 때가 오니 / 그래도 못다한 말이 / 한으로 남도다
会う時は / 語りつくすと / 思えども / 別れとなれば / 残る言の葉

거사는 이들에게 충(忠)이며 의(義)였고 그것이 무사인 그들의 존재 이유였겠지만 16세의 할복은 안타깝기만 하다.

아코오번 유신들의 거사 이야기는 그 후 〈忠臣蔵 / 츄우신구라〉라는 제목으로 가부키(歌舞伎)를 비롯한 여러 공연물의 소재가 되었고 근간에도 수많은 영화, 드라마, 소설에서 다루어지면서 일본 시대극의 대명사처럼 되었다. 하지만 〈츄우신구라〉의 인기도 최근에는 사그라들었다. 옛 무사들의 충의(忠義)라는 가치관이 사라졌기 때문으로 풀이되지만 모든 가치를 돈이나 물질로 환산하고 마음의 가치를 상실해가는 것을 우려하는 사람들에게는 〈츄우신구라〉는 하나의 본보기이다. 그것은 옛 무사들에 대한 향수가 아니라 물질적 가치 이상의 무엇인가에 대한 갈망 때문이 아닌가 싶다. 우리가 사육신의 뜻을 기리는 것처럼.

● 좀 더 알아봅시다

註1 에도 시대 내내 절반 이상의 대명이 3만 석 이하였으니 아코오번의 5만 석 영지는 크지는 않았지만 작지도 않았다.

註2 여기 제18화의 날짜는 모두 음력이고 나오는 나이는 모두 세는 나이임.

註3 도쿠가와 막부는 초대 쇼군 이에야스가 만들고 역대 쇼군이 추가·개정한 武家諸法度(부케쇼핫토)라고 하는 법으로 전국의 대명들을 다스렸다. 이를 어긴 대명에게는 제15화의 註)에서도 언급했듯이 영지를 몰수하는 改易(가이에키), 영지를 이전시키는 転封(텐포오), 영지를 삭감하는 減封(겐포오) 등의 처벌을 내렸다.

아코오번주는 이 중에서 가장 무거운 영지 몰수인 〈가이에키〉 처분을 받은 것인데 아코오번주 이전에도 가이에키 처분을 받은 대명은 150명이 넘었다. 몰수된 영지는 다른 대명이나 막부 가신들에게 분배되었는데 이러한 강권을 행사하면서 막부는 지배력을 한층 더 강화하였다. 반면에 영지가 몰수된 대명의 가신들은 실업자가 되어서 이 浪人(로오닌)이라 불린 무사들이 각지에 넘치게 되고 막부에 대한 반란을 모의하는 사건까지 생기는 등 큰 사회불안을 야기하였다. 그에 따라 영지몰수는 6대 쇼군이 취임한 1709년 이후에는 현저하게 줄어들었다.

註4 거사를 위한 군자금은 그 대부분이 아코오번 정실부인이 시집올 때 가져온 지참금이었다. 구라노스케는 그 690량(현재 가치로 약 9천만 엔)의 사용 내역을 거사의 결의문과 함께 거사 직전에 부인에게 제출했고 그 사용 내역을 적은 문서도 남아 있다.

제19화

가슴 앓았던 일 기쁨이 넘치던 일

지금은 모두 옛이야기 되고

이제는 종일 꿈만 꾸다 깨는

나날이로다

uki kotomo / ureshiki kotomo / suginureba /
tada akekureno / yumebakarinaru

憂きことも / 嬉しきことも / 過ぎぬれば /
ただ明け暮れの / 夢ばかりなる

오가타 겐잔
尾形乾山 (1663~1743년)

19세기에 출판된
책에 실린 초상화

교오토에 雁金屋(가리가네야)라고 하는 기모노 판매상이 있었다. 천황이 사는 궁궐 가까이에 가게가 있었고 교오토에 사는 황족이나 조정 귀족 그리고 교오토 근교의 대명들을 고객으로 하는 고급 기모노상이었다.

尾形乾山(오가타 겐잔)은 그 집의 3남으로 태어나 부유하게 자랐다. 25세에 물려받은 유산을 가지고 독서삼매의 유유자적한 생활을 하다가 37세 느지막한 나이에 도예를 직업으로 삼고 도자기를 굽기 시작하였다. **註1** 그는 가리가네야처럼 부유층을 상대로 고급 미술도자기를 제작하면서 도예가로 명성을 얻는다.

50세가 된 1712년부터는 좀 더 저렴하고 대량생산이 가능한 도자기도 구우면서 활발하게 제작 활동을 이어가는데 50대 후반부터는 활동이 뜸해진다. 69세에 에도로 나가 上野(우에노) 근교에 가마를 짓고 도예 활동을 재개하고 자신의 도예 기법 전수에도 힘을 기울이지만 몸이 점점 쇠약해지면서 에도의 허름한 집에서 81세로 세상을 떠났다. 지켜보는 이 없는 고독사였고 머리맡에는 모두에 게재한 유언시조가 남아 있었다.

겐잔은 도예가로 큰 발자취를 남긴 인물임에도 만년이 불우했던 탓인지 그의 유언시조에는 도예가로서의 긍지나 충족감은 보이지 않는다. 부유함과 빈곤함을 모두 겪은 후 그 무상함에 말을 잊은 듯 《이제는 종일 꿈만 꾸다 깨는 나날》이라는 체념만을 남기고 떠났다.

하지만 겐잔은 지금도 건재하다. 미술관이나 박물관에서 그를 회고하는 전시회가 심심치 않게 열리고 있고 그가 남긴 도자기들은 현대인의 눈에도 매력적이다 보니 겐잔을 따라잡기 위해 그의 작품을 연구하는 도예가들도 끊이지 않는다.

겐잔이 일본 도예사에 남긴 공적은 대단히 크다. 특히 식기류에 미친 영향이 크다. 겐잔 이전의 도자기 식기류는 나무로 된 식기류와 마찬가지로 거의 모두가 둥근 원형이었다. 겐잔은 그것을 사각, 육각, 팔각은 물론 꽃 모양, 단풍 모양, 버섯 모양, 부채 모양 등 다양한 형태로 만들어냈다. 도자기에 입히는 문양과 그림도 참신하고 독창적이었고 그릇의 겉만이 아니라 안쪽에도 문양을 그렸고 일본 시조인 和歌(와카)나 한시를 써넣는 등 다양한 그릇을 선보였다(아래 사진).

'일본 요리는 눈으로 먹는다'라는 평을 받는 데에 겐잔이 기여한 바는 매우 컸으며 오늘날에도 일본의 고급 코스 요리인 懷石料理(가이세키료오리)에서는 겐잔의 옛 작품들을 본떠 만든 그릇이나 접시를 많이 쓴다.

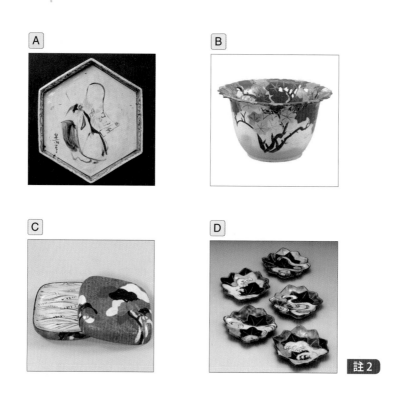

어릴 때부터 보아왔던 값비싼 고급 기모노의 도안이나 색상은 겐잔의 예술적 감성을 키웠고 젊은 시절 독서삼매의 여유로운 생활로 몸에 밴 교양과 심미안도 그의 도자기 제작에 밑거름이 되었다. 그런데 그는 도공으로서 직접 도자기를 빚는 일보다 제작물의 형태와 도안과 색상을 연구하고 고안하

는 일에 전념할 때가 많았다고 한다. 한가롭게 지내던 30세 무렵의 겐잔은 고명한 도예가로부터 도자기 굽는 법을 배웠으니 도예 기술도 수준급이었을 것이다. 그럼에도 불구하고 자기보다 뛰어난 기술을 가진 도공들을 고용해서 성형, 유약, 소성(燒成)을 맡겼다. 때로는 도자기에 그리는 그림도 尾形光琳(오가타 코오린 / 1658~1716년)을 비롯한 유명 화가에게 의뢰하면서 참신하고 다양한 색채의 도자기를 만들어냈다. **註3** 겐잔 본인은 주로 디자이너 내지는 프로듀서로서 도자기 제작을 이끌어갔으며 작가 의식을 가지고 일을 했다. 그가 제작한 도자기에는 모두 자신의 이름인 〈乾山〉이라는 두 글자가 찍혀 있다(오른쪽 사진). 화가들의 낙관처럼 자기 이름을 도자기에 남긴 예는 당시로서는 겐잔 외에 몇 사람 밖에 없었다.

또 한 가지 주목해야 할 것은 겐잔의 작품은 모두 자기(磁器)가 아니고 도기(陶器)였다는 점이다. 교오토에서 자기를 굽기 시작한 것은 겐잔이 죽고 50년이 지난 18세기 말의 일이다. 일본 도자기가 한국 도자기와 크게 다른 점은 두 가지인데 하나는 일본 도자기에는 도기류가 많고 다양하고 고급품에도 도기가 많다는 점이고 다른 하나는 도기든 자기든 간에 다양한 색깔의 유약을 사용하여 문양이나 그림을 그린 도자기, 즉 채색 도자기(彩色陶磁器)가 많다는 점이다.

일본은 자기 굽는 기술은 한국인 도공에게서 배우고 자기에 채색하는 기술은 중국인 도공에게서 배웠다. 한국에는 청화(靑畵)나 철화(鐵畵)로 불리는 단색의 채색 자기(彩色磁器)는 있었으나 중국의 오채(五彩)나 일본의 伊万里(이마리)와 같은 칼라풀한 채색 자기를 제작하는 기술은 없었다. 일본의 채색 자기류는 17세기 중엽부터 19세기 말에 걸쳐 구미권에 수출되었고 일본의 도자기 산업을 크게 발전시켰다.

채색 자기가 큐우슈우 有田(아리타)에서 만
들어진 것과 거의 같은 시기인 1650년경 겐잔
의 스승이었던 野々村仁清(노노무라 닌세에)
가 도기(陶器)에 채색하는 기술을 개발했다.
꿩 모양의 향로(오른쪽 사진)는 그가 만든 채
색 도기(彩色陶器)이다. 자기에 채색한 것처럼
정교한 이 작품은 국보로 지정되어 있다.

○ 色絵雉香炉(이로에 키지코오로)
　길이 47.6cm 높이 18cm

○ 메트로폴리탄 미술관이 소장하고
　있는 겐잔의 色絵向付(이로에 무코
　오즈케). 높이 8cm.

겐잔도 도기에 채색하여 작품을 만들었는
데 스승과 달리 정교함보다 개성적이고 예술
성이 높은 작품을 만들었다. 300년이라는 시
간이 흐른 지금도 매력적인 그의 작품들은 미
국의 메트로폴리탄 미술관 등에서도 소장하
고 있다.

● 좀 더 알아봅시다

註1 여기 제19화에 나오는 나이는 모두 세는 나이임.

註2 [A]는 銹絵寿老人図六角皿 높이 3cm 지름 26cm

[B]는 色絵竜田川文(紅葉図)透彫反鉢 높이 11.5cm 지름 20.2cm

[C]는 銹絵染仟金銀白彩松波文蓋物 가로 23.4cm 세로 23.8cm

[D]는 乾山色絵竜田川図向付 높이 3.4cm 지름 18.2cm

註3 오가타 코오린은 겐잔의 친형으로 일본 미술사에 길이 남을 그림 등을 남겼다. 아래 사진의 병풍을 비롯하여 국보로 지정된 작품도 3점이나 된다.

○ 燕子花図屏風(가키츠바타 뵤우부) 가로 338.8cm
　세로 150.9cm

제20화

하늘도 땅도
손 뻗어 주우려다 멈춘
얼음덩이가 되고 말았다네

ametsuchino / tewo chijimetaru / koorikana
乾坤の / 手をちぢめたる / 氷かな

히라가 겐나이
平賀源内 (1728~1779년)

19세기에 제작된 초상화

'시대를 잘못 타고났다'고 후세 사람들이 안타까워하는 인물이 더러 있다. 伊達政宗(다테 마사무네 / 제15화)가 그렇고 이 유언시조를 남긴 平賀源內(히라가 겐나이)가 그렇다. 마사무네는 일찍 태어났더라면 천하를 손에 넣을 기회까지 있었지만 겐나이는 너무 일찍 태어나는 바람에 그 뜻을 펴지 못하고 넘치는 재능을 제대로 살리지 못했다.

겐나이가 죽은 후 겐나이와 절친한 사이였던 杉田玄白(스기타 겐파쿠 / 1733~1817년)는 그를 기리는 비석을 세우며 비문 말미에 이렇게 새겼다. 〈嗟非常人 好非常事 行是非常 何死非常 / 참으로 특이한 사람이었다. 좋아하는 것도 행동도 보통 사람들과 달랐다. 죽을 때도 어찌 그리 어처구니가 없었는지〉

생전에 겐나이가 손을 댄 분야는 실로 다양했다. 그래서 그에게 따라붙는 수식어도 한둘이 아니다. ①약학자(藥學者), ②대중소설가, ③발명가, ④사업가 등등 여러 분야에서 나름의 상당한 업적을 남겨서 그의 이름은 교과서에도 실려 있다.

겐나이와 비슷한 시기에 우리나라에도 하백원(河百源 / 1781~1844년)이라는 전라남도 화순에 사는 실학자가 물을 퍼 올리는 양수기나 자명종 시계 등 여러 발명품을 만들었다는 기록이 남아 있다. 하백원은 야인으로 지낸 기간이 길었지만 50대에는 벼슬에 올랐다. 그러나 일본의 실학자이자 발명가였던 겐나이는 끝내 출세하지 못했다. 그의 신분이 문제였다.

겐나이의 신분은 足輕(아시가루)였다. 아시가루는 성(姓)도 있었고 칼도 찼지만 정식 무사로는 취급되지 않는 애매한 신분으로 무사들 밑에서 시설물을 지키는 경비 일이나 단순한 사무에 종사했다. 봉급이 지급되기는 하였으나 박봉이었다. **註1**

오오사카 서쪽 四国(시코쿠)섬 高松(다카마츠)에 12만 석의 영지를 가진 다카마츠번이 있었다. 겐나이의 아버지는 다카마츠번의 쌀 창고를 지키는 아시가루였으나 다카마츠번은 어릴 때부터 영리했던 겐나이에게 공부할 기회를 주어 한학(漢學)과 본초학(本草學)을 배우게 했다. 본초학은 약이 될 만한 식물이나 동물, 광석 등을 연구하는 학문으로 지금의 약학이나 박물학에 해당한다.

당시는 마침 8대 쇼군 吉宗(요시무네)가 그동안 수입에 의존하던 약초류의 국내 생산을 장려했던 시대였다. 다카마츠번의 번주도 요시무네의 정책에 호응하여 약초원을 만들었고 성장한 겐나이는 그곳에서 일하게 되었다. 24세에는 長崎(나가사키)에 가서 공부할 기회도 주어졌다. 당시의 나가사키는 네덜란드와 청나라 문물에 접할 수 있는 유일한 곳이었다. 겐나이는 그곳에서 약 1년간 다방면에 걸쳐 새로운 지식을 흡수하고 돌아오는데 26세가 되면서 번에 사직원을 낸다. 에도에 가서 본초학을 더 깊이 공부하고 견문도 넓히고 싶었던 것이다.

에도에서 겐나이는 본초학자로 점차 이름이 알려지는데 32세가 되던 해에 다카마츠번주가 고향으로 돌아올 것을 명하자 그는 이에 응하여 귀향한다. 이후 겐나이는 다카마츠번 약초원의 책임자가 되고 신분도 무사로 승격되었으나 급여는 하급 무사 수준이었다. **註2** 겐나이는 바로 그다음 해인 1761년 다시 사직원을 냈다. 이 일이 번주의 심기를 건드려 奉公構(호오코오가마이)라는 처벌을 받게 되지만 그럼에도 겐나이는 다시 에도로 떠난다.

호오코오가마이는 무거운 벌이었다. 주군이 허락하지 않는 한 다른 번에 가서 취업할 수 없고 이를 어기면 고용한 측의 번주도 처벌 받았다. 호오코오가마이 처벌을 받은 가신의 이름은 공문서로 전국의 번에 배포되므로 겐나이는 그동안 에도에서 본초학자로 일하면서 쌓아왔던 친분과 연줄이 있었음에도 다카마쓰번이 내린 처벌 때문에 다른 번에 취업할 수도 막부의 가신이 되어 출세할 수도 없었다.

생활비를 벌어야 해서 그런지 새로운 분야에 대한 호기심을 억누르지 못해서 그런지 아니면 넘치는 재능과 재주 탓인지 에도로 돌아간 겐나이는 그 후 많은 일에 손을 댄다.

그나마 처음 2년은 본초학에 매달렸다. 1762년 겐나이는 전국의 본초학자와 한의사 그리고 약품 도매상들의 정보 수집과 의견 교환을 도모하는 〈약품 재료 전시회〉를 주최하면서 큰 성공을 거두었다. 그 배경에는 다음과 같은 겐나이의 아이디어와 기획력이 있었다.

1) 전시회 개최를 알리는 홍보물을 제작하여 전국에 배포하였다.

2) 약품 도매상들로부터 협찬금을 받고 홍보물에 그들의 광고를 실었고 광고주들에게는 출품 전시물을 먼저 구입할 권리도 주었다.

3) 택배업자와 계약하여 에도까지 출품 전시물을 보내는 운송비를 주최측이 부담함으로써 지방 참가자들의 비용 부담을 덜어주었다.　**註3**

오늘날에는 별일도 아니지만, 260년 전인 당시로서는 이 모두가 획기적인 아이디어였으며 일본에서는 처음으로 시도되는 사업 기획이었다. 이 전시회의 성공으로 겐나이는 전국적으로 유명해졌고 다음 해인 1763년에는 전시회에 출품된 약품 재료를 정리하여 일본 최초의 박물도감을 간행함으로써 본초학자로서의 지위를 확고히 하였다.

그런데 그 후 겐나이는 본초학을 뒤로 하고 종횡무진으로 일을 벌여 나갔다. 그중 일부를 소개하면 아래와 같다.

a) 대중오락물의 소설이나 대본을 썼다. 염라대왕이 歌舞伎(가부키)의 인기 배우를 짝사랑하는 이야기라든가 신선에게서 얻은 부채를 타고 거인의 나라나 난쟁이 나라를 찾아가는 이야기 등 황당무계하고 웃음이 넘치는 소설을 써서 인기 작가가 된다. 이외에도 사람 몸에서 나오는 방구에 대해 고찰한 익살스런 논고나 노골적인 에로소설도 출간한다.

한편, 전통인형극 浄瑠璃(조오루리)의 대본 작가로도 활약하는데 그가 쓴 남북조 시대(제5화 참조)를 배경으로 한 작품은 오늘날에도 상연되는 명작이다.

b) 발명품이나 서양 문물의 모조품을 만들었다. 석면(아스베스트)을 이용하여 불에 타지 않는 천, 태엽의 힘으로 부싯돌에서 불씨를 만들어 담배에 불을 붙이는 라이터, 화씨(°F) 눈금의 알코올 온도계, 정전기 발생장치(1770년 42세 때 나가사키로 갔을 때 고장난 네델란드 제품을 가져와 수리하여 복원시킨 것. 아래 오른쪽 사진). 그리고 서양화의 원근법, 음영법과 함께 나가사키에서 배운 유화(油畫) 그리는 법을 일본 화가들에게 가르쳤다(아래 왼쪽 사진).

○ 일본인이 그린 유화로는 가장 오래된 것으로 추정되는 겐나이의 〈서양부인도〉

○ 에레키테루라는 이름이 붙은 정전기 발생장치. 상자 밖으로 연결된 두 개의 구리선 끝 사이에서 번개가 친다.

c) 갖가지 사업을 벌였다. 철을 만들 때 필요한 숯을 대량 생산하여 에도까

지 수로로 운반하는 사업, 소가죽처럼 질기고 세공이 가능한 두꺼운 종이를 개발하여 쌈지 등을 제조·판매하는 사업, 감상용 미술 도기(陶器)를 제조하는 사업 등을 벌이고 금, 철, 구리 등 광산 개발에도 손을 댔다.

겐나이는 한 우물을 파지 않고 많은 일에 손을 대다가 벽에 부딪치게 되거나 흥미를 잃으면 도중에 그만두는 바람에 생활도 점점 궁핍해졌다. 그는 평생 독신으로 살았는데 50세가 된 1778년에 그가 지은 하이쿠는 실의에 빠진 겐나이의 심정을 잘 드러내고 있다.

> 뭐 하나 이룬 것도 없는 채 / 이름만 알려져 /
> 해가 또 넘어가네
> 功ならず / 名ばかり上げて / 年暮れぬ

1780년 겐나이는 어떤 대명으로부터 집수리 공사를 맡게 된다. 작업을 맡길 목수 2명과 함께 밤늦게까지 술을 마시면서 공사 준비를 의논했는데 다음 날 아침에 자신이 작성한 공사 계획서가 없어진 것을 안 겐나이는 목수들을 향해 칼을 뽑았다. 이 일로 한 명이 죽고 다른 한 명이 다쳤다. 그런데 목수들이 훔친 줄 알았던 공사 계획서가 겐나이가 벗어 놓은 옷 속에서 발견된다. 겐나이는 체포되어 처벌을 기다리던 옥중에서 파상풍에 걸려서 운명한다. 겐나이는 52년의 자기 인생을 곱씹으며 스스로를 비웃는 자조적인 유언시조를 옥중에서 남겼다. 자신이 살았던 '시대와 사회'를 《하늘도 땅도》에, '자기 자신'을 《얼음덩이》에 빗대어 쓴 모두의 하이쿠가 그것이다.

우리가 잘 아는 伊藤博文(이토오 히로부미)도 출신 계급은 아시가루였다. 명치유신으로 비롯되는 일본의 근대화 사업의 중심에도 하급 무사 출신들이 많았다. 겐나이가 100년 늦게 태어났다면 그의 인생은 많이 달라졌을 것이고 그의 몸값도 '얼음덩이'가 아니라 '수정 원석', 아니 '다이아몬드 원석'이 되었을 테니 안타깝기만 하다.

● 좀 더 알아봅시다

註1 아시가루에게는 그 신분이 한눈에 드러나도록 무사들이 입는 袴(하카마)라고 하는 기모노 바지와 足袋(다비)라고 하는 버선의 착용이 허용되지 않았다. 그들은 맨발에 草履(조오리)라고 하는 신발을 신었다. 할복도 무사들에게만 허락되는 특권이었기 때문에 중죄를 지은 아시가루는 참수되거나 책형(磔刑)을 당했다. 이러한 처우는 번에 따라서 조금씩 차이는 있었으나 아시가루를 정식 무사로 취급하는 번은 한 곳도 없었다.

註2 겐나이가 이때 받은 봉급(연봉)을 친구였던 杉田玄白(스기타 겐파쿠)의 그것과 비교해 보면 겐나이의 봉급이 매우 적었음을 알 수 있다. 겐파쿠는 어느 대명의 에도 저택에서 의사로 근무하는 무사였는데 36세에 쌀 150석을 받았다. 한편 겐나이가 32세에 아시가루 신분을 벗어나 무사가 되면서 받은 연봉은 약 40석에 지나지 않았다. 겐파쿠는 그 후 1774년에 일본에서 처음으로 서양의학서를 번역한 解体新書(가이타이신쇼)라는 책을 내면서 출

세하여 만년에는 중상급 수준의 무사가 받는 400석(현재 가치로 약 5,200만 엔)의 연봉을 받았다.

(에도 시대 쌀 1석의 가치는 그 시기에 따라 다르지만, 이 책에서는 일률적으로 쌀 1석=화폐 1량=현재 가치로 약 13만 엔으로 산정하였다. 제16화의 註), 제18화의 註4)도 모두 이 기준으로 제시하였다.)

註3 에도 시대에는 1663년부터 飛脚問屋(히캬쿠동야)라고 하는 택배업자가 생겨 성업 중이었다. 초기에는 에도와 교오토, 오오사카 사이에서만 영업하다가 에도 시대 말기에는 전국 각지로 배송망을 확충했다. 편지나 소포, 현금이나 어음 등을 배달했는데 아주 급히 보내야 할 경우에는 말도 이용했으나 주로 飛脚(히캬쿠)라고 불리는 사람이 마라톤 주자처럼 달려가서 전달했다. 곳곳에 중계 기지를 설치하고 교체 인원이나 갈아탈 말을 준비하고 기지를 관리하는 사람도 두었다. 오른쪽은 에도 시대 히캬쿠의 모습을 그린 일러스트.

제21화

이제 나는 덧없는 목숨

탄식하지 않으리

천세 만세 살아갈 집 있는 곳 알았으니

imayoriwa / hakanaki mito / nagekajiyo /
chiyono sumikawo / motome etsureba

今よりは / はかなき身と / 嘆かじよ /
千代の住み家を / 求め得つれば

모토오리 노리나가
本居宣長 (1730~1801년)

앞 페이지에 게재한 초상화는 그의 고향인 松阪(마츠자카)에 있는 本居宣長記念館(모토오리노리나가 기념관)이 소장하고 있는 것으로 1790년 61세가 된 노리나가 자신이 그린 자화상이다. **註1** 이 자화상 왼쪽 위에는 후세에 오래도록 남을 와카(和歌) 한 수가 쓰여 있다.

> 우리 겨레의 마음을 누가 물으면 /
> 아침 햇살에 피어나는 / 저 산벚꽃이라 답하리
>
> 敷島の / 大和心を / 人間わば / 朝日に匂う / 山桜花

벚꽃은 오래전부터 일본인들의 사랑을 받아왔다. 제2화 西行(사이교오)의 유언시조에서도 그랬듯이 와카에서 꽃이라고 하면 그것은 벚꽃을 의미했고 12세기에는 이미 꽃 중의 꽃으로 자리매김되어 있었다.

다만, 사이교오나 18세기의 노리나가가 칭송한 벚꽃은 오늘날의 화려한 벚꽃인 染井吉野(소메이요시노)가 아니고 꽃과 나뭇잎이 동시에 돋아나오고 꽃도 조금씩 지는 순박한 山桜(야마자쿠라)라고 하는 야생 품종이었다. **註2**

◎ 야마자쿠라

◎ 소메이요시노

봄에 산을 분홍색으로 물들이고 바람에 춤추듯이 꽃잎을 휘날리며 지는 벚꽃, 필 때도 질 때도 아름다운 벚꽃을 일본인들은 더없이 사랑했다.

그런데 거기서 한발 더 나아가 노리나가는 벚꽃이야말로 일본인들의 마음의 고향이자 일본이라는 나라의 본래 모습이라고 노래하였다. 노리나가가 자화상 속에 남긴 위의 와카는 많은 일본인의 공감을 불러일으켜 그가 지은 수많은 와카 가운데 가장 유명한 한 수가 되었다. 註3

노리나가는 '일본인이란 무엇인가?' '일본의 뿌리는 무엇인가?'를 평생의 과제로 삼고 연구한 학자였다. 松阪(마츠자카)라는 지방 도시에 사는 서민 학자였던 그가 이루어낸 업적은 대단히 컸다.

일본의 가장 오래된 역사서로 『古事記(고지키)』라고 하는 책이 있다. 천지개벽의 신화부터 7세기 초까지의 역사를 기록한 것으로 712년에 편찬되었다. 그 후 얼마 지나지 않은 720년에 『日本書紀(니혼쇼키)』라는 정사(正史)가 제대로 된 한문으로 편찬됨에 따라 『고지키』는 점차 소홀히 취급되고 노리나가가 살았던 18세기에는 거의 잊혀진 책이 되어 있었다.

『고지키』에는 여러 세대에 걸쳐 구전되어온 신화와 신의 후손으로서 나라를 만들어나가는 천황들의 이야기가 실려 있는데 당시는 일본 글자인 かな(가나)가 생기기 전이었으므로 일본어를 한자의 음을 빌려 표기한데다가 문장 구조도 정식 한문이 아닌 일본식으로 서술되어 있어 13세기경에는 『고지키』를 제대로 읽을 수 있는 사람이 없었다. 이 『고지키』의 해독과 주석을 노리나가가 해낸다. 35세에 착수하여 35년간의 연구 끝에 탈고한 44권으로 된 주해서 『古事記伝(고지키덴)』은 일본 고전 연구의 금자탑이 되었다.

노리나가의 주해서는 일본 신화와 일본의 고어(古語)에 대한 이해를 비약적으로 높였고 후세의 국문학과 국어학 연구에 크게 이바지하였다. 한편 노리나가 자신은 『고지키』의 주해서 작업을 통해서 유교(5세기)와 불교(6세기)

가 들어오기 전의 일본 고대 사회와 고대인들의 정신세계를 규명함으로써 평생의 과제인 일본과 일본인의 뿌리에 대한 답을 얻게 된다.

모두에 게재한 노리나가의 유언시조 속의 《천세 만세 살아갈 집 있는 곳 알았으니》라는 말은 일본의 신들과 조상들이 사는 영혼의 세계에 대해 확신을 얻었다는 뜻이며 자신은 그 영혼의 세계에서 영생할 것이니 《이제 나는 덧없는 목숨 탄식하지 않으리》라고 노래한 것이다. 노리나가의 유언시조는 신앙 고백이자 기쁨의 노래라 하겠다.

72세에 생을 마친 노리나가가 태어난 것은 1730년, 그의 집안은 옷이나 이불의 재료인 무명을 거래하는 도매상이었다. 에도에도 가게를 둔 큰 도매상이었으나 장사에 뜻이 없던 노리나가는 가업을 잇는 대신 한의사가 되기로 결심하고 23세에 교오토로 간다. 교오토에서 의학을 비롯하여 당시의 기본 소양이었던 유학과 일본의 고전문학을 배우고 29세에 고향으로 돌아와 의원을 개업하였다. 그는 별세할 때까지 낮에는 한의사로 일하고 밤에는 역사와 문학을 연구하면서 제자들을 가르치는 학자로 평생을 보냈다.

노리나가가 몰두했던 것은 일본의 고전문학과 일본 신화를 비롯한 옛 역사였다. 그가 젊은 시절에 5년 넘게 지냈던 교오토에는 천황이 사는 궁궐이나 오래된 신사와 절 그리고 옛 경관들이 남아 있어 고전문학 속에 나오는 세계를 피부로 느낄 수 있는 곳이었다. 게다가 그의 고향 마츠자카는 일본의 조상신을 모시는 이세신궁(伊勢神宮)[4]으로 가는 길목에 있었기 때문에 노리나가는 어릴 때부터 일본 각지에서 모여드는 참배객들을 보면서 자랐고 19세 때부터 3년가량은 이세신궁 바로 앞 동네에서 살기도 하였다. 노리나가의 이러한 성장 과정은 그가 일본의 고전문학과 일본 신화와 일본 고대사에 대해 일찍부터 관심을 두게 된 요인이었다.

노리나가가 살았던 18세기는 유교나 불교가 들어오기 전에 있었던 일본 고유의 문화나 일본인들의 삶과 정신세계, 다시 말하면 일본의 옛 모습을 밝히려는 학문인 〈국학(国学)〉이 융성하기 시작한 시대였다. 노리나가도 이러한 시대의 흐름을 타고 국학 연구에 몰두하게 되었는데 당시 국학자들의 주된 연구 대상은『萬葉集(망요오슈우)』라고 하는 고대 가요집이었다.『망요오슈우』에는 7세기와 8세기의 고대 가요가 약 4,500수나 수록되어 있고 천황과 귀족으로부터 지방 관리나 농민에 이르는 여러 계층의 사람들이 지은 와카를 비롯한 고대 가요가 집대성되어 있어 일본인들의 옛 정서와 생활상을 알 수 있는 귀중한 자료였다. 하지만『망요오슈우』는 천 년도 넘은 옛날에 쓰이던 고대 일본어를 한자의 음과 뜻을 빌려서 표기한 것이어서 그 해독에는 많은 어려움이 따랐다.『망요오슈우』에는 그나마도 국학자들이 달라붙어 연구가 활발히 이루어진 덕분에 고대 가요를 통해서 일본의 옛 모습을 규명하는 일에 많은 진전이 있었으나 일본 신화를 주로 다룬 역사서인『고지키』에 대한 연구는 초기 단계에 머물러 있었다.

앞서 말한 대로 노리나가는 이『고지키』연구에 매달리게 되는데 그는 여러 사본을 비교 검토하여 원본을 확정한 후,『고지키』의 한자 원문을 하나씩 하나씩 여러 자료와 대조하고 시대 고증도 거치면서 그 옛날『고지키』가 구술되었을 당시의 일본어로 복원하는 일을 계속하였다. 실증주의에 의거하여 연구하다 보니 노리나가의『고지키』주해서는 그가 별세하기 2년 전인 69세가 돼서야 완성되었다.

그런데 일본의 고유문화나 조상들의 정신세계를 밝혀내고 일본의 독자성을 확립하려는 국학 연구자들의 움직임에는 관심이 없었던 도쿠가와 막부는 초대 쇼군 이에야스 때부터 주자학(朱子學)을 장려하고 유학자들을 예우하였다. 1690년에는 에도성 북쪽 湯島(유시마)에 공자묘도 세울 정도였고 에도

시대에는 유학 공부가 무사들의 기본 소양이었다.

하지만 국학 연구자 중에는 유교를 비판하는 이가 많았다. 역성혁명(易姓革命)이 한 번도 일어나지 않았던 일본의 역사는 유교의 천명론(天命論)과 상충하고 삼강오륜과 같은 주자학의 엄격한 윤리 규범은 인간 본래의 자연스러움과 배치될 뿐만 아니라 일본에는 고대사회로부터 면면히 이어온 고유의 윤리가 있다는 등의 이유로 유교를 비판하였다.

노리나가도 국학자로서 일본의 고유함을 주장하게 된다. 일본에는 유교나 불교의 가르침이 들어오기 전에 이미 신의 후손인 천황 아래 질서 있는 나라를 유지했던 역사가 있다, 유교나 불교가 내세우는 도덕은 혼란을 거듭했던 중국과 같은 나라를 통치하기 위해 위정자들이 인위적으로 만든 것이다. 삼라만상은 일본 신화의 신들이 관장하고 있는 것이어서 인간의 머리로는 알 수 없다. 그런데 그것을 유교처럼 논리로 해석하려는 것은 중국적인 사고이며 신에 대한 모독이라고 비판한다.

일본에는 신이 일으킨 神風(가미카제)라고 하는 큰 바람이 몽골족의 원(元)나라와 고려 연합군의 침공을 막아주었다고 해서 일본은 신의 축복과 가호를 받는 나라라는 신국사상(神國思想)이 뿌리내리고 있었는데, 노리나가는 50대 후반부터 이 신국사상에서 더 나아가 일본 신화의 신은 세계 최고의 신이며 일본은 온 세계를 이끌어 가야 하는 나라라고까지 주장하게 됐다.

이러한 노리나가의 주장에 대해 한 고명한 문인이 이의를 제기하고 논쟁을 벌인 일도 있었다. **註4** 세계지도를 보면 일본은 연못에 떨어진 나뭇잎처럼 매우 작은 나라이고 세계에는 중국이나 인도 외에도 큰 나라들이 많이 있는데 어떻게 일본의 조상신인 天照大御神(아마테라스 오오미카미)가 세계를 통치한다는 말인가. 나라마다 신화와 신들이 있고 우리보다 오래된 천지

개벽 신화도 있는데 어떻게 일본 신이 세계 최고 신이 된다는 것인가 등등의 문제 제기에 대해 노리나가는 ①바위(세계 속의 큰 나라)가 아무리 커도 그 가치는 자그마한 보석(일본)에 미치지 못한다. ②한 번도 다른 나라에 정복 당한 적이 없다는 것도 신비스러운 우리만의 가치이다. ③이 세상의 모든 것 은 그것이 지닌 가치가 얼마나 귀중한가에 따라 존중받아야 하고 진실이란 여러 개가 아니라 하나뿐이므로 일본의 신은 세계 최고 신이다. 입에서 입으로 전해진 신화라는 역사에서는 사실이 아니라 진실이 중요하다고 반박한 다. 서신을 주고받으면서 벌인 이 논쟁은 서로가 서로를 한심하다고 개탄하는 글을 끝으로 종식된다.

오랜 세월 동안 『고지키』가 전하는 신화 세계에 푹 빠진 나머지 일본 신화는 노리나가에게는 '가치 있는 현실'이 되고 말았다. 『고지키』의 주석에는 학자답게 실증주의로 일관했던 노리나가였지만 그 끝에 다다른 세계관은 한마디로 일본지상주의였다. 일본 신화를 절대시하고 신성시하는 노리나가의 사상은 다음 세대 국학자들에게도 계승되어 19세기로 접어들면서 일본 사회에 쇼군보다 천황을 숭상하는 존왕사상(尊王思想)이 퍼지는 근원이 되었다.

● 좀 더 알아봅시다

註1 여기 제21화에 나오는 나이는 모두 세는 나이임.

註2 가지마다 많은 꽃이 피어 만발한 후에는 꽃이 일제히 지고 나뭇잎이 돋아나는 소메이요시노는 19세기 후반에 에도의 정원사들이 개량한 품종으로 오늘날 시가지나 공원, 강변에서 볼 수 있는 벚꽃은 거의 모두가 이 품종이다.

註3 20세 무렵부터 와카를 짓기 시작한 노리나가가 남긴 와카는 무려 1만 수에 이른다. 노리나가에게 있어서 와카 짓기는 고전문학의 세계에 몰입하기 위한, 다시 말하면 옛 일본인들의 감수성과 정서를 몸에 익히기 위한 작업이자 단련법이 아니었을까 싶다.

　일본 고전문학의 대표작 『源氏物語(겐지모노가타리)』는 11세기 초에 쓰인 장편 연애소설인데 등장인물의 심리나 심정을 묘사하기 위해 본문 사이 사이에 와카가 795수나 삽입되어 있다. 일본 고전문학에는 와카로 점철된 작품이 많이 있으므로 와카에 대한 지식과 이해는 고전 연구에 불가결하다.

　젊은 시절부터 고전문학에 관심이 많았던 노리나가는 29세부터 『겐지모노가타리』를 연구하기 시작했는데 이 작품 속에 흐르는 정서가 바로 일본 문학의 본질이라고 주장하며 『겐지모노가타리』에 대한 상세한 주해서 9권을 펴내기도 한다.

註4 1786년부터 1787년까지 2년 동안 노리나가와 논쟁을 벌인 上田秋成(우에다 아키나리 / 1734~1809년)는 우리나라 『금오신화』와 같은 전기(伝奇)소설 『雨月物語(우게츠 모노가타리)』의 저자로 유명하고 노리나가처럼 국학자이자 한의사이기도 했다.

제22화

오래도 먹었네 오래도 먹었어
일흔다섯 나이 되도록
밥 처먹고 살았으니
하늘의 은혜는 갚을 길이 없어라

ikisugite / nanajuugonen / kuitsubushi /
kagiri shirarenu / ametsuchino on

生きすぎて / 七十五年 / 食いつぶし /
限り知られぬ / 天地の恩

오오타 난포
大田南畝 (1749~1823년)

난포와 친분이 있던
화가가 그린 초상화

이는 大田南畝(오오타 난포)의 유언시조로 그는 狂歌(교오카)의 고수였다.

형식은 和歌(와카)와 똑같지만 내용은 코믹한 것을 교오카라고 일컫는데 그가 지은 교오카를 소개하면 다음과 같다. 난포는 옛날 와카를 소재로 삼는 일이 많았는데 아래의 한 수는 10세기의 『고금집(古今集)』이라는 와카집 (p.19 참조)에 실린 유명한 와카이다.

> 님 그리며 이른 봄에 / 들에 나와 나물 캐는
> 나의 소매에 / 하얀 눈꽃이 내려앉네
>
> 君がため / 春の野にいでて / 若菜つむ / わが衣手に /
> 雪は降りつつ

난포는 이 와카를 바꾸어 다음과 같이 장난기 어린 교오카로 만들었다.

> 먹고 살기 위해 이른 봄에 / 들에 나와 나물 캐는
> 나의 소매에 / 내리는 눈도 부끄러워라
>
> 世渡りに / 春の野に出て / 若菜つむ / わが衣手の / 雪も恥かし

난포가 지은 다른 교오카 한 수를 소개하면 다음과 같다.

하나 잡고 / 또 하나 잡아서 구워 먹다 /
메추리 사라지는 후카쿠사 마을

※후카쿠사는 교오토 남쪽의 외진 마을

ひとつ取り / ふたつ取りては / 焼いて食う /
鶉失くなる / 深草の里

이것만 보면 별 재미가 없지만, 이것이 아래 와카의 패러디임을 알아차리면 무릎을 치며 실소하게 된다.

가을 들판에 날이 저물어 /
쌀쌀한 바람부는 후카쿠사 마을 / 메추리 울음소리도
가슴에 사무치네

夕去れば / 野辺の秋風 / 身に染みて / 鶉鳴くなり / 深草の里

첫 번째는 제58대 광효천황(光孝天皇 / 830~887년)의 와카이고 두 번째는 제1화에서 소개한 와카의 제1인자 藤原俊成(후지와라노 슌제에 / 1114~1204)의 와카로 둘 다 우아하고 고상한 정취가 흐르는 명작들이다.

난포는 명작 와카의 진지함을 코미디로 만드는 패러디 교오카를 많이 지었다. 패러디는 원작과의 낙폭이 클수록 재미있는 작품이 되는 데다가 자신의 교양과 기량을 뽐낼 수 있다 보니 명작 와카의 패러디는 다른 교오카 작가들도 앞다투어 만들었다.

교오카 가운데는 패러디 못지않게 세태를 풍자한 것들도 많다. 아래는 난포와 더불어 에도에서 활약했던 어느 교오카 작가가 지은 것으로 그때 당시 도쿠가와 정권 아래에서 150년 넘게 평화가 유지되자 마치 수술을 해 본 적이 없는 외과의처럼 칼은 차고 다녀도 뽑은 적이 없는 무사들이 많아진 세태를 에둘러 꼬집고 있다.

> 땀방울 흘리며 배우는 검술도 / 아무 쓸데 없어지니 /
> 경사스러운 세상이어라
> 汗水を / 流して習う / 剣術の / 役にも立たぬ / 御代ぞ目出たき

난포는 20대 초반에 동호인들의 모임에 나가서 교오카를 짓기 시작하는데 점차 두각을 나타내어 20대 후반에는 교오카 작가로 유명해진다. 35세(난포의 나이는 모두 세는 나이임)가 된 1783년에는 자신이 지은 55수를 비롯하여 748수의 교오카를 모아 편찬 출판한 『만재광가집(万載狂歌集)』이 에도 장안에서 큰 인기를 끌며 교오카의 제1인자로 인정받게 된다. 이 책이 널리 유포되면서 일본 각지에서 수년 동안 교오카 짓기가 크게 유행하였다. 교오카는 1770년대까지만 해도 동호인끼리 모여서 웃고 즐기는 단순한 오락이어서 작품으로 남기려는 사람은 거의 없었으나 교오카 붐이 일어난 1780년대부터는 서민들이 즐기는 문예로 정착되고 교오카집도 쏟아져 나오게 되었다.

난포는 교오카 작가로 유명해지기 전에 이미 에도에서 문인들의 주목을 받았다. 그가 19세의 젊은 나이에 한문으로 쓴 문집 때문이었다. 이 문집은 당나라 두보를 비롯한 『당시선(唐詩選)』에 실린 명작 한시들의 패러디와 해학이 넘치는 글들을 모아 엮은 것이었는데 이를 平賀源內(히라가 겐나이/제20화)가 높이 평가하여 문집의 서문을 써주었다. 유명 작가로 활동 중이었던 겐나이가 스무 살 아래인 청년의 실력을 인정한 셈이었고 난포는 곧이어 한문 지식이 없는 서민들을 대상으로 유머 소설도 여러 권 낸 까닭에 그의 이름은 해학작가로 일찍부터 세간에 알려져 있었다.

　그런데 겐나이가 실의에 찬 인생을 보낸 것과 달리 난포는 큰 풍파를 겪지 않고 살았다. 난포는 도쿠가와 막부의 하급 관리였다. 17세에 아버지의 뒤를 이어 막부의 재정을 관리하는, 우리나라로 치면 호조(戶曹)에 해당하는 勘定所(간죠오쇼)에서 근무하면서 세무 일을 보았다. 넉넉하지는 않았지만 그런대로 살 만한 신분이었다. 46세 때는 막부의 인재 등용 시험에 수석으로 합격하여 중급 관리까지 출세했다. 53세 때는 오오사카로, 56세 때는 나가사키로 파견되어서 그곳의 간죠오쇼에서도 일하는 등 유능한 재정담당 관리로 75세까지 근무했다.

　다재다능했던 난포에게 다행이었던 것은 막부의 관리들은 매일 근무하는 것도 아니고 종일 근무하는 것도 아니어서 시간적인 여유가 많았다는 것이다. 난포는 관리로 충실히 일하는 한편 교오카집도 내고 소설도 쓰고 파견 근무 다녀온 기행문을 비롯한 수필도 많이 써서 책으로 펴냈다. 19세에 앞서 말한 문집을 낸 이래 에도에서 줄곧 인기 작가로 통했다. 오늘날의 인기 작가와 다른 점은 막대한 인세가 들어오지 않았다는 것인데 난포의 책이 많이 팔리는 것을 아는 출판업자들은 난포에게 향응을 제공하는 일이 잦았다고 한다. 그래서 난포는 막부의 하급 관리였지만 吉原(요시와라) 공창가 (p.90 참조)에 자주 갔고 그의 작품 속에는 유흥가를 무대로 벌어지는 코미디 소설이나 에도의 고급 요리집과 요리사들을 소재로 한 소설도 있다.

난포에게는 시류를 타는 운도 따랐다. 난포가 작가로 활동했던 시기는 서민 문화가 꽃을 피우던 시대였다. 17세기 후반에도 서민 문화가 융성한 시기가 있었으나(제17화 註2), 그때의 元禄文化(겐로쿠 분카)는 교오토와 오오사카가 문화의 중심이었던데 비해 100년 후에 난포가 구가한 서민 문화의 두 번째 황금기인 化政文化(가세에 분카)는 에도가 문화 발신의 중심이 되었고 문화를 누리는 서민층도 훨씬 두꺼워졌다.

　거대 도시가 된 에도에서 浮世絵(우키요에)나 소설 그리고 歌舞伎(가부키) 등이 서민들의 지지를 받으면서 세련되고 고급화되고 매우 다양해졌다. 에도의 번영을 반영하듯 사람들은 가벼운 내용을 선호했고 향락적이고 해학적인 작품들이 환영받았던 것도 이 시기 서민 문화인 가세에 분카의 특징이었다. 난포를 유명인으로 만든 교오카도 바로 이러한 시대의 분위기 속에서 성장하여 전국적인 유행을 일으켰다.

　난포는 권위나 명성에 개의치 않는 자유로운 발상과 재치 넘치는 패러디의 본보기를 많이 남겨 주었다. 그는 유언시조에서 《일흔다섯 나이 되도록 밥 처먹고》 살았다며 자신을 밥버러지로 비하하지만 유머 넘치는 시조인 교오카 짓기를 보급한 것만으로도 밥값은 충분히 하고 갔다고 본다.

　난포가 일으켰다고 해도 과언이 아닌 18세기 말의 교오카 붐은 당대 사람들에게 활력소가 되었고 일본 문학의 폭을 넓혀 주었으며 난포가 지은 것 외에도 그 무렵에 만들어진 교오카는 시대를 뛰어넘어 웃음을 선사해 주니 말이다.

언제 뵈어도 / 젊어 보이신다 믿어지지 않는다 /
부러워하는 말 듣게 된 /
내 나이가 원망스럽기 그지없네
いつ見ても / さてお若いと / 口々に / 誉めそやさるる /
年ぞくやしき

사람들은 / 시도 때도 없이 사랑을 나누느냐 /
고양이가 물으면 어찌하리 / 면목이 없어 어찌하리
人の恋季はいつなりと / 猫問わば / 面目もなし / 何と答えん

난포는 해학을 즐기는 시대를 만나 유명 작가가 되었지만 그의 아들이 젊어서 병에 걸려 일하지 못하게 되는 바람에 난포는 은퇴하지 못하고 75세의 노구를 이끌고 에도성으로 출근하는 길에 넘어져서 병상에 누웠다가 운명했다. 그는 인재 등용 시험에 수석으로 합격하고 관리 생활도 오래 했으나 도쿠가와 막부의 가신단 중에서 하위에 속하는 御家人(고케닌)이라는 신분이었기 때문에 고위직에는 오르지 못했다.

하지만 장수를 누린 그의 건강과 다재다능함, 시대를 잘 만난 그의 운때 그리고 그를 인기 작가로 키워준 사람들 등등은 모두 하늘이 내려준 선물이라고 할 수 있을 것이다. 난포가 유언시조에서 《하늘의 은혜는 갚을 길이 없어라》라고 남긴 말은 자신의 팔자에 대한 진심 어린 감사의 표현이었을 것으로 보인다.

제23화

낙엽이 지네
앞태와 뒤태를 보이면서
단풍나무에서 낙엽이 지네

urawo mise / omotewo misete / chiru momiji

裏を見せ / 表を見せて / 散る紅葉

료오칸
良寛 (1758~1831년)

탁발하는 모습으로 서 있는
료오칸 스님의 동상

통찰의 말은 길지 않다. 짧아도 수긍하게 된다. 맹인들의 눈이 번쩍 뜨이고 더듬고 있던 코끼리가 보인다. 이 良寬(료오칸) 스님의 짧은 유언시조는 단 풍 낙엽이 질 때처럼 인간도 죽을 때는 그 사람의 겉과 속이 다 보인다고 말 한다.

아래의 한 수도 료오칸 스님의 하이쿠이다.

> 지는 벚꽃 / 남아있는 벚꽃도 / 질 벚꽃
>
> 散る桜 / 残る桜も / 散る桜

〈벚꽃〉과 〈지다〉와 〈남다〉 세 단어만으로 진리를 말했다. 스님이 말하는 벚 꽃은 강대국이기도 하고 대기업이기도 하고 슈퍼스타이기도 하다. 통찰의 말 은 깨닫는 것이 중요할 뿐 누구의 말인지는 중요하지 않지만, 료오칸 스님에 게 감사해야 할 것은 〈진리란 단순명료하다〉는 것을 17자의 짧은 하이쿠로 남겨준 것이라 하겠다.

료오칸 스님은 新潟(니이가타)[36]의 서남쪽, 佐渡(사도)[28] 섬 건너편에 있는 어 촌에서 태어났다. 이 어촌에는 사도섬 금광에서 나오는 금을 모아두었다가 에도로 보내는 항구가 있어서 도쿠가와 막부가 직접 관할하였다. 료오칸은 이 出雲崎(이즈모자키)[37]라고 하는 마을 유지 집안의 장남이었으나 18세에 출 가하여(나이는 이하 모두 세는 나이) 절에 들어간다. 스승으로 모시던 스님 을 따라 22세에 고향을 떠나 멀리 떨어진 倉敷(구라시키)[38] 근교의 절에서 10 년 넘게 수행을 쌓았다. 그 후에는 절에서 나와 어느 절에도 들어가지 않고 일본 각지를 돌아다니며 수행하였다. 39세 경에 고향으로 돌아와 근교 산속의 허름한 암자에 기거하면서 좌선과 탁발 수행을 계속하였다. 스님을 기리는 동상은 스님의 묘가 있는 융천사(隆泉寺)의 동상(모두의 사진) 외에도 여러 곳에 있는데 시주받는 사발을 손에 든 탁발승의 모습으로 서 있는 것이 많다.

탁발 생활 속에서 료오칸이 지은 한 수는 〈무소유의 행복〉을 보여 준다.

> 시원한 바람 좀 쐬고 가야지 /
> 쇠사발 속에는 / 내일의 먹거리
> 鉄鉢に / 明日の米あり / 夕涼み

더위가 아직 가시지 않은 어느 여름날의 늦은 오후. 내일 먹을거리를 오늘은 일찍 얻을 수가 있었다. 시주 사발을 무릎 위에 놓고 그늘에 앉으니 시원한 바람이 불어왔다. 흐뭇하기 그지없다. 목숨을 이어갈 식량도 마음을 채워 주는 자연도 바로 눈앞에 있다. 〈행복도 단순명료하다〉는 것을 가르쳐 주는 한 수이다.

1828년 겨울에 료오칸이 사는 니이가타 지방에서 큰 지진이 일어나 1,500명이 넘는 희생자가 발생했다. 료오칸에게 안부를 묻는 지인의 편지가 왔는데 그 편지에는 이번 지진으로 자신의 아들을 잃었다는 소식도 들어 있었다. 료오칸은 답신에 "나는 피해가 없었으나 많은 사람의 불행과 지진의 참상을 보게 되어 마음이 몹시 아프다"라고 썼는데 편지 말미에는 이렇게 덧붙였다. "재난을 만날 때는 재난을 만나는 것이 좋다. 죽을 때는 죽는 것이 좋다. 이것이 재난의 고통에서 벗어날 수 있는 방법이다."

아들을 잃은 지인을 위로하는 말 치고는 무정하고 어이가 없는 내용이지만 료오칸은 괴로움은 그대로 삼키는 것이 약이라고 말하려 한 것이었다.

편지의 말대로 료오칸은 모든 것을 그대로 받아들이면서 살았다. 료오칸이 어느 날 강을 건너려고 배를 탔는데 스님은 절대로 화를 내지 않는다는 소문을 들은 사공이 고약한 짓을 한다. 강 한가운데서 배를 세게 흔들어 스님을 물에 빠뜨린 것이다. 허우적거리던 스님이 곧 빠져 죽을 것만 같아 겁을 먹은 사공은 스님을 구해냈는데 료오칸은 화를 내기는커녕 구해줘서 고맙다고 사공에게 절을 했다는 이야기가 전해진다.

탁발하러 갔던 어느 마을에서는 그 전날 일어난 방화 사건의 범인으로 오인되어 생매장당할 뻔했으나 사람들이 모두 자기를 범인으로 생각한다면 어쩔 수 없다면서 변명도 하지 않았다는 일화도 남아 있다. 모든 것을 받아들이는, 이를테면 〈크게〉 모자라고 〈크게〉 미련했던 스님이 료오칸이었다.

료오칸 스님을 기리는 동상 중에는 어린아이들과 노는 모습을 형상화한 것도 있다. 아이들을 좋아해서 암자가 있는 산에서 마을로 탁발하러 내려오면 아이들과 공놀이도 하고 숨바꼭질도 했다는 일화는 잘 알려져 있으며 다음과 같은 와카도 남아 있다.

> 봄이 온 마을에서 아이들이랑 /
> 공놀이하면서 노는 날은 / 저물지 않으면 좋겠네
> この里に / 手まりつきつつ / 子供らと /
> 遊ぶ春日は / 暮れずともよし

아이들만이 아니라 마을 사람들도 료오칸 스님을 좋아하고 존경했다. 그는 마을을 탁발하고 다니면서 어려운 말로 설법하지 않았다. 그가 사는 모습 자체가 설법이 되었고 사람들은 그 모습에 감화되었다고 한다.

료오칸은 그의 고향인 니이가타 지방에서는 유명한 존재였으나 료오칸의 이름이 전국에 알려지고 그가 남긴 작품들이 인정받기 시작한 것은 그가 죽은 지 80년이나 지난 후의 일이었다. 그는 와카에도 하이쿠에도 한시에도 인상깊은 작품을 많이 남겼고 그가 쓴 글씨는 오늘날 일본 서예의 최고봉 중 하나로 추앙받고 있다.

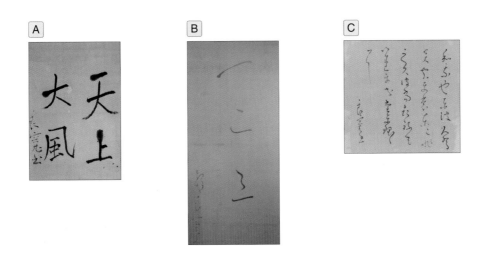

A는 아이들이 날리는 연에 쓴 글씨(45×31cm), B는 한문을 모르는 어느 농부의 부탁을 받고 한자로 〈一二三〉으로만 써준 족자 글씨(128×44cm), C는 와카 한 수를 료오칸 특유의 초서체로 쓴 글씨(27×29cm)이다. 서예가들은 료오칸의 운필은 흉내 내기가 힘들고 그의 글씨에서는 료오칸의 무구함과 높은 정신성이 느껴진다고 말한다.

료오칸은 33세에 스승으로 모시던 스님한테서 더 이상 가르칠 것이 없다는 수행 수료증을 받았으나 일본 각지를 돌면서 수행만을 계속하고 한 번도 자기가 절을 세우는 일도 어느 절에 소속되는 일도 없이 평생 혼자서 수행을 쌓았다. 그는 33세까지는 선종(禪宗)의 한 종파인 조동종(曹洞宗)의 절에서 수행했으나 다른 불교 종파의 교리에 대해서도 꾸준히 공부했고 자신을 잡종종(雜種宗)의 승려라고 말했다고 한다.

료오칸은 석가모니의 가르침을 경전만으로는 배울 수가 없다고 생각하고 불립문자(不立文字) 이심전심(以心伝心)이라는 선(禪)의 지혜와 불교의 여러 종파가 생기기 전인 고대 불교의 세계에서 불법을 찾으려 했던 원리주의자였던 것으로 보인다.

69세가 되던 해에 한 독지가가 몸이 쇠약해진 료오칸 스님을 산으로부터 모셔와 74세로 입적할 때까지 자기 집의 별채를 내드렸다. 그런데 만년의 스님에게는 염문이 돌았다. 스님이 70세가 되던 해에 스님을 흠모하는 한 비구니가 찾아온다. 그녀는 정심니(貞心尼)라는 법명을 가진 뛰어난 미모의 30세 비구니였다. 그 후 정심니는 료오칸 스님의 거처를 왕래하고 스님이 입적할 때까지 4년 동안 두 사람은 구법하는 스승과 제자의 관계로 지내는 한편 순애를 나누는 남녀처럼 서로의 사랑을 담은 와카를 주고받는다.

아래의 와카 한 수는 자신이 위독하다는 소식을 듣고 달려온 정심니에게 료오칸이 건넨 것이다.

언제 오나 / 기다리고 기다리던 / 사람을 만나니 /
이제 더 바랄 것이 무어랴

いついつと / 待ちにし人は / 来たりけり /
今は相見て / 何か思わん

료오칸 스님의 곁을 지키면서 간병하던 정심니는 스님의 임종이 임박했음을 느끼자 자신도 료오칸에게 와카를 건넸다.

> 생과 사를 초월하려 / 수행하는 이 몸에도 /
> 이별은 피할 길이 없고 / 슬픔은 참을 길이 없나이다
> 生き死にの / 境はなれて / 住む身にも /
> 去らぬ別れの / あるぞ悲しき

그러자 료오칸이 마지막 힘을 다해서 속삭이듯 정심니에게 전한 것이 모두에 게재한 유언시조였다.《낙엽이 지네 앞태와 뒤태를 보이면서 단풍나무에서 낙엽이 지네》

며칠 후 정심니와 료오칸의 남동생 등이 지켜보는 가운데 료오칸은 입적하였다. 1831년 음력 1월 6일 눈이 내리는 저녁이었다고 한다.**註**

료오칸이 서거하고 4년이 지났을 때 정심니는 스님의 간략한 전기와 스님이 지은 와카와 하이쿠 그리고 자신과 스님 사이에 오고 가던 와카 50여 수 등을 한 권의 책으로 엮었다. 정심니는 자필로 쓴 이 책을 스님을 모시듯이 늘 곁에 두고 지내다가 1872년 75세로 열반했다.

정심니가 남긴 책이 세상에 알려지면서 료오칸에 대한 사람들의 관심이 서서히 높아져 갔다. 20세기 들어서 료오칸을 소개하는 책이나 연구서가 출판되기 시작하면서 국문학자나 소설가만이 아니라 각계각층의 저명인사들이 료오칸을 추앙함에 따라 료오칸 스님은 국민적 스타가 되었다.

그런데 료오칸의 유언시조를 되씹어 보면 몇 가지 의문이 꼬리에 꼬리를 물기 시작한다. 료오칸처럼 살았던 사람에게도 〈겉과 속〉이 있었다는 말인가? 그렇다면 그 〈겉과 속〉이란 무엇이었던가? 정심니는 료오칸의 유언시조가 더없이 거룩하고 고귀한 것이었다고 그녀가 엮은 책에서 술회하고 있는데 왜 그렇다는 말인가? 임종을 앞둔 료오칸의 〈겉과 속〉은 결국 무거운 의문으로 남게 된다.

한편으로는 이런 생각도 든다. 나뭇잎에 〈앞태와 뒤태〉가 생기듯이 자연의 일부인 사람에게도 〈앞태와 뒤태〉가 생긴다. 자연 속에서는 〈앞태와 뒤태〉가 고운 낙엽도 생기고 그렇지 않은 것도 생기지만 자연은 잔머리를 굴리지 않는다. 머리를 굴리는 것은 인간이다. 그대로 받아들이자. 그렇게 료오칸은 말하고 있는 것이 아닐까?

료오칸의 유언시조는 코끼리처럼 무겁고 동시에 낙엽처럼 가볍다.

● 좀 더 알아봅시다

註 료오칸의 장례식에는 마을 사람 외에도 20곳이 넘는 절에서 여러 종파의 승려들이 모여들어 경을 읽고 애도했다고 하는데 료오칸의 비석에는 그가 지은 장문의 한시가 새겨졌다. 그 52행이나 되는 오언시(五言詩) 속에서 료오칸은 수행을 쌓지 않고 중생 구제에 힘쓰지 않는 당시의 승려들을 신랄하게 비판하고 있다. 그럴 만도 한 것이 료오칸이 살았던 시절의 불교계는 17세기 전반에 도쿠가와 막부가 만든 寺請制度(데라우케세에도)라고 하는 제도가 뿌리를 내려 승려도 사찰도 세속화된 지가 이미 오래된 시절이었다. 데라우케세에도는 모든 백성을 어딘가의 절의 신도로 등록케 하는 제도로 막부는 이 제도로 천주교 신자를 찾아내고 강제로 개종하게 함으로써 기독교를 국내에서 완전히 구축했다.

그와 동시에 막부는 전국 각지의 절에 주민대장을 만들어 주민들의 호적 관리와 결혼 등으로 인한 전출이나 전입도 관리하게 하고 절에서 발부하는 신도 증명서가 있어야 여행할 수 있게 함으로써 절은 막부의 행정기관 역할을 맡게 되었다.

그 결과 유서 깊고 규모가 큰 명찰을 제외한 대부분의 절들은 일정한 신도를 지속적으로 확보할 수 있게 되었고 시주와 장례식 등으로 수입을 보장받게 되면서 승려들은 주민 교화나 수행에 힘쓰지 않게 되어 승려는 하나의 직업처럼 되어버렸다. 주민들은 누구나 모두 장례를 절에서 치르고 장례 후의 공양과 묘 관리까지 절에 맡길 수 있게 되었으므로 주민들 사이에서도 별다른 저항은 일어나지 않았고 데라우케세에도는 17세기 후반에는 완전히 정착되었다.

일본을 여행하게 되면 절 안이나 바로 옆 부지에 묘석이 즐비한 공동묘지를 많이 볼 수 있는데 이는 400년 전의 데라우케세에도에서 비롯된 일본 특유의 절 풍경이다.

제24화

몸에서 혼이 빠져 떠다니게 되면

가즈아 기분전환 하러

여름 들판 돌아다니자

hitodamade / iku kisanjiya / natsu nohara

※人魂で / 行く気散じや / 夏野原

※人魂 : 송장에서 빠져 나온 영혼. 불똥처럼 생긴 모양으로 주로 야간에 떠다닌다고 생각하였음.

※気散じ : 기분전환, 스트레스 해소

가츠시카 호쿠사이
葛飾北斎 (1760~1849년)

82세경의 자화상

죽음이 기분전환이나 스트레스 해소가 될 수 있을까? 이 묘한 유언시조를 남긴 葛飾北齋(가츠시카 호쿠사이)는 88세로 생을 마칠 때까지 오로지 그림만 그리며 살았다. 그림 그리는 일에 집중한 나머지 청소도, 정리도 전혀 하지 않았고 집안이 온통 쓰레기더미가 되면 새로 집을 얻어 이사하는 식으로 모두 93번이나 집을 옮겼다고 한다.

호쿠사이는 술과 담배를 하지 않았고 그림값도 남보다 더 비싸게 받았고 제자들도 많았으나 경제적으로는 넉넉하지 못했다. 돈에 집착하지도 않고 사회성도 없다 보니 화가로서 출세하지 못했기 때문이었다. 그는 얼추 70년을 그림쟁이로 활동하면서 3,000점이 넘는 다색 판화와 1,000점이 넘는 육필화, 그리고 소설책의 삽화나 그림 교본에 수록된 스케치화 등 무려 3만 점이 넘는 그림을 남겼다.

그가 남긴 그림 중에서 가장 유명한 것은 錦絵(니시키에)이다. **註1** 니시키에는 메밀국수 한 그릇 정도의 아주 싼 값에 대량 공급되는 대중적인 판화로 그 크기도 대부분은 B4 용지보다 약간 큰 것이 대부분이었고 니시키에 화가들은 가부키의 인기 배우나 미모의 여성, 유명한 인물의 일화나 역사적 사건의 한 장면, 경승지의 풍경이나 당시의 풍속과 세태 등을 그려서 서민들의 눈을 즐겁게 해주었다. 에도 시대에는 막부에 고용되거나 대명들로부터 제작을 의뢰 받아 병풍화나 실내장식화, 초상화 등을 그리는 어용 화가들도 있었으나 호쿠사이는 에도 시중의 일개 대중 화가에 지나지 않았다.

그런데 1999년 미국의 뉴스 잡지 『Life』가 특집호를 내면서 〈Life's 100 most important people of the second millennium〉을 뽑았다. 콜럼버스, 갈릴레오, 다빈치, 셰익스피어, 에디슨, 링컨, 모택동, 헨리 포드, 피카소, 아인슈타인 등등 굵직굵직한 인물들의 이름이 오른 가운데 일본인으로는 유일하게 가츠시카 호쿠사이가 그 명단에 올랐다.

그 까닭은 호쿠사이를 비롯한 일본의 우키요에가 19세기 후반 프랑스에 소개되면서 고흐를 비롯한 〈인상파〉 화가들 즉, 모네, 드가, 고갱, 로트렉 등에게 큰 영향을 미쳤고 20세기 전후에는 세계의 유명 미술관들이 일본에서는 미술품 취급을 받지 못했던 호쿠사이의 작품을 수집하여 재평가하면서 호쿠사이가 구미권에서 일찍부터 유명했기 때문이다.

호쿠사이에 대한 세계 미술계의 관심과 연구는 최근까지 이어져 2011년 베를린, 2014년 파리, 2015년 보스턴, 2017년 런던에서 전시회가 열렸다. 2021년에는 대영박물관이 파리에서 발견된 호쿠사이의 판화 밑그림 103점을 세계에서 처음으로 공개 전시하여 화제를 모으기도 했다.

호쿠사이의 우키요에 그림 가운데 가장 많이 알려진 것은 神奈川沖浪裏(가나가와오키 나미우라)[39]라고 하는 왼쪽의 그림이다. 우키요에 특유의 대범한 구도와 멋진 데포르메(déformer)가 돋보이는 호쿠사이의 이 그림은 해외에서는 〈The Great Wave〉라는 이름으로 불린다. 일본에서는 2024년부터 발행되는 새 천 엔짜리 지폐의 도안으로도 채택되었다.

1831년 호쿠사이는 칠순이 넘는 나이에 〈富嶽三十六景/후가쿠 산쥬우롯케에〉이라는 니시키에 판화집을 출판했는데 당시에도 큰 인기를 끌어 재판을 찍을 때는 10장의 그림을 추가해 모두 46경(景)의 판화집이 되었다. 계절에 따라, 보는 장소에 따라 그 모습을 바꾸는 후지산을 테마로 한 이 판화

집에는 〈The Great Wave〉를 비롯하여 호쿠사이의 대표작들이 수록되어 있다(아래 사진).

註2

호쿠사이는 다른 분야에서도 탁월한 그림 솜씨를 발휘했다. 그는 18세쯤에 우키요에 화가의 길을 걷기 시작하며 30대 후반에는 일류 우키요에시로 자리잡았는데 그는 소설 삽화와 스케치집으로도 유명해진다. 40대 후반에 호쿠사이는 당시의 인기 소설가와 협업하여 삽화를 그리면서 큰 인기를 얻었고 50대 중반에는 그림 그리는 법을 가르치는 상세한 스케치집을 출판하였는데 이것 또한 호평을 받는다. 註3

60대 중반에는 나가사키의 네덜란드 대표부로부터 일본인들의 생활상이나 풍속을 담은 화집을 주문받을 만큼 유명해진다. 서양화 기법으로 그린 이 육필화는 네덜란드 국립민속학박물관에 소장되어 있는데 호쿠사이는 이와 같은 한 장짜리 육필화에도 뛰어난 작품을 남기고 있다(다음 page의 그림 A ~ D를 참조).

註4

  그는 이 세상의 모든 것을 그릴 수 있다고 생각하고 그것을 모두 그리기를 간절히 원했다고 한다. 그래서 일찍 죽을 수가 없었다. 그는 술도 담배도 입에 대지 않았지만 종일 쭈그리고 앉아 그림만 그렸고 식생활은 매우 부실했다고 한다. 그럼에도 그가 장수했던 것은 타고난 체력 외에도 강인한 정신력이 있었기 때문으로 보인다.

  호쿠사이는 60대 후반에 뇌졸중으로 쓰러진다. 그러자 유자 열매를 일본술(사케)로 조려서 만든 것을 먹으면서 극적으로 회복한다. 80대 초반에 다시 뇌졸중이 재발하여 오른손에 마비가 왔을 때는 아침에 일어나면 맨 먼저 부정을 쫓아내는 부적을 그리면서 마비를 극복했다고 한다. 호쿠사이가 만들어 먹었다는 약의 제조법도 남아 있고 1년 가까이 병마와 싸우는 동안 날마다 그렸다는 묵화 부적도 남아 있다. 호쿠사이는 보통 노인이 아니었다.

그는 80대에 4차례에 걸쳐서 長野(나가노)[40]를 찾아간다. 동계 올림픽이 개최된 적도 있는 나가노는 일본의 대표적인 산악지대로 동경에서 240km나 떨어져 있어 교통이 불편했던 당시에는 젊은 사람도 왕래하기가 어려운 곳이었다. 하지만 나가노에 사는 한 제자가 호쿠사이를 위해 화실과 제작비를 모두 마련해 주어서 호쿠사이는 나가노에서 육필화의 대작들을 남긴다. 앞에 게재한 호쿠사이의 육필화 가운데 ⓒ의 커다란 천장화가 그때 그린 작품 중 하나이다. 註5

강인한 생명력으로 장수했던 호쿠사이도 88세에 눈을 감게 되는데 죽음이 임박했음을 느끼자 숨을 크게 들이마시면서 "나에게 10년이 더 주어진다면, 아니 5년만이라도 주어진다면 진정한 화가가 되었을 텐데…." 하고 아쉬워했다고 한다.

그런데 그가 남기고 간 유언시조에는 아쉬움이나 원망, 체념 대신 《가즈아 기분전환하러》라는 엉뚱한 말만이 보인다. 그동안 일에 매달려 스트레스가 쌓일 대로 쌓였으니 휴가 한번 떠나자고 말한다. 죽음을 바캉스로 취급하는 것은 진지한 태도라 할 수 없지만 호쿠사이가 당시 유행하기 시작했던 川柳 (센류우)라고 하는 장난기 어린 하이쿠를 취미로 즐겼고 동호인들이 내는 센류우집에 182수를 발표할 정도로 센류우 짓기에 열중했었다는 것을 상기하면 이해가 간다. 호쿠사이는 진지함을 추구하는 하이쿠가 아니라 웃음을 유발하는 센류우로 유언시조를 남긴 것이다.

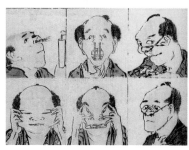

　위는 B5 정도의 작은 판화들인데 요괴를 그린 그림으로부터 시계방향으로 소설책에 쓴 삽화, 문어와 해녀를 그린 춘화, 그리고 그림 교본의 스케치화로 모두 잘 알려진 호쿠사이의 판화들이다. 그의 판화에는 곳곳에 사람들의 의표를 찌르고 놀라게 하려는 호쿠사이의 장난기와 쾌활함이 드러난다. 콧김으로 촛불을 끄려고 하는 스케치화는 물론이거니와 으스스해야 할 요괴 그림도 왠지 애교스럽다.

　〈The Great Wave〉도 거대한 파도에 목선들이 속수무책으로 휩쓸리는 아슬아슬한 장면을 그렸는데도 목선 안에서 몸을 움츠리고 있는 사람들은 왠지 유원지의 놀이기구라도 즐기는 것처럼 보인다. 호쿠사이가 그리면 그림이 명랑해진다.

　호쿠사이라는 화가의 밑바닥에는 강인한 생명력과 함께 장난기 어린 쾌활함이 깔린 것 같다. 그의 유언시조도 그러하다. 그는 죽음이라는 엄청난 스트레스 앞에서 특유의 쾌활함으로 《가즈아》라고 말한다. 그가 가려고 하는 곳은 《여름 들판》이다. 불똥 모양이 된 그의 영혼이 기분전환 하러 여름 들판으로 내달리는 모습이 떠오른다. 여름 들판에는 풀이 무성하고 풀냄새도 진동하니 마지막 가는 길에 생명감 넘치는 들판을 만끽하자는 것일까? 아니면 유령이나 요괴들이 여름밤에 잘 나타나니까 들판에서 그들과 어울리며 스트레스를 풀자는 것일까?

좌우지간 그는 그동안에 갈고 닦은 센류우 짓기 실력을 발휘하여 그 많은 그림과 함께 마지막에 유쾌한 시조 한 수를 우리에게 남겨 놓고 떠났다.

● 좀 더 알아봅시다

註1 제18화에 실은 니시키에(p.103 참조)도 호쿠사이의 작품이다. 17세기 후반에 에도에서 浮世絵(우키요에)라고 하는 목판화가 서민들의 인기를 모으다가 18세기 후반에 이르러 여러 가지 색을 써서 판화를 찍어내는 기술이 개발되자 우키요에는 폭발적인 인기를 얻게 된다. 이 다색 판화의 우키요에는 따로 錦絵(니시키에)라고 일컬었는데 니시키에도 통상적으로는 우키요에라고 불렸으며 니시키에 그림을 그리는 화가도 浮世絵師(우키요에시)라고 불렀다. 에도 시대 마지막 100년 동안에는 호쿠사이를 비롯한 재능이 넘치는 우키요에시가 많이 나타나 세계적으로 유명해지는 걸작들을 낳았다.

註2 왼쪽은 〈凱風快晴 / 가이후우 카이세에〉라는 그림이다. 여름철에 남쪽에서 바람(凱風)이 불고 맑은 날(快晴)이 되면 아침 햇빛을 받고 후지산이 붉게 물드는데 그 모습을 그린 작품이다.

오른쪽 그림 〈尾州不二見原 / 비슈우 후지미가바라〉에는 桶(오케)라고 하는 나무통을 만드는 사람과 함께 저 멀리 자그마하게 후지산이 보인다.

일본에서는 흙으로 빚은 항아리 대신 중국 송(宋)나라에서 전래된 나무통 만드는 기술이 발달하여 물이나 술, 된장이나 장아찌 등을 오케라는 나무통에 담아 저장하거나 운반하였다. 이 판화에 나오는, 사람 키보다 큰 오케는 양조장에서 술을 빚을 때 쓰였고 목욕할 때 물을 담아 끼얹는 오케부터 제7화 註2)에 소개한 首桶(구비오케)에 이르기까지 용도에 따라 다양한 크기의 오케가 만들어졌다.

註3 호쿠사이는 화가가 되기 전에 도서 대여점인 貸本屋(가시홍야)에서 일했는데 그때 접한 책의 삽화를 보고 그림에 관심을 두게 되었다고 한다. 19세기 초 에도에는 650곳이 넘는 가시혼야가 있었다고 하니 서민들 사이에서 소설을 비롯한 책의 수요도 많고 화가들에 대한 삽화 주문도 많았음을 알 수가 있다.

호쿠사이의 스케치집 가운데 가장 유명한 〈北齋漫画 / 호쿠사이망가〉에는 사람들의 동작이나 표정, 동식물이나 풍경 등 별별 샘플 스케치가 수록되어 있다. 이 책은 호쿠사이의 제자들을 위한 교본으로 출판된 것이었는데 화가 지망생이나 일반인들에게도 큰 인기를 얻었다. '마음이 내키는 대로 두서없이 그린 그림'이라는 뜻을 가진 이 〈호쿠사이망가〉도 유럽의 인상파 화가들에게 크게 주목받으며 호쿠사이의 명성을 드높였다.

註4 A는 40대 후반에 실크에 그린 그림으로 갯벌에서 조개 잡는 사람들의 모습을 그린 작품. 〈汐干狩図 / 시오히가리즈〉라는 제목의 이 그림의 크기는 54.3×86.2cm.

B는 네덜란드 대표부의 의뢰로 그린 그림인데 어느 상인의 집에서 주판을 튕기며 거래 대장을 들여다보는 모습을 묘사하고 있다.

C는 80대 말인 1848년에 岩松院(간쇼오인)이라는 절의 천장에 그린 그림. 5.5×6.3m의 크기로 호쿠사이의 그림 중 가장 크다. 어느 방향에서 보아도 봉황의 눈과 마주친다는 의미의 〈八方睨み鳳凰図 / 핫포오니라미 호오오오즈〉라는 이름이 붙어 있다. 값비싼 물감과 금박가루를 아낌없이 사용하여 편백나무에 그린 이 천장화는 지금도 당시의 빛깔을 유지하고 있다.

D는 미국 보스턴미술관에 소장된 병풍화 〈鳳凰図屏風 / 호오오오즈 뵤오부〉. 일본 국내에 남았더라면 국보로 지정되었을 거라고 한다. 이 봉황 그림은 70대 중반의 작품으로 크기는 35.8×233.2cm

註5 호쿠사이가 살았던 시대는 국내총생산에서 상품경제가 차지하는 비율이 갈수록 높아지면서 쌀 생산에 의지하는 막부의 재정을 압박하였다. 그동안의 방만한 운영으로 재정난을 겪고 있던 막부는 1841년 화폐 개주(改鋳)와 막부 산하 관공서의 기강 확립 등 다방면에 걸친 개혁(天保の改革 / 텐포오노 카이카쿠)을 단행하였다. 에도의 서민들에게도 근검·절약을 명하고 과대한 행사나 사치를 금했다. 미풍양속을 해쳤다는 이유로 대중소설 작가나 가부키 배우들의 활동을 금지하고 우키요에 업계에 대해서도 미인화를 금지하거나 그림에 사용하는 색깔을 제한하는 등 단속이 심해졌다. 호쿠사이가 만년에 長野(나가노)에 가서 화업을 이어간 것은 자유롭게 활동하지 못하게 된 에도를 벗어나기 위해서였다고도 보인다.

제**4**장

무사정권의
몰락 속에서

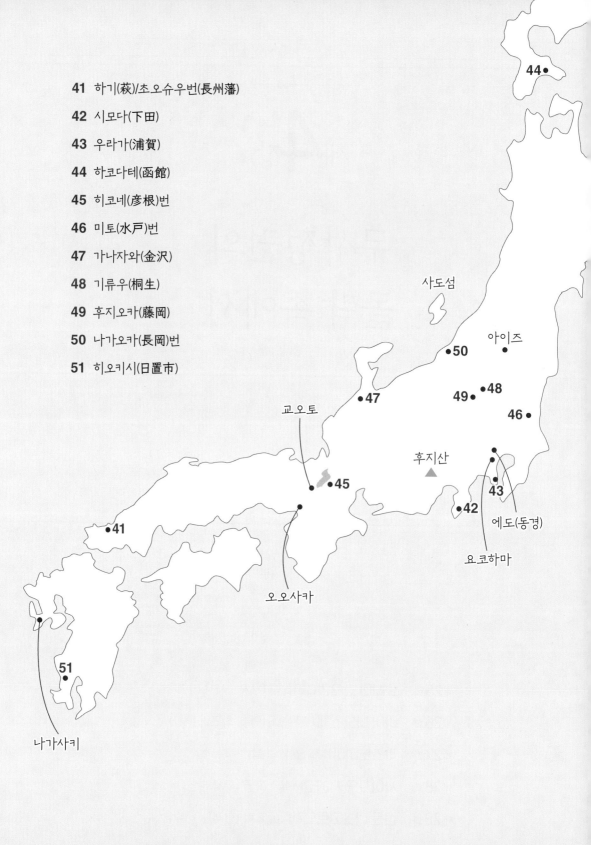

41 하기(萩)/초오슈우번(長州藩)

42 시모다(下田)

43 우라가(浦賀)

44 하코다테(函館)

45 히코네(彦根)번

46 미토(水戸)번

47 가나자와(金沢)

48 기류우(桐生)

49 후지오카(藤岡)

50 나가오카(長岡)번

51 히오키시(日置市)

사도섬

아이즈

교오토

후지산

에도(동경)

요코하마

오오사카

나가사키

제 **25** 화

몸은 비록

무사시(武蔵) 황야에서 썩을지라도

남기고 떠나리라 일본의 혼

겨레가 지켜온 우리의 혼

※무사시: 옛 지명으로 지금의 동경과 그 주변지역을 가리킴

miwa tatoe / musashino nobeni / kuchinutomo /
todomeokamashi / yamatodamashii

身はたとえ / 武蔵の野辺に / 朽ちぬとも /
とどめおかまし / 大和魂

요시다 쇼오인
吉田松陰 (1830~1859년)

제자였던 화가가 그린
초상화

吉田松陰(요시다 쇼오인)은 일찍부터 전술과 용병술 등 군사학에 통달하여 長洲藩(초오슈우번)[41]의 군사교관이 되었던 사람인데 미사일 날아가듯이 빨리 생을 마쳤다. 그는 29세에 에도에서 형장의 이슬로 사라졌고 처형되기 바로 전날 제자들에게 장문의 유서를 남겼다. 유혼록(留魂錄)이라는 제목의 그 유서의 첫 줄은 〈몸은 썩을지라도 혼은 남기고 떠나겠다〉는 유언시조로 시작한다(아래 사진).

쇼오인은 일본의 앞날을 우려하며 초오슈우번의 본거지 萩(하기)[41]의 자택에서 松下村塾(쇼오카손쥬쿠)라고 하는 개인 교습소를 열어 서양 열강으로부터 나라를 지키고 새 시대를 열어 갈 인재들을 양성했다. 그 개인 교습소에서 배출된 사람들이 도쿠가와 막부를 쓰러뜨리고 근대 국가를 수립하는 명

치유신을 주도했다고 해서 그는 애국지사(愛國志士)들의 이론적인 지도자이자 정신적인 지주로 추앙받으며 일본 역사에 길이 남는 인물이 되었다. 註 1

쇼오인은 행동하는 사람이었다. 그는 1858년 도쿠가와 막부가 개국을 반대하는 천황의 의향을 무시하고 미국과 통상(通商) 조약을 체결한 데 격분하여 막부 요인을 암살하려는 계획을 세운다. 이때 그의 제자들은 막부를 규탄하기 위해 실력 행사에 들어가는 것은 시기상조라고 쇼오인을 만류한다. 폭주하는 제자를 스승이 말린 것이 아니라 폭주하는 스승을 제자가 말린 것이었다. 하지만 그는 자신의 의지를 굽히지 않고 초오슈우번 지도부에 암살 계획 단행을 위한 무기 제공까지 요구한다.

쇼오인을 위험인물로 본 쵸오슈우번이 그를 옥에 가둠으로써 암살 계획은 미수에 그쳤으나 1859년 막부는 쇼오인을 에도로 소환한다. 에도에서 막부의 심문을 받은 쇼오인은 암살 계획을 순순히 자백하면서 막부 개국 정책의

과오를 지적하고 자신의 소신을 당당히 밝히지만 일개 하급 무사가 거론할 문제가 아니라고 일축당한 후 할복이 아니라 참수형에 처해졌다.

　암살 계획 이전에도 쇼오인의 격정적인 성품과 새 시대를 꿈꾸는 열정을 말해 주는 일화는 많았다. 1854년 에도에 체류 중이었던 쇼오인은 조그만 나무배를 저어 下田港(시모다항)에 정박 중이던 미국 군함에 다가갔다. 승선을 허락받아 군함에 오른 그는 서양의 선진 문명을 배우고자 하니 자신을 미국으로 데려가 달라고 호소했다. 일본과의 통상과 항구 개방을 위해 막부와 교섭 중이었던 미국으로서는 사소한 일로라도 막부 측과 문제를 일으키고 싶지 않아서 밀항을 도와달라는 이 불청객을 돌려보낸다. 당시 막부는 외국으로 가는 것 자체를 금하고 있었으므로 이때도 주위 사람들은 그를 말렸으나 막무가내였다 (오른쪽 사진의 동상은 미국 군함을 향해 출발하는 쇼오인과 제자의 모습을 재현한 것으로 시모다항을 바라보는 해변에 서 있다).

　미국으로의 밀항은 좌절되었고 쇼오인은 체포되어 에도에서 옥에 갇히는데 이때는 막부가 그의 밀항 시도를 서양 문명을 배워 나라를 부강하게 하려는 열정 때문에 저지른 죄로 보고 엄벌에 처하는 대신 초오슈우번의 감시 아래 하기에서 근신 칩거할 것을 명했다. **註2**

　하기로 돌아온 쇼오인은 일본의 앞날을 걱정하면서 앞서 말한 개인 교습소를 열어 인재 양성에 힘을 기울였다. 도쿠가와 막부 출범시부터 막부에 대한 원한이 많았던 초오슈우번 번주도 이를 묵인함으로써 거의 개인 교습소인 쇼오카손쥬쿠에서는 명치유신을 이끌어갈 많은 인재가 배출되었다. **註3**

쇼오인이 살았던 시대는 영국과 미국을 비롯한 서양 열강이 동아시아로 진출하기 시작한 시기였다. 1842년 청나라가 영국과 싸운 아편전쟁에 져서 배상금 지급과 홍콩 양도를 강요당하고 상해를 비롯한 5개 항구를 개방하고 통상 조약을 맺었다는 소식은 도쿠가와 막부에 충격을 주었다. 곧이어 1844년에는 미국과 프랑스도 청나라와 통상 조약을 체결함으로써 서양 열강의 중국 침략이 본격화되고 외국 함대가 일본 근해에 나타나는 일이 잦아지자 막부는 경계 태세를 강화한다. 하지만 마침내 1853년에 미국 함대가 일본의 개국을 요구하는 대통령의 친서를 들고 동경만 입구에 있는 浦賀港(우라가항)에 나타나자 일본 국내는 발칵 뒤집힌다.[43]

이때 우라가로 달려간 쇼오인은 망원경으로 미국 함대를 관찰하고 피아간의 군사력 차이를 통감한다. 앞서 말한 쇼오인의 미국 밀항 시도는 바로 다음 해인 1854년의 일이었다. 그때까지만 해도 바다를 지키는 해군이라는 군대 자체가 일본에는 없었다. 서양 유학을 다녀온 사람도 한 명도 없었다.

그 후 막부는 미국의 압박에 못 이겨 1854년에 下田(시모다)[42]와 函館(하코다테)[44] 2개 항구를 개방하는 화친 조약(和親條約)을 맺고 다음 해에는 러시아와도 조약을 맺음으로써 이들 항구에서는 항해에 필요한 물이나 연료나 식량 공급이 이루어지고 외국인들의 체재도 허락되는데 이때 막부는 양국 간의 교역을 용인하는 통상 조약 체결만큼은 단호히 거절하였다. 서양 열강의 일본 진출이 현실화하자, 막부는 서양식 선박을 건조하거나 네덜란드에서 군함 등을 구입하여 해군 창설을 서두르며 열강의 위협에 대항하려고 했다.

하지만 아직은 열강과 싸워도 승산이 없으니 우선 개국하여 서양의 선진 기술을 배우면서 부국강병을 이룩해야 한다고 판단한 막부는 1858년에 이르러 미국과 통상 조약을 체결하고 같은 해에 연달아 네덜란드, 러시아, 영국, 프랑스와도 통상 조약을 맺었다. 이로써 에도에 각국의 공사(公使)가 체류하고 요코하마를 비롯한 5개 항구에 영사관이 세워지고 에도와 오오사카에서 외국 상인들과의 교역이 허용되는 등 본격적인 개국의 틀이 만들어졌다.

그러자 존왕양이(尊王攘夷)라는 기치를 내건 세력이 천황의 승인 없이 체결된 통상 조약은 파기되어야 한다고 막부를 규탄하고 이에 동조하는 움직임이 일본 각지로 확산된다. 쇼오인이 막부 요인을 암살하려고 했던 것도 이렇게 국론이 양분된 1858년의 일이었다. 하지만 곧이어 막부는 통상 조약 파기를 외치는 세력을 탄압하기 시작한다.

1859년에는 쇼오인도 에도로 소환되는데 그때 하기를 떠나면서 그가 지은 장문의 오언시(五言詩)가 남아 있다. 그 한시의 다음과 같은 구절은 쇼오인을 비롯한 당시 존왕양이 세력들의 심정을 잘 나타내고 있다.

幸有聖皇在 다행히도 이 나라에는 천황이 계시므로
足以興神國 나라를 다시 바로 세우는 것이 가능하리라
如何將軍忠 막부의 충의(忠義)는 대체 어떻게 된 것인가
曾不拂洋賊 외적들을 내쫓아버리려고 하지도 않느냐

막부 요인을 암살하려다가 하기의 옥에 갇혀 있는 동안에 쇼오인의 목표가 점진적인 개혁으로부터 급진적인 혁명으로 바뀐다. 쇼군보다 천황을 숭상해야 한다는 〈존왕〉은 〈막부타도〉로 과격해지고 외적을 물리친다는 〈양이〉는 더 이상 개국에 반대하는 수구세력 즉, 유력 대명이나 조정 귀족들에게 맡겨둘 수 없으니 진정한 애국심을 가진 하급 무사나 재야인사들이 봉기하여 직접 추진해야 한다는 급진적인 주장으로 변한다.

하지만 당시는 무사들의 수장인 쇼군이 일본 전체를 통치하고 쇼군으로부터 영지를 나누어 받은 지방 각지의 대명들이 자신의 영지를 다스리는 막번

체제(幕藩体制)도 신분제도도 견고했던 시절이어서 쇼오인의 주장은 시대를 너무 앞서가는 것이었다. 제자들 가운데는 그가 새 시대를 갈망한 나머지 머리가 이상해졌다고 생각하는 이들도 생겼다. 그러나 그 후 8년여 만에 이루어진 명치유신은 쇼오인이 주장했던 대로 하급 무사나 재야인사들이 주도하였고 도쿠가와 막부는 쓰러지고 막번 체제는 붕괴하고 일본은 천황을 수장으로 하는 중앙 집권 국가로 다시 태어났다.

● 좀 더 알아봅시다

註1   쇼오카손쥬쿠에서 배출된 인물로는 1866년 막부군과의 싸움(제27화 p.179 참조)에서 활약하는 高杉晋作(다카스기 신사쿠 / 1839~1867년), 그리고 명치 정부의 초대 총리를 역임하는 등 이후 일본 정계의 중심인물이 되는 伊藤博文(이토오 히로부미 / 1841~1909년)과 명치 정부 육군의 최고 실력자가 되는 山縣有朋(야마가타 아리토모 / 1838~1922년) 등을 들 수 있는데 다카스기는 하급 무사 출신이었고 이토오와 야마가타는 정식 무사가 아닌 足軽(아시가루) 출신이었다(제20화 p.120 참조).

ㅇ 지금도 하기에 남아 있는 쇼오카손쥬쿠. 이 보잘것없는 건물도 일본의 근대화를 이룩한 명치시대의 여러 시설물과 함께 2015년에 UNESCO 세계문화유산으로 등록되었다.

註2   쇼오인의 밀항 시도는 1853년에도 있었다. 미국 함대에 이어 러시아 함대가 나가사키에 와서 개국을 요구하였는데 이 소식을 들은 쇼오인은 러시아 군함을 타고 서양으로 밀항하려고 나가사키로 달려갔다. 하지만 쇼오인이 도착했을 때는 러시아 함대가 이미 나가사키항을 떠난 후여서 밀항 계획은 무산되었다.

쇼오인의 두 번의 밀항 시도는 마음만 먹으면 쏜살같이 날아가는 그의 성향을 잘 말해주고 있는데 1854년의 미국 밀항 좌절 후 막부에 체포되어 하기로 압송될 때 쇼오인이 지은 다음의 시조는 그의 열정과 기백이 잘 드러나 있어서 그의 유언시조만큼 유명하다.

이렇게 하면 / 결과가 뻔하다는 건 알건만 /

겨레가 지켜 온 일본의 혼 /

어이 누를 수가 있으랴 / 외면할 수가 있으랴

かくすれば / かくなるものと / 知りながら /

やむにやまれぬ / 大和魂

註3 쵸오슈우번을 다스려왔던 毛利(모오리) 가문은 한때 織田信長(오다 노부나가)와 서일본의 통치권을 놓고 싸울 정도로 큰 힘을 가진 대명이었다 (제7화 참조). 정권이 秀吉(히데요시)에게 넘어간 후에는 広島(히로시마)를[31] 본거지로 하는 112만 석의 영지를 인정받아 히데요시의 신하가 되었는데 세키가하라 싸움에 패하고 나서는 家康(이에야스)에게 영지의 대부분을 빼앗기고 본거지도 서일본의 오지인 萩(하기)로 밀려나 37만 석의 대명으로 전락하고 만다.

그 후에도 도쿠가와 막부의 푸대접은 계속되었고 쵸오슈우번에는 막부에 대한 원한이 뿌리를 내리게 되는데 쵸오슈우번은 논밭을 개간하는 일에 힘을 기울여 꾸준히 내실을 다졌고 쇼오인이 살았던 시대에는 실질적인 쌀 생산량이 100만 석을 웃돌고 있었다고 한다.

이외에도 외국 상인들과의 밀무역을 통해서 막대한 이익을 올렸던 쵸오슈우번은 이 경제력을 배경으로 사츠마번과 손을 잡고 막부 타도를 추진하게 된다.

제26화

굳건히 세운 뜻은 마음의 꽃이로다
다 피지 못하고 진다 해도
향기는 남아서 세상에 퍼지리라

sakikakeshi / takeki kokorono / hito husawa
chiriteno nochizo / yoni nioikeru

咲きかけし / 猛き心の / ひと房は
散りての後ぞ / 世に匂いける

이이 나오스케
井伊直弼 (1815~1860년)

나오스케의 아들이 그린 초상화

井伊直弼(이이 나오스케)는 금수저로 태어났다. 그의 조상 井伊直政(이이 나오마사 / 1561~1602년)는 도쿠가와 이에야스의 정예 부대 대장으로 빨간 갑옷(왼쪽 사진)을 입고 전쟁터를 누비며 용맹을 떨쳤다. 1600년의 세키가하라 싸움에서도 큰 공을 세워 나고야와 교오토 사이에 있는 彦根(히코네)에 18만 석의 영지를 얻어 히코네번의 초대 번주가 되었다.

그 나오마사의 아들이 2대 번주가 된 후에는 막부가 영지를 30만 석으로 늘려줌으로써 히코네번주는 가장 큰 영지를 가진 譜代(후다이) 대명이 되었다. 도쿠가와 막부 때에는 대명들 사이에도 신분에 차등이 있었다. 이에야스의 고참 가신이었던 대명은 후다이 대명으로, 세키가하라 싸움 전후에 새로 이에야스의 가신이 된 대명은 外樣(도자마) 대명으로 구분하였는데 막부의 정책 결정에 참여할 수 있는 것은 오로지 후다이 대명뿐이었다. **註1**

초대 번주 나오마사 때부터 도쿠가와 쇼군의 신임이 두터웠던 히코네번주는 대대로 막부 요직에 올랐고 막부 수뇌부의 최고 자리인 大老(다이로오) 직을 맡은 번주도 여러 명이었다. 모두에 기재한 유언시조를 남긴 제15대 히코네번주 이이 나오스케도 42세에 다이로오직에 올라 쇼군을 보필하면서 막부 정책을 이끌었다. 나오스케의 히코네번주 가문은 명문 중의 명문이었다.

이이 나오스케는 명문가에 태어났으나 14번째로 태어난 서자였기 때문에 자신이 번주 자리를 이어받을 생각은 꿈에도 하지 않았다. 나오스케 같은 처지의 자식들은 다른 대명이나 유력한 집안에 양자로 가는 것이 통례였으나 나오스케는 양자로 가는 일도 잘 성사되지 않아 장가도 가지 못한 채 오랜 세월을 보내야 했다. 하지만 나오스케는 불우했던 시절을 무위로 보내지 않고 학문과 무술 연마에 매진했다.

1846년 나이 서른을 넘긴 나오스케에게 낭보가 날아들었다. 번주였던 셋째 형에게 좀처럼 자식이 생기지 않고 후계자로 삼았던 다른 형(11번째 형)도 병사하자 나오스케를 후계자로 세운다는 소식이었다. 그때 이미 손위 형들은 모두 다른 집안으로 양자를 갔거나 사망하였기 때문에 14남인 나오스케에게 생각지도 않았던 차례가 돌아온 것이다.

나오스케의 삶은 일변했다. 에도의 히코네번 저택으로 거처를 옮기고 에도성에서 쇼군을 가까이에서 모시면서 여러 대명과 친분을 쌓아간다. 그렇게 4년을 지내는 동안 나오스케는 히코네번주의 후계자로서 자신이 받는 예우를 통해 히코네번주의 자리가 후다이 대명 가운데서도 으뜸이라는 것을 새삼스레 느끼게 된다. 그는 1850년에 히코네번주였던 형이 타계하자 34세의 나이로 15대 번주가 되어 36세에 장가도 가고 막부 수뇌부의 일원이 된다.

하지만 정권 운영에 참여한 나오스케는 얼마 지나지 않아 큰 난제를 만난다. 1853년 미국 함대가 나타나 개국을 요구하는 일이 터지면서 막부는 개국이냐 쇄국이냐를 놓고 고민에 빠지기 시작한다. 개국에 반대하는 존왕양이파들의 목소리가 커지는 가운데 1858년 나오스케는 大老(다이로오)직을 맡아 막부 정책을 이끌게 되는데 고심 끝에 개국을 결심한 나오스케는 서양 열강과의 통상 조약 체결을 강행하고 조약 파기를 외치는 세력에 대한 대대적인 탄압에 나선다.

이이 나오스케는 강골이었다. 강권을 발동하여 반대 세력을 박차고 나가는 그에게 빨간 악마(井伊の赤鬼 / 이이노 아카오니)라는 별명이 붙었다. 빨간 갑옷을 입고 전쟁터를 누비며 빨간 악마로 불렸던 초대 번주 나오마사를 상기시켰기 때문인데 기실 나오스케는 대단히 빠른 칼솜씨로 적을 삽시간에 살상하는 居合(이아이)라는 검술의 달인이기도 했다. 註2

나오스케가 단행한 탄압의 배경에는 막부 수뇌부의 주도권 다툼도 얽혀 있었다. 미국을 비롯한 열강들의 개국 요구가 잇따르자 막부는 모든 대명의 힘을 모아 국난에 대처하기 위해 그때까지의 관례를 깨고 후다이 대명으로만 구성되어 있던 막부 수뇌부에 유력한 도자마 대명들과 親藩(신판)으로 불리던 도쿠가와 가문 출신의 대명들을 참여시키기 시작했다. 註3

막부 수뇌부에 사공이 많아지자 개국 문제를 놓고 대립이 생겼을 뿐만 아니라 쇼군의 후계자 문제를 놓고도 대명들이 대립하기 시작했다. 양 진영의 대립이 깊어지는 가운데 수뇌부의 최고 자리에 오른 나오스케가 통상 조약 체결을 강행하였고 몇 달 후인 1858년 말에는 나오스케가 후계자로 밀었던 家茂(이에모치)가 12세의 나이로 14대 쇼군직에 오른다. 이 과정에서 나오스케와 첨예하게 대립했던 水戸藩(미토번)의[46] 德川斉昭(도쿠가와 나리아키)와 그에 가세한 대명들이 모두 실각한다. 나오스케가 단행한 탄압에는 개국 반대파들을 제거함과 동시에 쇼군 후계자 문제를 놓고 다투었던 정적들을 제거하려는 목적도 있었다.

반대파에 대한 탄압은 광범위하게 이루어졌고 100명이 넘는 관련자가 처벌되었다. 개국을 막으려 했던 대명들과 교오토의 조정 귀족들에게는 은퇴하거나 근신 칩거하라는 명을 내렸고 천황의 승인 없이 체결된 통상 조약은 파기되어야 한다고 막부를 규탄하는 吉田松蔭(요시다 쇼인)과 같은 하급 무사나 재야인사들은 참수되거나 유배되었다. 탄압이 계속되는 가운데 반대파 세력의 중심이었던 미토번은 와신상담하며 때가 오기를 기다렸다.

1860년 3월 24일 아침 에도에는 때아닌 눈이 내렸다. 히코네번의 에도 저택을 나와 에도성으로 향하던 나오스케의 행렬을 미토번의 무사들이 덮쳤다. 나오스케가 타고 있던 가마에 권총이 발사되고 총상을 입은 무술의 달인은 가마 안에서 쓰러졌다. 18명의 습격대가 경호원들과 난투를 벌이는 사이에 한 습격대원이 빨간 악마를 가마에서 끌어내 그의 목을 베고 도주했다. 나오스케는 그렇게 생을 마쳤다. 44세였다.

○ 에도성 桜田門(사쿠라다몬) 앞에서 일어난 습격 사건을 그린 니시키에 판화

　모두에 기재한 시조는 그가 암살되기 바로 전날에 조상을 기리는 와카를 지어달라는 사람의 부탁을 받고 지어준 것이었다고 하는데 마치 암살을 미리 예상하고 자신의 심중을 토로한 것처럼 보여서 이 한 수를 나오스케의 유언시조로 간주하고 있다.

　〈내가 세운 뜻, 내가 한 일은 시간이 지나서야 그 참된 가치를 사람들이 알 것이다〉라는 의미의 이 시조에는 엘리트 관료들이 빠지기 쉬운 자만심이 엿보인다. 나라의 미래는 자기 손안에 있다는 자부심은 자만심으로 변하기 쉽다. 나오스케는 와카에도, 다도(茶道)에도, 선(禪)에도 그리고 고대 일본의 역사와 문학을 연구하는 국학(國學)에도 조예가 깊은 당대 일류의 교양인이었고 히코네번주가 된 후에는 막부 수뇌부의 정책 결정에 참여해 왔던 엘리트 중의 엘리트였다.

　나오스케는 나가사키의 네덜란드 무역 대표부나 나가사키에서 근무하는 가신들을 통해 막부 수뇌부에 전달되는 서양 열강들의 움직임과 세계정세에 관한 정보에도 밝았고 열강의 군사력에 대해서도 정확한 정보를 가지고 있었다고 보아야 할 것이다. 1858년 수뇌부의 최고 자리에 오른 나오스케의 눈에 일본의 개국은 거스를 수 없는 시대의 흐름이었다. 그렇지만 존왕양이를 외치는 하급 무사나 재야인사들의 애국심을 그저 우매한 격정(passion)으로 보고 그들을 그저 힘으로 짓누르기만 했던 것은 엘리트 중의 엘리트였던 나오스케의 자만심이 낳은 실책이라 아니할 수 없다.

나오스케에 대한 후세의 평가는 엇갈린다. 그가 강행한 통상 조약은 열강에 영사재판권, 즉 치외 법권을 인정하고 관세율도 일본 측에 불리한 불평등한 조약이었다. 나오스케가 죽은 후의 일이었지만 1866년에는 막부가 관세자주권마저 상실함에 따라 값싼 외국 상품이 대량 유입되어 국내 경제는 큰 타격을 입게 되었다. 그리고 나오스케가 탄압했던 세력이 그 후의 일본 정국을 주도하게 되었고 명치유신을 이끌어갔으므로 나오스케에 대한 평가는 오랫동안 부정적이었다.

하지만 일본은 개국을 함으로써 열강과의 전쟁을 피할 수 있었고 서양 문명을 재빨리 받아들여 근대 국가 건설과 산업의 근대화를 성공시킬 수 있었다. 나오스케의 유언시조 속의 〈향기는 남아서 세상에 퍼지리라〉는 말 그대로 그가 〈굳건히 세운 뜻〉이었던 1858년의 개국 강행은 많은 시간이 흐른 다음에야 일본 역사의 기념비가 되었다.

1909년 요코하마에 나오스케를 기리는 동상이 세워졌다. 자그마한 어촌이었던 요코하마가 개항 50년 만에 국제적인 항구도시가 된 것을 기념해서였다. 오늘날 요코하마는 동경 다음으로 큰 도시가 되어 번영을 누리고 있

다. 1958년에는 일본의 개국 100주년을 기념하는 우표가 발행되었는데 우표 중앙에는 요코하마에 세워진 나오스케의 동상이 인쇄되었다(왼쪽 사진).

● 좀 더 알아봅시다

註1　外樣(도자마) 대명은 막부 정치에 참여할 수는 없었으나 후다이 대명들보다 훨씬 큰 영지를 가진 대명들이 많았다. 이것은 도자마 대명들의 영지가 세키가하라 싸움 이전부터 컸던 데다가 세키가하라 싸움에서 이에야스 군에 합세해서 세운 공을 인정받아 영지가 가증된 경우가 있었기 때문이다. 다만 도자마 대명들의 영지는 센다이번(62만 석), 구마모토번(54만 석)처럼 에도에서 멀리 떨어진 곳에 배분되었고 인접한 곳에는 혹시 모를 그들의 배반을 감시하고 이에 대비하기 위해서 후다이 대명들의 영지가 배치되었다.

　에도 시대 대명 가운데 가장 큰 영지(102만 석)를 가진 대명은 加賀藩(가가번)이며 이 가가번도 동해 바다를 바라보는, 에도에서 멀리 떨어진 金沢(가나자와)에 본거지를 둔 도자마 대명이었다. 큰 영지를 가진 도자마 대명들은 에도에도 큰 저택을 짓고 살았는데 가가번의 에도 저택이 있던 자리가 지금의 동경대학 자리라는 것만 보아도 당시의 규모를 짐작할 수 있다. 아울러 가가번 저택에 있던 빨간 옻칠의 수려한 문, 赤門(아카몬)은 동경대학을 상징하는 심볼이 되어서 대학 입구에 서 있다.

註2　검술은 모름지기 칼을 뽑은 후의 동작을 연마하는 것인데 居合(이아이)는 칼을 칼집에서 뽑음과 동시에 적에게 일격을 가하고 이어서 내리치는 칼로 적을 쓰러뜨리고 칼을 다시 칼집에 넣을 때까지의 동작을 연마한다. 진검을 다루는 방법과 좁은 실내에서 싸우는 법을 익히는 일본 특유의 검술이다. 나오스케는 이 검술을 10대 후반부터 연마하였고 자신이 개발한 기술에 대해 해설한 책도 남겼다.

註3 도쿠가와 가문 출신의 대명 가운데 名古屋(나고야)의 尾張藩(오와리번/62만 석), 오오사카 남쪽의 紀州藩(기슈우번/55만 석), 동경 북동쪽의 水戸藩(미토번/35만 석)[46] 등의 親藩(신판)은 도쿠가와 본가에서 쇼군의 대가 끊어지게 되면 쇼군 후계자를 보내는 역할을 했다.

이중 미토번은 도쿠가와 이에야스의 11남을 초대 번주로 창건된 번이었지만, 일본의 역사를 상세히 기록하는 본격적인 역사서를 편찬하는 사업을 번의 독자 사업으로 대대로 추진해 왔다. 이 일본 신화부터 남북조 시대(p.24 참조)에 이르는 방대한 역사서를 오랫동안 편찬하는 과정에서 미토번에는 천황을 받드는 존왕(尊王) 사상이 뿌리내리게 되었다. 열강의 개국 압박이 시작되자 천황이 대대로 지켜온 신성한 나라에 오랑캐들이 활보하는 꼴은 못 보겠다는 정서가 퍼지면서 미토번은 막부의 개국 정책에 반기를 들고 존왕양이의 중심 세력이 되었다.

제27화

님 떠나신 덧없는 세상
사다 주신 비단옷
이제 누굴 위해 입으랴
고운 옷 많은들 무슨 소용 있으리

utsusemino / karaorikoromo / nanikasen /
ayamo nishikimo / kimi aritekoso

空蝉の / 唐織り衣 / なにかせん /
綾も錦も / 君ありてこそ

가즈노미야
和宮 (1846~1877년)

註1

和宮(가즈노미야)는 천황의 8번째 딸로 태어나 15세의 나이로 1862년 쇼군 家茂(이에모치)와 결혼하였다. 모두에 기재한 시조는 남편 이에모치가 병사했을 때 지은 시조이다.

남편을 잃은 쇼군의 아내들은 속세와 인연을 끊고 불문(佛門)에 들어가 남편의 명복을 빌면서 지냈다. 20세에 과부가 된 가즈노미야도 그렇게 여생을 보내다가 31세에 세상을 떴는데 지체 높은 집안에서는 남편의 죽음은 곧 부인의 죽음으로 간주하였으므로 이에모치가 별세했을 때 지은 모두의 와카가 가즈노미야의 유언시조로 취급되고 있다.

이 와카 속에 나오는 〈비단옷〉은 1866년 오오사카성에서 병사한 이에모치의 시신이 에도성으로 운구되었을 때 가즈노미야에게 인도된 것으로 이 비단 옷감은 남편의 마지막 선물이 되었다. 이에모치는 가즈노미야에게 자주 선물을 했다고 한다. 황실 귀족들의 생활 습관이 몸에 밴 가즈노미야가 에도성에서 시집살이를 하면서 무사 집안의 관습에 적응하지 못해 겪어야 했던 스트레스와 외로움을 달래주기 위해서였다. 시신과 함께 도착한 옷감은 가즈노미야의 고향인 교오토의 특산품인 西陣織(니시진오리)의 비단이었고 이 젊은 동갑내기 부부의 금실은 좋았다고 한다. 註2

그런데 두 사람의 혼인은 정략결혼이었다. 1861년 11월 일본 역사상 최대 규모의 혼례 행렬이 에도를 향해 교오토를 출발했다. 따라가는 수행원과 경호원, 짐을 운반하는 인부들까지 총 3만 명의 행렬이었다. 길이가 50km가 넘다 보니 선발대와 후발대 4개 조로 나뉘어 행차하면서 24박 25일 만에 신랑인 쇼군 이에모치가 기다리는 에도에

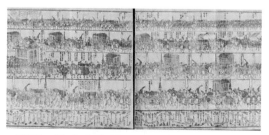

○ 가즈노미야 혼례 행렬을 상세히 소개한 목판 책자 속의 그림. 1861년 발행과 동시에 서민들이 앞다투어 구매했다고 한다.

도착했다. 가마를 타고 온 신부는 선대 천황의 딸이자 당대 천황인 효명(孝明) 천황의 여동생 가즈노미야였고 둘은 서로 얼굴 한 번 본 적 없는 사이였다. 혼례는 이듬해 3월에 치러졌는데 이 결혼은 개국이냐 쇄국이냐를 놓고 대립해 온 쇼군 집안과 천황 집안의 화합을 만천하에 알리는 데 그 목적이 있었다.

두 사람의 혼례가 치러지기 2년 전인 1860년 도쿠가와 막부는 곤경에 빠져 있었다. 막부 수뇌부의 최고 실력자였던 井伊直弼(이이 나오스케)가 에도 성 바로 앞에서 존왕양이 세력에 의해 무참히 살해되는 사건이 일어나 막부의 위신은 크게 실추되고 개국 정책에도 제동이 걸렸다. 이 정세를 타개하기 위해서 막부가 추진한 것이 황녀 가즈노미야와 쇼군 이에모치의 혼인이었고 막부는 이 혼례 행사에 막대한 자금을 투입했다.

하지만, 이 막부가 꾸민 정략결혼에는 애초부터 큰 무리가 있었다. 막부는 이 혼사의 전제 조건으로 서양 열강과 1858년에 맺은 통상 조약을 머지않은 장래에 파기하고 이제까지 추진해 왔던 개국 정책을 멈추겠다고 천황에게 약속했기 때문이다. 가즈노미야의 오빠인 효명 천황은 혼례가 끝나기가 무섭게 조약 파기의 시기를 확인하기 위해 쇼군 이에모치를 교오토로 불러낸다. 천황의 상경 요청을 차일피일 피하다가 1863년 3월에 이에모치는 교오토로 올라가는데 쇼군이 천황을 알현하기 위해 상경하는 것은 3대 쇼군 家光(이에미츠) 이래 실로 229년 만의 일이었다.

3대 쇼군까지는 교오토에서 천황으로부터 쇼군직을 임명 받았으나 4대 쇼군 때부터는 에도성에서 천황의 사신을 맞이하여 임명 받는 것이 관례가 되었고 그 후 쇼군은 한 번도 상경하지 않았다. 14대 쇼군 이에모치는 3천 명의 가신을 이끌고 위풍당당하게 상경하면서 쇼군의 위세를 과시하기는 했으나 이 229년 만의 천황 알현은 천황의 권위가 쇼군을 능가하기 시작했음을 세상에 알리는 신호탄이 되었다.

이 무렵 일본의 정국은 천황과의 약속을 좀처럼 이행하지 않는 막부에 대해 무력행사도 불사하겠다고 기염을 토하고 열강을 몰아내기 위해서는 그들과의 전쟁도 각오해야 한다고 하는 급진적인 존왕양이 세력이 조정 귀족들 사이에서도 늘어나는 상황이었다.

막부에 대한 압박이 심해지는 가운데 상경한 이에모치는 약속 이행을 다그치는 천황에게 1863년 6월을 기하여 개국 정책을 중단할 것을 약속하고 이를 전국의 대명들에게도 통고한다. 그러자 존왕양이의 최선봉이었던 長州藩(쵸오슈우번)이 폭주하고 下関(시모노세키)에서 영국을 비롯한 열강들과[1] 전쟁을 일으킨다. 하지만 무력행사는 천황의 뜻이 아니었다. 막부도 교섭을 통해서 조약 파기를 추진할 방침이었으므로 열강과 전쟁을 야기한 쵸오슈우번은 천황과 막부의 공동의 적이 되었고 1864년 막부는 천황의 명을 받아 쵸우슈우번 정벌에 나선다.

그런데 이 와중에 1865년 11월에 영국, 프랑스 등의 연합 함대가 오오사카만에 집결하여 통상 조약에 대한 천황의 승인을 요구하는 일이 벌어지자 교오토 턱밑에까지 밀고 들어온 열강의 무력 시위에 위협을 느낀 천황은 마침내 통상 조약을 승인한다.

이로 인하여 천황의 승인을 얻어낸 막부는 통상 조약 체결 이래 7년에 걸쳐서 조약 파기를 외쳐오던 존왕양이 세력들의 목소리를 잠재우게 되었다. 하지만 쵸오슈우번과의 싸움에서는 계속 열세를 보이고 있었고 1866년 8월 오오사카성에서 막부군을 지휘하던 이에모치가 병사하자 막부는 쵸오슈우번과 휴전을 맺고 막부의 쵸오슈우번 정벌은 아무런 성과도 없이 끝나고 만다. 이 정벌에는 일본 각지에서 10만이 넘는 병력이 동원되었는데 각지의 번주들은 1만도 안 되는 병력의 쵸오슈우번을 제압하지 못하고 패전과 다름없는 휴전을 맺은 막부의 지휘 능력에 의문을 품게 되었다. 존왕양이 세력도 막부에는 서양 열강의 일본 침략을 막을 힘이 없다고 판단하기 시작했고 이후 長洲藩(쵸오슈우번)[41]과 薩摩藩(사츠마번)[20]을 중심으로 막부를 쓰러뜨리고 천황을 수장으로 하는 새 정권을 수립하려는 움직임이 활발해지고 막부 타도 세력이 정국의 주도권을 잡기 시작한다.

1867년 1월 이에모치의 후견인이었던 29세의 德川慶喜(도쿠가와 요시노부)가 제15대 쇼군직에 올라 통치력을 잃어가는 막부를 다시 일으켜 세우려고 했으나 도쿠가와 정권은 내리막길을 걷다가 1868년 종말을 고한다.

가즈노미야는 이 격동의 시대를 살았다. 막부와 반(反)막부 세력의 권력 다툼의 틈바구니에서 평온한 삶을 포기해야만 했던 그녀를 비극의 여인으로 여기는 사람들이 많다. 그녀의 비극은 5살이 되던 해 자기와 같은 신분인 황족 남자와 정혼하고 11살 연상의 약혼자를 일찍부터 사모하게 된 데서부터 시작된다. 그녀가 14살이 되던 해에 오빠인 효명 천황이 막부의 제안을 받아들여 쇼군 이에모치와의 결혼을 추진하자 가즈노미야는 이를 여러 번 거절하다 15세에 쇼군의 정실부인이 된다.

하지만 19세가 되던 1865년에 서양인들에 대한 혐오감이 유별났던 효명 천황이 그동안 승인을 거부해왔던 통상 조약을 승인한다. 통상 조약을 파기하기 위해서는 막부의 군사력과 외교력에 의지할 수밖에 없다고 가즈노미야를 설득한 것은 효명 천황이었다. 파혼까지 하면서 쇼군과 정략결혼을 한 자신의 희생은 헛된 것이 되고 말았으니 가즈노미야의 억울함과 비통함은 이루 말할 수 없었을 것이다.

이에모치는 에도를 떠나 교오토와 오오사카에 머무는 일이 많았기 때문에 두 내외가 에도성에서 함께 지낸 기간은 2년 반 정도였고 자녀도 없었다.

통상 조약이 승인된 다음 해에 가즈노미야는 동갑내기였던 남편 이에모치를 잃고 20세의 젊은 나이에 과부가 된다. 이에모치가 죽은 지 6개월 후 이번에는 효명 천황이 35세의 나이로 급사한다. 가즈노미야는 유복녀였기 때문에 어머니의 사랑이 각별했다. 가즈노미야가 교오토를 떠날 때 어머니도 따라가서 함께 에도성으로 들어가 시집살이를 하는 가즈노미야의 곁을 지켰다. 그랬던 어머니도 1년 전에 세상을 떠난 상태였으니 가즈노미야는 19세와 20세 사이에 자기를 보호해 주던 어머니와 남편과 오빠를 연달아 잃은 셈이었다.

가즈노미야의 불운은 그녀가 21세가 된 후에도 계속되었다. 시댁인 도쿠가와 쇼군 집안이 명치유신으로 멸망의 위기를 맞게된 것이다. 1868년 3월 도쿠가와 막부의 본거지이자 가즈노미야가 거주하는 에도성을 신정부군이 공격하러 나선다. 그런데 그 토벌군의 총지휘관 熾仁親王(다루히토 신노오)는 다름 아닌 가즈노미야의 옛 약혼자였다. 가즈노미야는 그에게 공격 중지와 쇼군직을 상실한 도쿠가와 집안의 존속을 호소하는 탄원서를 보낸다. 일본 최대의 도시인 에도가 불바다가 되는 일을 막으려고 여러 사람이 동분서주하는 가운데 최종적으로는 양군 사령관의 담판으로 공격은 중지되고 에도성은 무장 해제되고 신정부군의 손에 넘어간다. 이토록 쓰라린 일들이 계속되었으니 그녀를 비극의 여인으로 부르는 데 이견은 없을 것이다.

한편 가즈노미야에게는 또 하나의 얼굴이 있었다. 천황의 딸로서 체통을 지키려 했던 公家(구게)의 모습이다. 구게는 천황을 모시는 조정 귀족과 그 집안사람들을 가리키는 말로 무사와 그 집안사람들을 가리키는 武家(부케)와 대치되는 말이다. 부케의 상징이 〈칼〉이었다면 구게의 상징은 〈와카〉였다. 구게에게 있어 5·7·5·7·7 모두 31자의 시조인 와카는 그들의 고귀함을 대변하는 칼과 같은 것이었다. 부케가 무술을 배우고 연마하듯 구게는 그들의 조상이 지은 와카의 명작들을 외우면서 구게다운 와카를 짓는 기량을 갈고 닦았다. 가즈노미야도 어릴 때부터 와카를 지었으며 31세에 세상을 뜰 때까지 많은 와카를 남겼다. 구게다운 와카에는 우아함이 흐른다. 가즈노미야의 와카가 그랬다.

가즈노미야는 에도로 시집온 후 한 번도 교오토로 돌아가지 못했다. 명치 유신으로 에도가 동경으로 개명되고 효명 천황의 뒤를 이어 즉위한 명치 천황이 에도성으로 거처를 옮기고 동경이 명치 정부의 수도가 되는 등 일본이 새 시대를 맞이하는 준비가 한창이던 1869년 가즈노미야는 7년여 만에 교오토로 돌아가 이후 5년간 교오토에서 생활한다. 아래의 와카는 1870년 자신이 태어나기 전에 세상을 떠난 아버지 인효(仁孝) 천황의 능을 참배했을 때 지은 것이다.

소매에 떨어진 눈물에나마 /
성스러운 얼굴 비쳐주시옵소서 /
만나 뵐 수 없었던 그리운 모습 /
잠시만이라도 보여주시옵소서
袖に置く / 涙の露に / 映しませ / 逢うがまほしと / 恋うる御影を

가즈노미야는 자신의 신세를 한탄하거나 원망하는 말 대신 자신의 슬픔을 속절없는 바람으로 부드럽게 감싸고 있다. 부케들의 와카에는 분노나 저주나 통곡 등 격한 감정을 표출한 것들이 적지 않은 데 비해 구게들의 와카는 격렬한 감정표현을 삼가는 것이 오랜 전통이다.

저승 가는 길에 있다는 삼도천 / 님과 함께 건너고저 /
얽히고설킨 이 세상의 인연 / 끊고 갈 수만 있다면은

三瀬川 / 世にしがらみの / なかりせば /
君もろともに / 渡らしものを

누구를 위해 앉으랴 / 아침마다 거울 앞에 /
뵈올 님은 가시고 / 이제 다시 못 오시나니

粧おわん / 心も今は / 朝鏡 / 向かう甲斐なし / 誰がためにかは

이 두 수의 와카 중 앞엣것은 남편 이에모치가 오오사카성에서 병사했다는 소식을 듣고 지은 것으로 모두에 기재한 와카와 함께 가즈노미야의 유언 시조로 취급되고 있다. 뒤엣것은 만년에 지은 것으로 추정되는데 이를 가즈노미야의 실질적인 유언시조로 소개하는 책도 있다. 이 두 수의 와카에서도 세련된 수사법과 점잖은 어조로 격해지기 쉬운 감정을 절제하려는 자세가 느껴진다.

그런데 가즈노미야는 이에모치가 아니고 약혼자였던 다루히토와 맺어졌어도, 아니 그 누구와 결혼했어도 남편을 여의었다면 이와 흡사한 와카를 지었을 것이다. 가즈노미야가 삼도천을 건너지 않고 거울 앞에 앉아 지키려고 했던 것은 예로부터 면면히 이어져 내려온 구게들의 우아함이었다. 고귀함과 우아함이야말로 가즈노미야가 평생 사랑했던 것이 아니었을까.

바꿔 말하면 가즈노미야에게 고유명사는 큰 의미가 없었다. 가즈노미야에게 이에모치는 이에모치가 아니고 〈남편〉이었고 다루히토는 〈정혼자〉였고 소멸의 위기를 막아준 것은 도쿠가와 집안이 아니고 〈시댁〉이었다. 가즈노미야 자신은 인효 천황의 딸이라는 인식보다 〈천황의 딸〉이라는 자각이 더 강했을 것이다. 그런 시각으로 그녀의 삶을 다시 들여다보면 가즈노미야는 비극의 여인이기는 하였으나 자존심보다도 훨씬 더 강한 자부심이 그녀를 지탱한 것으로 보인다. 가즈노미야는 가즈노미야이기 이전에 〈일본 역사상 최대의 혼례 행렬을 거느리고 에도성에 입성한, 일본의 가장 오래된 권위자인 〈천황의 딸〉이었다.

모르고 지내던 나날은 가고 / 봄이 온 것을 아노매라 /
올해에야 비로소 화창함에 /
이 내 마음 이 내 몸 감싸이네
今年こそ / のどけさおぼゆ / 去年までは /
春を春とも / 知らざりし身の

이 와카는 참으로 오래간만에 교오토로 돌아와 봄을 만끽하는 행복을 노래한 한 수로 1870년에 지은 것으로 전해진다. 와카에 나오는 〈모르고 지내던 나날〉은 비극의 연속이었던 에도에서 보낸 시절을 의미하고 〈봄〉은 가즈노미야가 그리워했던 교오토의 우아한 분위기를 상징하고 있다.

◎ 왕궁 동쪽 가까이에 있는 성호원. 명치 정부는 이 사원을 접수하고 가즈노미야의 저택으로 하였다. 주변은 교오토다운 경관을 즐길 수 있는 지구이고 현재는 부지의 일부에 일본식 여관이 들어서 있다.

가즈노미야에게 고유명사는 큰 의미가 없었으나 교오토는 달랐다. 794년에 왕궁이 들어선 이래 면면히 이어져 내려온 조상들의 역사와 영혼이 숨쉬는 곳이었으며 자신이 태어난 고향 이상의 곳이었다.

가즈노미야는 교오토에서 황녀로 자라면서 公家(구게)들의 관습과 교양이 몸에 밴 매우 보수적인 구게문화의 계승자였다. 구게들 문화의 중심을 차지하는 우아함은 雅(미야비)라는 말로 지칭된다. 미야비는 10세기부터 11세기에 걸쳐 교오토에서 꽃피운 구게들의 귀족적인 문화에 그 뿌리를 두고 있으며 오늘날에도 일본인들이 소중히 여기고 지키려는 일본의 전통적인 아름다움이다.　註3　구게들의 와카는 이 미야비의 문학적인 발로였는데 에도에서 돌아온 가즈노미야는 매일 와카를 지으면서 지냈다. 그 1,700수가 넘는 와카는 14권의 책으로 남아 있는데 우아한 미야비의 세계에 몰입하여 보낸 교오토에서의 5년은 가즈노미야의 생애에서 가장 행복하고 평온한 시간이었을 것이다.

1874년 28세가 된 가즈노미야는 자신의 조카인 명치 천황과 친정 식구들의 권유로 그들이 사는 에도, 이제는 이름도 바뀌고 새로운 수도가 된 동경으로 거처를 옮겼는데 3년 후인 1877년, 지병인 각기병이 악화하여 생을 마친다. 가즈노미야가 이어받은 우아한 와카를 짓는 전통은 오늘날에도 일본 황실의 연중행사인 歌会始(우타카이 하지메 / 제2화)로 남아 있다.

● 좀 더 알아봅시다

註1　가즈노미야의 사진으로 소개될 때가 많지만 이 사진의 여성은 가즈노미야와 나이도 같고 얼굴도 닮은 어느 조정 귀족의 딸이라는 설이 우세하다.

註 2　西陣織(니시진오리)는 최고급 기모노의 대명사이다. 도안을 그린 다음 그 도안에 따라 다채로운 색상으로 염색한 실로 정교하게 직조하는데 최고급 원단은 3cm를 짜는 데 하루가 걸릴 경우도 있다고 한다. 500년 전부터 교오토 북서부 西陣(니시진) 지역에서 제작되어 온 이 견직물은 비단실을 직조하는 기법에 따라 여러 종류의 제품이 제작되고 있다. 가즈노미야의 유언시조 원문에 보이는 唐織(가라오리), 綾(아야), 錦(니시키)도 그 종류를 가리키는 말이다.

○ 이에모치가 보낸 니시진오리는 가즈노미야가 죽은 후 그녀의 묘가 있던 증상사(增上寺/동경타워 근처 소재)에 기증되어 승려가 걸치는 가사로 만들어져서 남아 있다.

○ 오늘날의 니시진오리 기모노와 허리띠. 여성용 기모노에서 빼놓을 수 없는 허리띠도 색상과 무늬가 매우 다양하다.

註 3　雅(미야비)라고 하는 일본의 전통적인 아름다움의 중심에는 우아함이 있다. 조잡함이나 저속함, 투박함이나 소박함은 미야비가 아니다. 지나치게 화려하거나 역동적인 것도 미야비가 되지 못하고 해학적인 것도 미야비의 범주에 들어가지 못한다.

　요컨대 미야비는 점잖고 고상한 아름다움이라고 할 수 있다. 다시 말하면 제6화 三浦道寸(미우라 도오순)의 저주에 가까운 와카나 제22화에서 소개한 해학적인 狂歌(쿄오카) 등은 미야비로 볼 수 없으나 武家(부케)가 지은 와카 속에도 격한 감정 표출을 자제하고 점잖은 어조와 세련된 수사법이 돋보이는 제1화 平忠度(다이라노 다다노리)의 유언시조에는 미야비의 우아함이 흐른다.

미야비를 구현한 문학의 백미로서는 제21화의 註 3)에서 언급한 源氏物語(겐지모노가타리)를 들 수 있고 이 무상감(無常感)이 섞인 우아함은 탐미주의적인 현대 작가들에게도 면면히 이어지고 있다. 노벨상 작가 川端康成(가와바타 야스나리 / 1899~1972년)도 미야비의 계보에 속한다.

미야비의 시각적인 구현물로는 바로 앞에서 소개한 니시진오리나 제19화 尾形乾山(오가다 겐잔)의 도자기(p.110의 B) 등을 들 수 있고 미야비의 발생지인 교오토에는 미야비를 느끼게 해주는 경관이나 금각사(金閣寺)를 위시한 건축물 그리고 오랜 역사를 가진 축제와 전통 공예의 공방 등이 잘 보존되어 있다. 시각적인 미야비는 다채로운 색채를 갖는 것이 특색이다. 하지만 우아함에서 벗어나는 일은 없고 단아하다.

◦ 미야비의 아름다움을 대표하는 금각사의 모습

◦ 5월에 개최되는 축제 아오이 마츠리의 한 장면. 11세기 경의 조정 귀족들의 의상을 입은 행렬이 교오토 북동 지구를 누빈다.

◦ 교오토의 특산품인 히나닌교오. 사진은 정장한 황녀의 모습을 본뜬 인형. 여러 직공이 분업으로 얼굴, 가발, 옷을 각각 따로 만들어 하나의 인형을 제작한다.

◦ 가장 손쉽게 미야비를 즐길 수 있는 화과자

제 28 화

바람이 부는 대로 휘는
가느다란 대나무일지라도
결코 휘지 않는 마디가 있도다
보아라 원수들아

nayotakeno / kazeni makasuru / mi nagaramo /
tawamanu hushimo / aritokoso kike

なよ竹の / 風にまかする / 身ながらも /
たわまぬ節も / ありとこそ聞け

사이고오 치에코
西郷 千重子 (1835~1868년)

치에코를 기리는 기념관에
걸려 있는 초상화(상상도)

해넘이를 보러 갔다가 자칫 한눈팔고 있으면 바다를 붉게 물들이면서 수평선 아래로 모습을 감추는 태양을 보지 못한다. 해넘이는 생각보다 빨리 진행되기 때문이다. 도쿠가와 정권의 종말은 해넘이처럼 진행되었다.

1867 / 11 / 09

제15대 쇼군 慶喜(요시노부)가 일본 통치권의 반납을 천황에게 표명함. 수일 후에는 쇼군직 사직원을 천황에게 제출하지만 통치의 실무와 주도권은 계속 도쿠가와 막부가 유지함

1868 / 01 / 03

長洲蕃(쵸오슈우번)과 薩摩藩(사츠마번) 그리고 급진파 조정 귀족들을 주축으로 하는 명치유신 세력이 천황으로 하여금 신정부 수립을 선언하게 함. 이로 인해 쇼군이란 직위와 막부라는 정치기구가 소멸함

1868 / 01 / 27

신정부 수립에 항거하는 도쿠가와의 군대가 교오토 남쪽 교외에서 신정부군과 무력 충돌을 일으킴. 천황을 수장으로 하는 신정부와 싸움을 벌이는 것은 천황에 대한 항거를 의미했으므로 도쿠가와군은 역적으로 몰리고 전투에서도 패배함

1868 / 05 / 13

도쿠가와의 본거지인 에도성이 무장 해제되고 신정부 손에 넘어감

1868 / 10 / 06

신정부군이 동북 지방에 남아 있던 친막부 세력을 토벌하기 위해 그들의 맹주인 会津藩(아이즈번)을 침공함[27]

모두에 게재한 유언시조를 남긴 西郷千重子(사이고오 치에코)는 아이즈번의 가신단을 이끄는 최고위직 무사의 아내였다. 아이즈번은 지금의 福島(후쿠시마)현의 서쪽 절반을 차지하는 28만 석의 큰 번이었고 대대로 도쿠가와 종가의 혈통을 이어온 親藩(신판) 대명이 영지를 다스려 왔으며 그 가신들도 도쿠가와 정권에 대한 충성심이 매우 높았다. 아이즈번의 무사 집안에서는 평소에 자녀들에게 〈충의(忠義)를 위해 죽는 것이 무사의 길〉이라고 가르쳤으며 기개 높은 무사들이 많았다.

　사이고오 치에코는 이러한 아이즈번의 기풍 속에서 자랐고 아이즈번 가신단 최고 책임자의 아내가 되었다. 치에코의 자긍심은 남다를 수밖에 없었을 테니 유언시조에서 〈보아라 원수들아〉 하고 과격한 말을 쏘아붙일 만도 하다. 1868년 10월 8일 명치 신정부의 군대가 명치유신에 항거하는 세력을 소탕하기 위해 아이즈성의 턱밑에까지 침공해 오자 치에코는 자택에 동거 중이던 일가친척을 한 방에 모으고 집단 자결할 것을 결심한다. 신정부군과 싸우기 위해 아이즈성에서 농성에 들어간 자신의 남편과 아들이 갖게 될 심리적 부담을 없애기 위해서였다. 제11화에서 소개한 細川ガラシャ(호소카와 카라샤)가 1600년에 자해한 이유도 그랬고 자결은 무사 집안의 여자들이 자신의 명예를 지키기 위해 택해야 할 마땅한 길이기도 했다. 그렇다고 해도 무사들의 칼싸움이 사라진 지 250년도 지난 당시로서는 자결은 그것도 집단 자결은 생경한 일이었다.

　그날 34세의 치에코를 비롯하여 시어머니와 시누이와 자신의 딸들 그리고 친족 21명 전원이 자결한 방에 신정부군의 병사들이 쳐들어왔다. **註1**
병사들은 피바다로 변한 비참한 광경과 함께 무사 집안의 부녀자다운 죽음을 목격한다. 자결 시의 격식대로 방안에는 병풍이 거꾸로 세워져 있었고 모두 하얀 수의를 입은 그녀들의 무릎은 죽음의 고통으로 발버둥 치다가 기모노의 앞이 흐트러져 추한 모습을 보이지 않도록 끈으로 단단히 묶여 있었다고 한다.

그들은 자결하기에 앞서 유언시조도 남겼다. 그중에는 16세인 치에코의 큰딸과 겨우 13세가 된 둘째 딸의 유언시조도 놓여 있었다.

> Ⓐ 손잡고 나서면 / 헤매는 일은 없으리라
> Ⓑ 어서 가고저 저 산길 / 저승으로 가는 길 따라가고저
> Ⓐ 手を取りて / ともに行かなば
> Ⓑ 迷わじよいざ辿らまし / 死出の山道

시조 짓기에는 아직 실력이 부족한 둘째가 Ⓐ를 짓다가 머뭇거리자 큰딸이 도와서 후렴 Ⓑ를 지어 유언시조 한 수를 완성했다고 한다. 두 딸 사이가 가까웠다는 것을 짐작할 수 있고 어린 나이에 자신의 운명을 담담하게 받아들이는 모습이 눈에 보이는 듯하여 가슴이 아리다. 집단자결은 아이즈성 주변에 산재한 다른 가신들의 집에서도 일어났고 이들 외에도 200명 이상의 부녀자가 항복 대신 자신들의 명예를 지키기 위해 자결을 택했다고 전해진다. 아이즈번의 풍토가 낳은 비극이기도 했다.

아이즈번의 저항전에서는 신정부군과 맞서 싸운 여자들도 있었다. 제1화의 註)에서 소개한 中野竹子(나카노 다케코)도 그중 한 사람이었다. 다케코는 어릴 때부터 총명했으며 미모도 뛰어났다고 한다. 와카와 서예 솜씨도 좋았던 데다가 薙刀(나기나타)라고 하는 창을 쓰는 무술에도 능했다. **註 2**

신정부군이 아이즈성을 향해 몰려오자 어머니와 동생 그리고 친지를 포함 20여 명의 여자들과 함께 부녀대(婦女隊)를 결성하여 성 밖에서 벌어지고

있던 싸움에 가세하려고 했다. 하지만 싸움터의 지휘관은 "너희가 나서게 되면 여자까지 동원했다고 적군이 비웃을 테고 총을 들고 공격해오는 적에게 나기나타를 들고 맞서는 것은 무모한 짓"이라고 참전을 허락하지 않았다. 그러자 다케코는 같이 싸울 수 없다면 여기서 모두 자결하겠다고 읍소하여 참전을 허락받는다. 다케코는 나기나타 손잡이에 쪽지를 묶고 싸움터로 나가 용감하게 싸우다 이마에 총탄을 맞고 22세의 나이로 전사한다. 쪽지에는 시조 한 수가 적혀 있었다.

> 어찌 싸우지 않으랴 / 내 비록 사내 무사들의 용맹함에 /
> 견줄 바는 아닐지라도
>
> もののふの / 猛き心に / 比べれば / 数にも入らぬ /
> わが身ながらも

700년이나 이전인 1184년에 유언시조를 화살통에 묶어놓고 싸우다 죽은 平忠度(다이라노 다다노리 / 제1화)를 방불케 하는 다케코의 마지막이었다. 앞서 말한 사이고오 치에코들이 집단 자결한 이틀 후인 10월 10일의 일이었다. 다케코가 휘두르며 싸웠던 나기나타(칼날의 길이 45cm, 손잡이 160cm)는 지금도 다케코의 묘가 있는 아이즈성 근교의 절에 보관되어 있다. 사진은 그녀가 전사한 자리에 세워진 다케코의 석상이다.

아이즈번에서는 부녀자만이 아니라 나이 어린 소년들도 희생되었다. 15세

안팎의 소년들로 구성된 부대는 예비병력으로 소집된 것이었으나 전황이 악화하면서 16~17세로 편성된 연장자 부대가 전선에 투입되었다. 대원들은 적과 싸우다 죽기도 하고 일부는 항복하지 않고 전국시대의 옛 무사처럼 자결하기도 하였다. 註3 살아남은 소년병들은 후퇴하여 성안으로 들어가 5천 명가량의 농성군의 일원이 되어 신정부군과 싸웠다.

7만이 넘는 신정부군 병력과 50대의 대포 공격에 한 달 가까이 버텼지만 1868년 11월 6일, 끝내 아이즈번은 항복한다. 아이즈전쟁은 새 시대를 열겠다는 개혁 의지와 근대화된 장비를 갖춘 신정부군이 낡은 무기와 무사의 기개로 맞선 아이즈군을 무너뜨린 전쟁이었다.

○ 포탄 자국이 생생한 항복 후의 아이즈성 모습. 지금은 말끔히 복원되어 옛 자리에 서 있다.

아이즈전쟁에 패배한 막부 옹호 세력 중 일부는 북해도로 건너가 函館(하코다테)를 본거지로 저항을 이어갔으나 그 저항도 1869년 6월 27일에 진압되면서 명치 정부에 항거하는 친막부 세력은 완전히 사라져버렸다.

시대의 수레바퀴는 그렇게 돌아갔다. 그런데 자신의 존엄을 위해 목숨을 내놓은 아이즈번의 소년병과 사이고오 치에코와 나카노 다케코를 비롯한 부녀자들의 죽음에 대해 다시 생각하면 숙연해진다. 그들 모두를 그저 낡은 가치관의 희생자였다고 안타까워하고 잊어버리면 되는 일일까? 그들은 목숨을 걸었고 그리고 실제로 죽었다. 목숨을 걸고 무엇을 하겠다느니 목숨을 걸고 맹세한다느니 하고 말로만 몇 번이고 목숨을 거는 오늘의 우리보다는 훌륭했다고 할 수 있지 않을까? 시대가 바뀌어도 변하지 않는, 목숨보다 소중한 가치란 무엇일까? 치에코와 다케코가 남긴 유언시조를 곱씹다 보면 그녀들의 심장 박동 소리가 들려온다. 환청인가?

● 좀 더 알아봅시다

註 1　여기 제28화에 나오는 나이는 모두 세는 나이임

註 2　나기나타는 칼날의 끝부분이 완곡되어 있으며 상대를 베면서 싸우는 창이다. 에도 시대에는 주로 무사 집안의 부녀자들이 호신용으로 나기나타 다루는 법을 배웠다. 요즘은 스포츠화된 나기나타 무술이 여학생만이 아니라 일부 남학생들에게도 인기가 있어서 해마다 전국선수권대회도 열리고 있다.

註 3　이 白虎隊(뱌꼬타이)라고 이름 지어진 소년병 부대는 모두 340명 정도의 규모였다. 성 밖의 시가전에 투입된 대원들의 일부는 신정부군에 쫓겨 아이즈성 가까이에 있는 산에 피신했다가 그곳에서 자결했다. 그 산(飯盛山/이이모리야마)에는 자결한 소년들 한 사람 한 사람의 이름을 새긴 19개의 묘비가 서 있고 그 옆에는 전사한 대원 31명의 묘도 줄지어 서 있다.

제29화

아쉬움이 남는 것은
참치회 맛과 시원한 복국
푹신푹신 아랫배와 막걸리의 맛

omoioku / magurono sashimi / hugutojiru
hukkuri boboni / doburokuno aji

思いおく / まぐろの刺身 / ふぐと汁
ふっくりぼぼに / どぶろくの味

신몬 다츠고로오
新門辰五郎 (1800?~1875년)

19세기 후반에 찍은 사진

에도 시대 말기에 협객(俠客)으로 이름을 떨친 新門辰五郎(신몬 다츠고로오)가 남긴 유언시조이다. 저승으로 가는 길에 아쉬움이 남는 것들의 이름을 그냥 나열했을 뿐이어서 시조다운 여백이나 여운은 없고 雅(미야비 / 제27화 註3)의 세계와는 거리가 멀다. 하지만 그가 아쉬워하는 것들이 매우 서민적이고 그중 하나에 대한 표현이 직설적이고 점잔 빼지 않는 게 과연 협객답다고 하여 인기 있는 유언시조가 되었다. 註1

19세기의 에도에는 구역마다 火消し(히케시)라 불리는 소방대가 편성되어 있었는데 다츠고로오는 그중 한 구역의 소방대(대원 약 200명) 대장이었다. 인구가 100만에 달했던 에도에는 집들이 밀집된 구역이 많았고 원래 에도는 바람이 많은 곳이어서 화재가 발생하면 크게 번질 수 있었다. 註2

일본 가옥은 목조이기 때문에 바람이 부는 날에는 불똥이 사방에 떨어져 불이 옮겨붙기 때문에 이를 막기 위해 주변 가옥을 때려 부수면서 불길을 잡아야 했다. 그것도 아주 신속하게 해야 했기 때문에 육체적으로도 힘들고 목숨도 걸어야 하는 위험한 일이었다. 소방대원들은 평소에는 건설 현장에서 높은 곳에 올라가 기자재를 운반하거나 설치하는 鳶職人(도비쇼쿠닌)이라 불리는 작업원들이어서 거칠고 사나운 사람들이 많았다. 註3

다츠고로오는 혈기 넘치는 그들을 통솔하여 소방 활동을 지휘하며 실적을 쌓아가다가 에도의 명찰 浅草寺(센소오지) 주변의 치안 유지도 맡게 된다. 에도 동부쪽에 있는 센소오지에는 일 년 내내 참배자가 끊이지 않았고 가까이에 가부키를 공연하는 상설 극장이 세 개나 있고 제16화에서 소개한 요시와라 공창가도 근처에 있어서 센소오지를 중심으로 한 浅草(아사쿠사)[b] 지역은 에도에서 사람들이 제일 많이 모이는 곳이었다. 다츠고로오는 그 아사쿠사 번화가의 노점상들로부터 자릿세를 거두거나 도박장 운영을 관리 감독하여 많은 부를 쌓았고 그들 사이에서 일어나는 갖가지 분쟁을 중재하고 다스리면서 에도 주먹세계의 거물이 되었다.

　1862년경부터 천황이 있는 교오토를 무대로 존왕양이의 급진파들이 막부세력과 유혈 소동을 일으키는 일이 잦아졌다. 다츠고로오는 1864년 교오토의 치안 유지를 맡은 德川慶喜(도쿠가와 요시노부)의 요청을 받아 환갑을 훨씬 넘긴 나이에도 노익장을 과시하듯 250명의 부하를 이끌고 교오토로 올라가 민간인 신분으로 요시노부를 경호하면서 막부 일을 돕는다. 요시노부는 1867년에는 쇼군직에 올라 추락해가는 막부의 위신을 회복하려고 한다. 그런데 1868년 1월 교오토 근교에서 도쿠가와 막부군이 명치 신정부군과 무력 충돌을 일으키다 패색이 짙어지자 막부군을 버리고 요시노부가 오오사카 항구에서 군함을 타고 에도로 도망가는 일이 일어난다.
　그때 오오사카성에 도쿠가와 가문의 가보를 놓고 온 것을 뒤늦게 안 요시노부는 다츠고로오에게 이를 찾아오도록 명하고 다츠고로오는 그 임무를 훌륭하게 완수해낸다. 오오사카로부터 에도에 이르는 육로에는 막부에 반기를 든 세력도 곳곳에 산재하고 있었는데 먼 길을 걸어서 무사히 가보를 가져왔으니 막부 사람들이 놀라지 않을 수 없었다.

　다츠고로오가 찾아온 것은 이에야스 때부터 내려온 쇼군을 상징하는 표식이었다. 금박을 입힌 커다란 접부채 모양의 이 표식은 싸움터에 높이 세워서 쇼군의 참전을 알리는 중요한 역할을 하는 것이었다(다음페이지 사진 오른쪽).
　소방대장이었던 다츠고로오는 그 표식이 얼마나 귀중한 것인지 충분히 알았을 것이다. 소방대에도 자신들을 상징하는 표식이 있었고 화재가 발생하면 그것을 들고 현장에 달려가 주변 가옥의 지붕에 올라갔다. 제일 먼저 지붕에 올라가 표식을 흔들어댄 소방대가 그 화재 현장에서 진화 작업을 주도

하는 것이 그들의 불문율이었기 때문이다. 도쿠가와 쇼군의 표식처럼 그들의 표식도 자신들을 과시하기 위한 중요한 상징물이었다(아래 사진 왼쪽).

○ 소방대의 상징물인 마토이

○ 도쿠가와 쇼군의 상징물인 긴오오
기노 우마지루시

　도쿠가와 정권이 쓰러진 후에도 다츠고로오는 요시노부의 곁을 떠나지 않고 그를 경호하는 사병 대장 역할을 맡았다. 그것은 다츠고로오의 딸이 한때 요시노부의 첩이었던 적이 있었기 때문으로도 짐작되지만, 그동안 도쿠가와 막부의 녹을 먹었으면서도 도쿠가와 집안이 쇠락하자 하나둘씩 등을 돌리는 막부 가신들에 대하여 협객다운 의분(義憤)을 느꼈기 때문이 아니었을까 싶다.

　1868년 7월 명치 정부는 静岡(시즈오카)에 70만 석의 영지를 할애하고 도쿠가와 가문의 존속을 허락했다. 요시노부는 그해 9월 시즈오카로 거처를 옮겼고 도쿠가와의 당주(当主/가문의 장) 자리를 요시노부로부터 물려받은 家達(이에사토)도 며칠 후에 시즈오카로 떠나게 되었다. 에도를 떠나는 이에사토의 행렬에 동행하는 가신은 100명 정도밖에 되지 않았다. 그 소식을 듣자 의협심이 발동한 다츠고로오의 지시로 장안의 소방대가 소집되어 그들의 표식인 纏(마토이)를 흔들어대면서 1,000명이 넘는 소방대원들이 이에사토의 행렬을 배웅했다고 한다. 에도성에 남아있던 도쿠가와 쇼군의 남은 자산을 시즈오카까지 호송하는 일도 다츠고로오가 맡았다.

그 후 칠순이 다된 다츠고로오는 요시노부를 따라 자신도 거처를 시즈오카로 옮겨 요시노부의 경호를 맡으면서 몇 년을 더 살았다. 끝까지 도쿠가와 가문에 등을 돌리지 않고 75세에 아사쿠사의 자택에서 생을 마감하였다. 그가 남긴 유언시조에 대해 아무리 협객이라 하여도 원로였으니 여색에 빠지지 말고 좀 더 품위를 갖춘 내용이었더라면 하고 아쉬워하는 사람도 있을지 모른다.

하지만 다츠고로오는 "내가 살아온 세계는 주먹세계였지만 의리만큼은 지키고 살았다"라는 등 그렇고 그런 말을 하는 대신 깔끔하게 본인의 기호품 리스트만을 나열했다. 그 리스트를 자세히 살펴보면 참치회도, 복국도 그 당시에는 식중독에 걸릴 위험이 높은 음식이었고 막걸리도 점잖은 사람들이 마시는 술이 아니었다. **註4** 한마디로 이 기호품 리스트는 그가 협객답게 살았다는 증명서인 셈이다.

● 좀 더 알아봅시다

註1 시조 원문에 있는 ぼぼ는 여성의 음부를 직설적으로 가리키는 말임

註2 에도 시대 260여 년 동안에 큰 화재가 교오토에서는 9번, 오오사카에서는 6번 있었는데 에도에서는 49번이나 있었다고 한다. 그중에서도 규모가 가장 컸던 화재(明曆の大火/메에레키노 타이카)는 1657년에 발생하였는데 에도의 절반 이상을 태워버렸고 사망자도 6만 명 이상이 생겼다고 한다. 에도의 랜드마크였던 에도성 천수각(天守閣)도 이때 소실되었다. 하지만 통치 기반이 든든했던 도쿠가와 막부는 힘을 과시하기 위해 높이 짓는 건물은 더 이상 필요 없다고 생각하고 천수각을 재건하지 않았다.

註3 도쿠가와 막부는 빈발하는 화재에 대응하기 위해 대명이나 막부 가신들에게 명하여 소방대를 편성하게 했는데 1720년부터는 일반 서민으로 구성된 소방대를 발족시킨다. 이 町火消(마치비케시)로 불리는 소방대의 활약이 두드러지면서 차츰 마치비케시가 에도의 진화 작업의 주역을 맡게 된다.
  1만 명 안팎으로 구성된 마치비케시의 대부분은 건설노동자인 鳶職人(도비쇼쿠닌)들이었다. 원래 도비쇼쿠닌들 사이에는 싸움이 잦았던 데다가 그들이 소방대원으로 편성되면서 소방대끼리의 패싸움이 많아졌다. 화재를 진화하면 포상금이 나왔기 때문에 화재 현장에서 진화 작업의 주도권을 놓고 다투는 일도 잦았다. 다츠고로오도 그러한 싸움을 일으키기도 하고 휘말리기도 했는데 비겁하게 굴지 않는 남자다움으로 신망을 쌓았다고 한다.

註4 참치는 부패하기 쉬운 생선이어서 일본에서 참치를 회로 먹기 시작한 것은 18세기부터이다. 간장이 보급되면서 간장 속에 담가 놓았다가 회로

먹기 시작한 것이다. 20세기 들어 냉장 기술이 발달한 후에는 빨간 부위를 그대로 회로 먹기 시작하였는데 제일 맛있는 뱃살 부위를 회로 먹기 시작한 것은 영하 30도 이하의 냉동기술이 발달한 1960년대 이후의 일이다. 다츠고 로오가 참치회를 어떻게 먹었는지는 알 수 없지만 아쉬움이 남을 정도라면 뱃살이 아닐까 한다. 얼음이야 그 시절에도 있었겠지만 아무래도 좀 무모한 짓이었다.

복어도 그 독 때문에 섣불리 조리할 수 없는 생선이다. 에도 시대에는 무사들에게 복어를 먹지 못하도록 금지하는 번(藩)도 많았다. 〈목숨은 번주에게 바치는 것이지 복어에게 바치는 것이 아니다〉라는 이유 때문이다. 명치 정부도 1882년에 〈복어를 먹는 자는 벌금형에 처한다〉는 법을 만들어 식중독 발생을 막으려고 했다. 복어의 독은 열에 강하기 때문에 펄펄 끓여도 없어지지 않는다. 복국도 먹으려면 강단이 필요한 음식이었다.

제5장

무사들이 사라진
시대 속에서

a 우에노(上野)   g 유시마(湯島)

b 아사쿠사(浅草)   h 사쿠라다몬(桜田門)

c 출산사(出山寺)   i 아카몬(赤門) / 동경대학

d 요시와라(吉原)   j 증산사(増上寺)

e 키라 저택(吉良 邸)   k 이치가야(市ヶ谷)

f 센가쿠지(泉岳寺)

수미다강

스카이트리

이케부쿠로●

신쥬쿠 ●

시부야 ●

d● c
i ● a ● b ●
g ●
● e

k●

에도성

● 동경역

h●
● j
f ●

시나가와

동경타워

제30화

뽕나무 뿌리에

나의 넋 묻고

나의 몸 시들어가네

kuwano neni / tamawa todomete / karenikeri
桑の根に / 魂はとどめて / 枯れにけり

다카야마 초오고로오
高山長五郎 (1830~1886년)

1868년 수립된 명치 정부는 서양 열강을 따라잡기 위해 일본의 근대화를 추진하는데 정치체제와 사회제도의 근대화와 더불어 부국강병(富國強兵)의 기치 아래 서양의 기술을 도입하여 국력 증진에 매진한다. 이를 실현하기 위한 산업의 하나로 명치 정부는 비단실 즉, 잠사(蠶絲)에 주목하고 이를 기계화된 공장에서 대량 생산하여 구미 여러 나라에 수출하였다. 일본의 잠사 산업은 20세기 전반에는 세계 잠사 무역량의 80%를 차지할 정도로 크게 성장했는데 그 초창기에 잠사의 원료인 누에고치의 대량 생산에 기여한 인물이 高山長五郎(다카야마 초오고로오)이다.

동경 북쪽에 직선거리로 240km 떨어진 곳에 桐生(기류우)[48]라는 곳이 있다. 기류우는 8세기에 이미 질이 좋은 견직물 산지였고 이 지역 일대에는 예로부터 양잠 농가가 많았다. 초오고로오가 태어난 藤岡(후지오카)[49] 지역도 기류우 남서쪽으로 양잠 농가가 많은 곳이었다. **註1**

초오고로오의 집안은 부유한 농가였으나 어릴 때 어머니가 돌아가시자 그는 할머니 댁으로 가게 된다. 양잠 농가였던 그 집에서 초오고로오는 누에 키우는 일을 보면서 자랐다. 누에는 병에 걸리기도 쉽고 날씨에도 예민한 매우 섬세한 생물이라 누에고치를 수확할 때까지 잘 보살펴야 했다. 초오고로오의 할머니는 부지런히 누에를 키웠고 보다 나은 사육법을 늘 생각하는 사람이었다고 한다.

장성한 초오고로오는 생가로 돌아가 25세 때부터 양잠을 생업으로 삼기 시작한다. 여러 번의 시행착오 끝에 38세 무렵에는 양질의 누에고치를 안정적으로 얻을 수 있는 양잠법을 개발한다. 그 후에도 그는 꾸준히 연구하여 54세 무렵에는 잠실의 통풍과 온도와 습도를 적절하게 관리하면서 누에를 키우는 청온육(淸溫育)이라는 양잠법을 확립하였다. 1870년경부터는 자신이 개발한 새로운 양잠법을 보급하기 위해 자택에 교습소를 만들어 후진 양성에 힘쓰는데 1884년에는 高山社(다카야마샤)라는 회사를 설립하여 본격적인 교육 지도 사업에 나서게 된다. 다카야마샤는 전국 각지에 사원을 파견하여 초오고로오의 청온육을 지도함으로써 양잠 농가의 누에고치 수확량을 비약적으로 증대시켰다.

초오고로오가 새로운 양잠법 보급에 힘쓰게 된 배경에는 명치 정부가 국책 사업으로 추진하는 잠사 생산 진흥사업이 있었다. 1872년 정부는 프랑스로부터 기술을 도입하여 초오고로오가 사는 후지오카 서쪽 富岡(도미오카)에 세계 최대급 규모의 잠사 생산 공장을 세웠다. 이 富岡製糸場(도미오카세에시조오)는 이후 일본의 잠사 산업의 견인차 역할을 하게 되고 초오고로오가 보급한 양잠법으로 대량 수확한 누에고치가 원료로 공급된다. 150년이 지난 현재에도 도미오카와 후지오카에 있던 유적은 잘 보존되어 남아 있고 2014년에 UNESCO 세계문화유산으로 지정되었다.

◦ 150년 전의 모습이 남아 있는 도미오카 세에시조오의 내부를 구경하는 관광객. 누에고치에서 실을 뽑아 감아내는 기계는 창업 당시 프랑스에서 도입된 것은 아니고 그 후에 설치된 국산 기계가 전시되어 있다.

◦ 초오고로오의 자택. 2층에 잠실이 있었고 지붕 위에는 돌출된 환기용 창문을 덮은 작은 지붕 3개가 보인다. 다카야마샤는 이 자택 건물에서 개업하였다가 1887년에 확장 이전하였다.

다카야마샤를 설립한 지 2년도 채 안 되는 1886년 초오고로오는 병을 얻어 눕게 되었다. 그는 죽음이 임박한 병상에서 친인척에게 사장 자리를 물려

주지 않고 자신의 수제자를 차기 사장으로 지명하고 영리 추구보다 양잠업 발전에 기여할 것을 다카야마샤의 사시(社是)로 삼으라는 유언을 남기고 56세를 일기로 세상을 떠났다.

초오고로오가 서거한 후 다카야마샤는 1901년에 양잠 학교를 설립하고 초오고로오가 개발한 청온육 보급에 더욱 힘을 기울여 1905년에는 양잠 학교의 분교가 68개교로 늘어났고 1907년에는 다카야마샤의 사원 수가 4만 명에 이르렀다고 한다.

초오고로오는 평소에는 말수가 적은 사람이었으나 제자들에게서 양잠에 대해 질문을 받으면 상세한 설명이 끝없이 이어졌고 제자들이 서로 얼굴을 마주보고 어이없는 표정을 짓고 있으면 그제야 알아차리고 본인도 소리 내어 껄껄 웃는 일이 한두 번이 아니었다고 한다.

양잠법 개량에 여념이 없었던 초오고로오였지만 편협하고 냉담한 사람은 아니었다. 어느 날 초오고로오와는 다른 방법으로 양잠법을 개발하고 있던 그의 남동생이 집으로 찾아왔다. 둘은 양잠법에 대해 심야까지 논쟁을 벌이다가 말다툼이 되었고 화가 난 동생이 자리를 박차고 그의 집을 나갔다. 하지만 이미 밤이 깊어 돌아갈 길이 막막해진 동생은 발길을 되돌려 닫힌 문을 두드리면서 아까 말다툼한 양잠법 개발자는 집에 갔고 이번에는 동생이 왔으니 문 좀 열어 달라고 하자 초오고로오는 웃으면서 문을 열고 화해했다는 일화도 남아 있다.

그 옛날 아름다운 견직물을 만들기 위해 중국으로부터 잠사를 싣고 머나먼 유럽까지 이르는 실크로드가 생겼다. 그 후 산업 혁명으로 프랑스, 이탈리아를 비롯한 서양 여러 나라가 잠사 생산의 중심지가 되었고 이번에는 공업화된 기술을 서양으로부터 배운 일본이 전 세계가 인정하는 잠사 생산국이 되었다. 초오고로오도 양잠법을 개발하고 이를 널리 보급함으로써 자국의 잠사 산업에 기여했다는 자부심이 있었을 것인데 그가 남긴 유언시조에는 자부심이 아니라 양잠에 대한 끝없는 애착과 이승에 작별을 고하는 초오고로오의 잔잔한 목소리만이 들려온다.

그런데 앞서 말한 초오고로오의 동생도 독자적인 양잠법을 개발하여 일가를 이루었고 만년에는 누에알 저장업에까지 사업을 확장하여 일본의 잠사 산업에 큰 업적을 남겼다. 아래는 52세에 별세한 그의 유언시조이다. 註2

일곱 번 다시 태어난들 / 변할 리 있으랴 /
양잠에 정성 다하는 마음은
七たびの / 世を迎かうとも / 変わらじと / 蚕飼の道に /
尽くす心は

그즈음의 일본은 1889년 헌법을 공포하고 이듬해에 국회를 개회함으로써 서양 열강과 같은 근대 국가의 조건을 갖추었고 1895년에는 청일전쟁에 승리함으로써 동양의 강대국으로 부상하였다. 식민지가 된 대만의 옥산(玉山 / 3,952m)은 新高山(니이타카야마)라는 일본 이름으로 불렀으며 학교에서는 아이들에게 일본의 최고봉은 후지산(3,776m)이 아니라 니이타카야마라고 가르치기 시작했다.

초오고로오의 동생이 죽은 1898년은 일본의 국력이 크게 신장한 시기였고 잠사 수출도 계속 상승세를 타고 있었다. 이러한 시대 분위기의 영향을 받아서인지 초오고로오의 동생은 〈일곱 번 다시 태어난들〉 하고 씩씩한 어조로 단심가(丹心歌) 같은 유언시조를 남겼다. 그의 시조에서는 양잠업을 통해서 국력 신장에 기여했다는 자부심과 함께 나의 뒤를 따라 양잠보국(養蠶報国)하자는 구호가 들려온다.

이에 비해 초오고로오의 유언시조는 싱겁기 짝이 없다. 시대의 탓일까? 초오고로오의 동생은 1889년에 명치 정부가 파견한 시찰단의 일원이 되어 로마, 파리 등지의 잠사 산업을 돌아보고 왔으며 만년에는 정부 표창을 받았으니 초오고로오도 10년만 더 오래 살았더라면 이러한 영예를 누렸을 것이고 동생 못지않게 씩씩한 유언시조를 남겼을지도 모른다. 하지만 〈뽕나무 뿌리〉에 자신의 넋을 묻겠다는 초오고로오의 유언시조의 말을 음미해 보면 그의 유언시조가 밋밋하기만 한 것은 아니다.

잠사는 누에고치에서 만들어지고 누에고치는 누에가 만든다. 누에는 뽕나무 잎을 먹고 자라고 뽕나무는 그 나무뿌리가 키운다. 모든 것은 뽕나무 뿌리에서 시작되고 양잠의 근원은 뽕나무 뿌리에 있다. 초오고로오가 굳이 뽕나무 뿌리에 자신의 넋을 묻겠다고 한 것은 몸은 사라져도 넋은 이승에 남아서 양잠의 모든 과정을 영원히 지켜보겠다는 뜻으로 보인다. 일곱 번 다시 태어나는 것보다 지속적이고 견고한 양잠에 대한 애정 선언이라 하겠다. 초오고로오의 유언시조는 좀 투박하고 그 어조는 담담하지만 양잠에 대한 영원한 사랑 고백으로 다가온다.

그리고 〈나의 몸 시들어가네〉라고 끝맺은 하이쿠 형식의 짧은 유언시조는 생명의 근원인 커다란 무엇인가에 안길 듯한 여운을 남긴다. 초오고로오는 어머니를 어릴 때 잃었고 할머니가 그를 키웠다. 할머니는 어린 초오고로오를 보살피듯이 애지중지 누에를 키웠다고 하니 초오고로오의 양잠에 대한 사랑은 이 할머니의 영향이 컸을 것이다. 생을 마감하는 자리에서 그의 마음을 차지했던 것은 국책 사업에 일조했다는 자부심이 아니라 인간에게 가볍고 고운 비단을 선사하는 누에를 하늘이 내려준 아기처럼 여기며 겸허한 마음으로 누에를 치던 할머니와 같은 사람들의 모습이 아니었을까.

그는 죽은 후에도 이승에 머물며 양잠에 종사하는 사람들과 늘 함께 있으려고 한 것 같고 기원전부터 양잠을 수호해 왔던 자연 속의 커다란 존재와 합체되기를 소망한 것 같다. 초오고로오의 유언시조에서는 그러한 기도가 들려오는 듯하다.

● 좀 더 알아봅시다

註 1　기류우에서 생산되는 견직물 桐生織(기류우오리)는 교오토의 西陣織(니시진오리 / 제27화 註 2)와 더불어 오늘날 일본을 대표하는 기모노의 고급 브랜드이다. 기류우는 현재 전통 견직물 외에도 여성 정장이나 커튼 등에 쓰이는 실크 혼방의 고급 원단 생산지로도 유명하다.

註 2　초오고로오의 동생 이름은 木村九蔵(기무라 구조오 / 1845~1898년)이다. 동생이 기무라 집안의 딸과 결혼하여 그 집의 데릴사위가 되었으므로 성씨가 바뀌었다.

제31화

무릎 꿇었다네
나이 어린 군주(君主)에
투구 빼앗기고

wakatononi / kabuto torarete / makeikusa

若殿に / 兜とられて / 負け戦

기타 잇키
北一輝 (1883~1937년)

北一輝(기타 잇키)는 비록 실패로 끝나기는 했지만 일본의 국가 체제를 뒤흔든 군사 쿠데타의 이론적 지도자이자 배후 조정자로 지목되어 1937년에 총살된 사상가이다. 그의 사상과 열정을 담은 여러 저작물과 달리 그가 남긴 유언시조는 매우 가볍고 자조적인 데다가 유명한 하이쿠의 패러디로 보여서 미소마저 짓게 한다.

싸움에 패하고 죽게 된 지도자가 자조적인 유언시조를 남긴 예는 이전에도 있었다. 아이즈전쟁(제28화) 때 활약한 河井継之助(가와이 츠기노스케)의 유언시조가 대표적인 예이다.

> 험한 길 걸어서 허겁지겁 / 겁쟁이 무사가 도망치네 /
> 산 고개 넘어서 도망가네 **註1**
>
> 八十里 / 腰抜け武士の / 越す峠

츠기노스케는 新潟(니이가타)[36] 남쪽에 있던 長岡藩(나가오카번)[50]의 중신(重臣)이었다. 친막부 세력이었던 나가오카번은 명치 신정부군에 맞서 싸우다가 패한다. 츠기노스케는 살아남은 병사들을 이끌고 아이즈번으로 도망가는 도중에 전쟁터에서 입은 총상으로 죽는다. 역사는 그를 용감하게 싸운 무사로 기록하고 있으나 스스로를 겁쟁이라 부르는 자학적인 유언시조를 남겼다.

기타 잇키의 유언시조도 쿠데타가 실패한 데 대한 아쉬움과 함께 자신의 역부족을 탓하는 자조적인 내용이기는 하지만 츠기노스케와 같은 원통함이나 비장함은 찾아볼 수 없다. 오히려 다음의 유명한 하이쿠를 연상하게 한다.

> 옆집에 물 얻으러 갔다네 / 나팔꽃 넝쿨에 /
> 두레박 빼앗기고
> 朝顔に / つるべ取られて / もらい水

아침에 우물가로 물 뜨러 나갔더니 땅바닥에 놓여 있던 두레박에 나팔꽃 넝쿨이 감겨 있었다. 예쁘게 핀 나팔꽃이 가련해서 넝쿨을 잡아 뜯어낼 수 없었다는 加賀千代女(가가노 치요조 / 1703~1775)의 여성스러운 감성이 느껴지는 하이쿠이다. 기타 잇키의 유언시조는 이 하이쿠와 똑같은 구조로 되어 있다. 〈물 얻으러 갔다네→무릎 꿇었다네 / 나팔꽃 넝쿨→나이 어린 군주 / 두레박→투구〉로 바꾸기만 하면 나머지는 똑같아서 그가 치요조의 하이쿠를 패러디한 것이 분명해 보인다. 패러디 여부는 차치하더라도 기타의 유언시조는 마치 장기를 두다가 진 사람이 패배를 아쉬워하는 듯한 모습이다.

그의 유언시조는 상고심도, 변호인도 없는 비공개 군법 회의에서 사형 선고를 받고 54세라는 한창나이에 총살되는 사람답지 않게 가볍다.

모두에 유언시조와 함께 게재한 사진(52세 때)에서도 알 수 있듯이 그는 용모가 수려하였다. 하지만 어릴 때 눈병을 앓았고 19세 경에 실명하는 바람에 그의 오른쪽 눈은 의안이다. 군법 회의를 주관했던 재판장은 그가 남긴 수기에서 기타 잇키에 대해 얼굴은 귀공자 같고 온화하고 품위가 있는 데다가 지도자다운 품격이 느껴지는 인물이었다고 말하고 있다. 주변 사람들도 그는 항상 예의 바르고 정중했으며 손아랫사람들에게도 거친 말을 쓴 적이 없었다고 하였다. 군법 회의 법정에서 그는 청년 장교들이 일으킨 쿠데타에 자신이 직접 관여하지는 않았다고 주장했으나 그들에게 미친 자신의 사상적

영향에 대해서는 변명하지 않고 사형 선고를 순순히 받아들였다고 전해진다.

그는 30대 후반부터 일련종(日蓮宗)의 경전인 『법화경(法華經)』을 매일 큰소리로 읽고 경문을 외면서 신접한 상태에 빠지는 일도 있었다고 한다. 뿐만 아니라 46세 때부터는 자신의 아내에게 빙의하거나 아내나 자신의 꿈속에 나타난 역사상의 인물이나 신들이 내린 명령과 예언을 기록하기 시작했고 그런 심령 현상을 쿠데타 사건으로 체포될 때까지 7년 동안이나 거의 매일 적은 일기장도 남겼다. 정치 개혁과 사회 개혁을 논하는 이론가답지 않게 오컬트 세계에 빠져 있었다는 점에서도 기타는 좀 특이한 인물이었다.

기타가 연루된 쿠데타는 수도 동경을 무대로 1936년 2월 26일에 일어났다. 그 날짜를 따라 2·26사건(二二六事件)이라고 일컫는 이 쿠데타는 20명가량의 육군 청년 장교들이 1,500명 가까운 병사들을 지휘하면서 천황의 눈과 귀를 가리고 있는 측근들을 제거하고 수상 관저를 비롯한 주요 관청, 신문사 등을 점거하여 천황에게 민중들의 궁핍한 현황을 알리고 천황이 직접 정치를 주도하는 새로운 정부 체제 수립을 바라는 자신들의 사심이 없는 마음을 호소하려고 하였다. 그러나 천황은 자신이 신뢰하고 있던 측근 원로와 정부 요원들이 암살되거나 중상을 입었다는 소식을 접하자 군의 최고 통수권자인 자신의 명령 없이 군대를 동원한 쿠데타군을 반란군으로 규정하고 진압 명령을 내렸다. 그러자 군 내부의 옹호 세력은 입을 다물게 되고 라디오에서는 쉴 새 없이 투항하라고 설득하는 방송이 나오는 가운데 쿠데타 주모자 중에는 자결하는 자도 생겼으나 나머지 청년 장교들은 모두 진압군에 투항하고 병사들은 원대 복귀함으로써 일본군 역사상 전무후무하게 군부대를 동원한 2·26쿠데타는 나흘 만에 실패로 끝났다.

○ 쿠데타를 일으킨 청년 장교의 지시를 듣는 병
사들

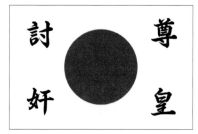

○ 쿠데타군은 천황을 받들어 간신들을 토벌하자
고 쓴 깃발을 여러 곳에 세웠다. 점거한 건물
에는 그들의 구호인 '존황토간'이 적힌 일장기
를 게양하였다.

기타는 청년 장교들의 거사를 사전에 감지하고 있었다고 한다. 그의 죄목
은 반란 방조가 될 수는 있어도 사형을 선고 받을 만큼의 범죄는 아니었다.
하지만 기타의 사상을 신봉하는 자들이 쿠데타를 일으켰다고 보는 육군 수
뇌부는 불온사상을 뿌리째 뽑기 위해 민간인 신분인 기타를 군법 회의에 회
부하여 사형에 처했다.

기타는 1883년 佐渡(사도)[28]에서 태어났다. 사도는 한때 금 채굴로 섬의 일
부 지역이 번영을 누린 적도 있었으나 예부터 죄인들의 유배지로 이용되어
온, 가난한 사람들이 모여 사는 섬이었다. 註2 기타의 집에서는 양조장을
운영하였기 때문에 섬에서는 비교적 유복한 환경에서 자랐다. 어릴 때부터
앓았던 눈병 때문에 학업을 중도에 포기하여 대학에 진학하지는 못했으나
21세가 되던 해에 상경하여 와세다대학 정치경제학부의 청강생이 되어서 대
학에서 강의를 듣는 한편 도서관에서 그전부터 관심이 많았던 사회주의 사
상과 사회과학에 관한 책들을 섭렵하였다고 한다.

기타는 명석하고 열정이 넘치는 청년이었다. 1906년 23세가 된 기타는 사
회주의에 국가주의를 접목한 1,000페이지에 이르는 논고『국체론 및 순정사

회주의(國体論及び純正社會主義)』를 써서 책으로 출판하는데 이 책에서 그는 〈천황을 위한 국가〉, 〈천황을 위한 국민〉이 아닌 〈국민을 위한 천황〉이라는 국가 체제 이념을 제창하고 천황은 국민의 한 사람으로 국민과 함께 직접 나라를 영위해야 한다고 주장했다. 기타의 주장은 당시의 명치 헌법이 규정하는 천황제에 위배되는 것이어서 이 책은 발매 후 5일 만에 판매가 금지되었기 때문에 기타의 주장은 사회에 큰 영향을 미치지 못하고 묻혀 버렸다. 하지만 이 책은 일부 사회주의 학자들로부터는 높은 평가를 받았다.

같은 해 기타는 중국의 민주화 혁명을 돕는 단체에 가입하여 중국으로 건너가 1911년 신해혁명(辛亥革命) 등을 지원한다. 1919년에는 나중에 그의 대표작이 될 논고를 상해(上海)에서 집필하는데 집필에 앞서 40일간 단식했다는 일화가 남아 있다. 그는 문필가이기 전에 대단한 웅변가였다고도 한다. 그와 이틀에 걸쳐 토론을 벌인 한 논객은 기타의 열화같은 웅변에 놀라 그에게 마왕(魔王)이라는 별명을 붙였다고 하는데 기타는 남다른 내공과 열정을 가졌던 것 같고 인내심이 부족하거나 쉽게 흥분하는 다혈질은 아니었다고 전해진다.

그 후 중국에서 귀국한 기타는 1923년(40세 때) 당국의 검열에 걸려 원본의 일부가 삭제되기는 했으나 상해에서 쓴 논고를 일부 가필 수정하여 그의 대표작인 『일본개조법안대강(日本改造法案大綱)』을 발간한다. 이 책에서도 그는 〈국민을 위한 천황〉이라는 지론을 피력하고 부의 집중을 막기 위한 사유재산과 토지 소유의 제한, 재벌의 해체, 화족제도(華族制度)의 폐지와 황실 재산의 축소, 노동자들의 권익 보호, 공적 연금 등 사회복지의 확대, 기본적 인권과 언론의 자유 존중 등의 사회주의적 개혁안을 제시하였다. 註3
그리고 이와 같은 개혁을 실현하기 위해서는 천황의 지휘 아래 일반 국민이 일으키는 초법률적 운동 즉, 쿠데타가 필요하다는 논지를 전개하였다. 기타의 이 책은 민간 정부에 대해 불만을 품은 군인들 사이에서 주목받았고 그 후 점차 그들의 이론적 지침서가 되었고 기타는 그들의 카리스마적인 존재가 되어 갔다.

1929년에 발생한 세계 공황은 일본 경제에도 큰 타격을 주어 심각한 불경기가 수년 동안 계속되는 가운데 일본 국내에는 도산하는 기업이 늘어나고 거리에는 실업자들이 넘치게 되었다. 거기에 1931년과 1934년 두 번에 걸친 흉작 때문에 농촌도 피폐하였다. 하지만 정부의 대응은 미흡했고 정당과 정치가들은 민생을 외면한 채 정쟁만을 되풀이하고 재벌들의 비리는 끊이지 않는 것을 보면서 국민들의 불만은 높아만 갔다.

게다가 1931년의 만주 침략으로 1933년에 국제 연맹을 탈퇴한 일본은 국제 사회에서 고립되었고 만주 침략을 비난하는 미국과의 전쟁도 우려되는 등 1930년대 전반의 일본은 그야말로 내우외환의 시기를 겪고 있었다. 그런데 정치 불신과 재벌 적시의 풍조가 퍼지는 반면에 과거 세 번의 전쟁 즉, 청일전쟁, 노일전쟁, 제1차 세계대전에 모두 승리하고 국위를 선양하고 국토를 확장한 일본군에 대한 국민들의 신뢰는 여전히 높았다. 그 때문에 1930년 재정 악화를 이유로 정부가 런던해군군축조약에 조인하자 군비 축소는 나라의 미래를 위태롭게 한다고 반대했던 군부에 대해 세론은 동조적이었다. 군부와 정부 간의 의견 대립은 그 후에도 계속되면서 정부 정책에 불만을 가진 군인들이 쿠데타 미수 사건이나 테러 사건(1931년 2번, 1932년, 1934년)을 일으키게 된다. 1936년의 226사건은 이러한 시대적 분위기를 배경으로 일어난 것이었다.

2·26의 거사가 실패로 끝난 그해 7월 12일, 사형 선고를 받았던 청년 장교 15명이 동경육군형무소에서 처형되었다. 5명씩 차례로 총살되었다고 한다.

기타는 옥중에서 그 총소리를 들으며 어떤 생각에 잠겼을까? 대부분 가난한 농촌 출신이었던 그들은 〈천황은 간신들에 둘러싸여서 가난에 허덕이는 국민들의 실상을 파악하지 못하고 있다. 천황은 국민을 위해 있고 군대도 국민을 위해 있다. 그러니 뜻이 있는 군인들이 나서서 천황이 직접 국민을 위한 정치를 할 수 있는 나라를 만들어야 한다〉는 기타의 주장에 감화되어 순수한 마음으로 쿠데타를 일으켰을 뿐, 쿠데타를 성공시켜 영달을 누리려던 것이 아니었다. 20대 젊은이가 대부분이었던 그들의 죽음에 대해 기타가 나름의 죄책감을 느꼈던 것은 그가 사형 선고를 순순히 받아들였다는 사실에서도 짐작할 수 있다.

기타는 한 달 후인 8월에 처형되었다. 그가 남긴 유언시조를 다시 들여다보면 천황에 대한 실망이 컸음을 알 수 있다. 유언시조가 말하는 〈나이 어린 군주〉는 당시의 천황 즉, 소화(昭和) 천황을 가리키고 있고 〈투구〉는 쿠데타를 일으킨 장병들을 가리키고 있음은 분명하다. 그런데 기타는 왜 소화 천황을 가리켜 〈나이 어린 군주〉라고 했던 것일까.

소화 천황은 그때 이미 35세의 나이였고 몸이 허약했던 아버지 대정(大正) 천황을 대신하여 20세 때부터 공무를 수행하다가 25세에 천황 자리를 이어받았으니 나이가 어리지도 않고 경험이 부족하지도 않았다. 그 소화 천황이 청년 장교들의 거사를 반란으로 규정하여 진압하였다. 천황과 국민 사이를 차단하고 권력과 부를 독차지하는 부패한 특권층을 없애려고 한 젊은 군인들의 뜻은 받아들여지지 않았다.

소화 천황은 영국과 같은 입헌군주제를 통치 이념으로 삼고 천황이 정치의 실권을 잡을 생각은 전혀 없었다고 한다. 천황이 실권을 잡고 일반 국민들을 위해 정치하는 나라를 꿈꿔왔던 기타에게는 소화 천황이 2·26쿠데타군에 반란군의 낙인을 찍은 것은 실망스럽기 짝이 없었을 것이다. 정부 당국에는 수많은 구명 탄원서가 접수되었다고 하지만 청년 장교들이 처형될 때까지 소화 천황은 침묵을 지켰다.

기타의 실망은 소화 천황을 가리켜 군주님(殿樣 / とのさま)이라고 하지 않고 미숙한 군주라는 뜻을 내포한 나이 어린 군주(若殿 / わかとの)라는 말을 사용한 데에서 명확하게 드러나지만 비통한 목소리는 들려오지 않는다. 〈무릎 꿇었다네 / 나이 어린 군주에 / 투구 빼앗기고... 거 참!〉 〈거 참!〉이라는 탄식 소리만 들려올 뿐이다.

기타는 사형 선고를 받고 불과 5일 후인 8월 19일에 총살되었다. 기타는 그 며칠 사이에 유명한 하이쿠의 패러디로 보이는 유언시조를 만들어 자신에게 내려진 사형 선고를 가볍게 웃어넘겼다. 처형이 다가오는 마지막 수일간 기타에게 천황은 더 이상 중요한 존재가 아니었던 것 같다.

기타는 처형 전날 면회 온 제자들에게 "자네들은 이미 어엿한 어른이니 내가 책에서 한 말을 그대로 따를 필요는 없다. 본인들의 생각과 양심에 따라 나라를 위해 개혁을 실현하도록 노력해 달라"고만 말했다고 하는데 기타는 『일본개조법안대강』에서 자신이 제시했던 천황을 중심으로 한 국가 개조의 청사진을 포기한 것일까? 적어도 집착은 버린 듯하다.

기타는 원래 천황 숭배자가 아니었다. 그에게 가장 중요했던 것은 국가와 국민을 위한 정치체제였고 천황은 국민을 통합하고 정치체제를 통괄하기 위해 있어야 할 존재였다.

그런데 자신의 국가 개조 구상이 무너진 후 기타는 얼마 남지 않은 시간 동안 보이는 눈과 보이지 않는 눈, 그 두 개의 눈으로 무엇을 보고 있었을까? 보통 사람과 달리 초자연적인 영력을 가졌던 그에게 내려온 심령은 없었을까?

자식이 없었던 기타에게는 양자가 하나 있었다. 그 아이에게 기타는 『법화경』을 항상 곁에 두라는 유서를 남겼고 기타도 옥중에서 『법화경』의 경문인 〈남묘오호렌게쿄(南無妙法蓮華經)〉를 하루도 빠짐없이 외웠다고 한다. 그는 총살되는 순간, 청년 장교들처럼 〈천황 폐하 만세〉를 외치지는 않았다고도 전해진다.

226사건 이후 쿠데타나 테러의 재발을 우려한 나머지 군부의 눈치를 보는 정부 각료들이 많아지자 군부의 발언권이 커지고 군부 예산도 크게 증가했다. 226사건의 이듬해인 1937년에 중일전쟁이 발발하고 일본의 중국 침략이 확대된다. 곧이어 천황을 신격화하고 국민을 〈천황을 위한 국민〉으로 만드는 사상 교육이 강화되면서 일본은 군국주의 국가의 길을 치닫게 되고 1941년에는 마침내 태평양 전쟁을 일으키고 만다.

● 좀 더 알아봅시다

註1　팔십리(八十里)는 新潟(니이가타)와 会津(아이즈)를 잇는 길의 이름. 실제 길이는 8里지만 1里를 10里로 느낄 정도로 험한 산길이라서 八十里라는 이름이 붙여졌다고 함.

註2　사도섬에는 순덕(順德) 천황(1197~1242년)이 유배되어 21년 동안이나 살다가 운명하였고 일본 불교의 한 종파인 일련종을 개창한 스님 일련(日蓮 / 1222~1282년)도 2년 넘게 유배 생활을 보낸 역사가 있어 그들과 관련된 유적도 많이 남아 있다. 사도섬에서 자란 기타는 일련종 신앙이나 천황에 대해 일찍부터 관심을 가졌을 것으로 보인다.

註3　명치 정부는 명치유신으로 그 지위를 잃은 대명들과 직위가 없어진 조정 귀족 그리고 명치유신에 공로가 컸던 사람들에게 작위(爵位)를 주고 화족(華族)이라는 신분을 만들어 특권을 세습할 수 있도록 하였다. 화족에게는 재산을 세습할 수 있는 특권이나 황족과 결혼을 할 수 있는 자격이 주어졌고 자녀들에게는 학습원(学習院)이라는 교육기관에서 고등학교 과정까지 무시험으로 입학할 수 있는 특권을 주었다. 그리고 1890년에 개설된 국회 상원에 해당하는 귀족원의 의원 자격도 부여하였다. 기타는 화족이라는 특권계급도, 귀족원이라는 의회도 없애야 한다고 주장했다.

　이러한 주장들을 실은 책 『일본개조법안대강』에서 기타는 여러 사회주의적 개혁안을 제시하는 한편 대외 정책에 있어서는 국가가 전쟁할 권리를 주장했다. 세계를 국가 단위로 보면 그 영토와 국력이 고르지 않으므로 무산계급이 유산계급에 대해서 계급 투쟁을 할 수 있듯이 못 가진 나라는 가진 나라에 대해 전쟁을 할 권리가 있고 인류의 평화는 모든 나라 위에 군림하는 초강대국이 있어야만 실현 가능하다는 논리를 폈다. 일본은 군사력을 증강하면서 세계의 대(大)지주인 러시아와 대(大)자본가인 영국과 싸워서 시베리아와 호주를 쟁취해야 한다고도 했다. 이러한 주장 때문에 기타의 사상은 파시즘에 가깝다고 지적하는 이들도 많다.

제32화

사람 사는 세상은

바람에 놀아나는 파도와 같아도

바닷속 깊고 깊은 곳은

한 치인들 움직이랴

hitono yowa / kazeni ugokeru / naminogoto /
sono wadatsumino / sokowa ugokaji

人の世は / 風に動ける / 波のごと /
そのわだつみの / 底は動かじ

도오고오 시게노리
東鄕茂德 (1882~1950년)

1945년 5월 8일 나치 독일이 항복함에 따라 소련(지금의 러시아)은 병력을 시베리아로 이동시켰고 8월 9일에는 일본군이 지키고 있던 만주로 150만의 소련군이 진격한다. 소련의 참전과 미국의 원폭 투하로 8월 15일 일본도 무조건 항복함으로써 제2차 세계대전은 종결된다.

일본이 항복할 당시 외상(外相)이었던 인물이 東鄕茂德(도오고오 시게노리)이다. 그는 미국과의 전쟁이 시작될 때 이른바 진주만 공격(1941년 12월) 때에도 외상 자리에 있었다. 1937년부터 시작된 중일전쟁을 침략 전쟁으로 규정하고 있던 미국은 일본 군대의 전면 철수를 요구하면서 1941년 7월에는 미국에 있는 일본 자산의 동결, 8월에는 석유 수출의 전면 금지 등 강력한 경제 제재를 단행한다. 미국과의 전쟁은 무모하다고 생각했던 도오고오는 교섭을 통해 전쟁을 막아보려고 노력했으나 중국 대륙에서의 전쟁을 멈출 생각이 없고 미국과의 전쟁도 마다하지 않겠다는 일본군 수뇌부의 의지를 꺾을 수가 없었다.

일본이 항복한 후 전쟁범죄자들에 대한 재판(극동국제군사재판)이 열렸는데 전쟁을 개시하고 수행한 지도자 28명에 대한 재판은 1946년 5월부터 동경에서 열렸다. 이 통칭 〈동경재판〉의 법정에 도오고오도 A급 전범으로 서게 된다. 〈1941년 전쟁 개시 직전에 도오고오가 미국 측과 벌인 외교 교섭은 진주만 공격 기습 작전으로부터 미국의 주의를 돌리기 위한 기만 공작이었다고 판단되고 전쟁 개시 후에도 9개월 동안 전쟁을 수행하는 정부의 외상이었던 점 등을 보아 전쟁 반대론자였다고 보기는 어렵다〉는 이유에서였다. 법정에서 그는 본인이 책임져야 할 것은 책임지겠지만 자신이 관여하거나 동조하지 않았던 일에 대해서 책임질 생각은 없다고 하며 당시 일본 수뇌부의 움직임과 수뇌진의 발언에 대해 상세하게 진술한다. 註1

그는 옥중에서 쓴 수기에서 "동경재판에서 했던 나의 증언은 다른 동료들에 대한 악의에서 비롯된 것이 아니었다. 자신이 당시에 겪었던 일을 모두 공

○ 동경재판의 법정

개함으로써 연합군 측이 주장하는 A급 전범들이 범한 죄, 즉 〈평화에 대한 죄〉에 해당하는 공동 모의 같은 것은 없었음을 증명하기 위해서였다"라고 말하고 있다. 그러나 그의 증언은 자신만을 변호하고 다른 전범 몇몇을 궁지로 모는 결과를 초래했으므로 도오고오의 고지식한 증언은 전범 관계자들과 재판을 지켜보던 국민들 사이에서 비난의 대상이 되기도 했다. 한편, 자신의 죄목에 대해 일절 항변하지 않았던 전범에 대한 세론은 동정적이었다.

1심제로 열린 동경재판은 1948년 11월 12일에 끝난다. 7명에게 교수형, 16명에게 종신형의 판결이 내려진다. 도오고오 본인은 20년의 금고형을 선고받고 수감되는데 수감생활 중에 이전부터 앓고 있던 협심증이 악화하여 2년도 채 지나지 않은 1950년 7월 이송된 병원에서 67세로 숨을 거두었다.

도오고오는 정유재란 때 사츠마번(제13화)에 납치되어 온 조선인 도공들의 후예였다. 사츠마번은 도공들이 모여 살 수 있는 마을을 마련하여 도자기를 굽도록 했는데 인근에 사는 백성들로부터 괄시당하지 않도록 그들에게 무사에 준하는 신분을 주고 도자기를 구우면서 살아갈 수 있게 그들의 생계도 보장했다. 그러나 다른 한편으로는 마을 밖으로 나가서 사는 것을 금하고 일본식 이름으로 개명하는 것도 금했다. 도공들은 조상들의 묘와 조선의 관습을 지키면서 260년 동안 사츠마번의 보호와 통제 아래서 살아왔다.

이 마을에서 1882년 박수승(朴壽勝)의 장남으로 박무덕(朴茂德)이 태어났다. 명치유신으로 사츠마번의 통제가 풀리자 박수승은 1886년에 東鄕(도오고오)라는 무사 집안의 호적을 사서 도오고오 쥬카츠라는 일본식 이름으로 개명하고 당시 3살이었던 박무덕도 도오고오 시게노리란 일본 이름을 갖게 된다. 이들이 살던 마을의 도자기는 일찍이 고가품으로 취급되어 왔는데 1867년 프랑스 파리에서, 그리고 1873년 독일 빈에서 열린 만국박람회에서 큰 인기를 끌었고 그 후 유럽 각지에 수출되기 시작하자 아버지 박수승은 이 시류를 타고 도자기 판매로 부를 쌓았다. 아들 시게노리도 동경제국대학에 진학하고 29세 때(1912년) 외무성에 들어가 외교관이 됨으로써 시게노리 집안은 마을의 명가가 되었다. 註2

그런데 시게노리는 결혼이 많이 늦었다. 1922년 39세의 나이로 유태계 독일인과 동경의 제국호텔에서 결혼식을 올렸는데 신부는 4살 아래이기는 하였으나 서양인에다가 아이가 다섯이나 있는 미망인이어서 시게노리의 부모는 이 결혼에 끝까지 반대했다고 한다. 그 후 43세 때(1926년) 미국대사관 수석 서기관, 50세(1933년)에 외무성 구미국장을 거쳐 외교관으로 순조롭게 출세하다 54세(1937년)에 독일 대사, 55세(1938년)에 소련 대사를 역임하고 58세(1941년)에 외무성의 최고 책임자인 외무대신(外務大臣) 즉 외상이 된다.

그는 외무성 관료들 사이에서 주류도 아니었고 인맥도 폭넓지 않았고 외가 쪽에 유력 인사도 없었다. 오로지 직업 외교관으로서 그 수완을 발휘하면서 승진을 거듭한 것으로 보이는데 당시는 정부 요직을 군인 출신자들이 차지하고 있던 시절이어서 실력을 최우선시하는 군인들의 인재 등용 기준이 작용했던 것인지도 모른다. 註3

도오고오에 대한 천황의 신임도 두터웠다. 태평양 전쟁 막판인 1945년 8월 9일 일본에 항복을 권고한 7월 26일의 〈포츠담 선언〉을 수락하느냐 아니면 거부하고 끝까지 연합군과 싸우느냐를 놓고 〈최고전쟁지도회의〉가 열렸다. 그 회의의 구성원이었던 수상과 외상 그리고 육해군의 대표 2명씩, 모두 6명의 의견이 3대 3으로 갈라져 결론을 내리지 못하게 되자 최종 판단을 천황에게 묻는다. 이때 천황은 전쟁 종결을 원하는 자신의 심중을 "나는 외무대신의 의견에 찬성한다."라는 말로 표명함으로써 일본의 포츠담 선언 수락이 결정되었다고 전해진다.

　도오고오는 일본의 패색이 짙어진 5월경부터 전쟁 종결을 위해 연합군과 강화 조약 체결을 모색하였으나 강화를 중재할 생각이 없는 소련에 중재를 의지한 점과 소련의 동향을 끝까지 파악하지 못하고 포츠담 선언 수락이 늦어져서 원폭 투하와 소련의 참전을 막지 못했던 점, 그리고 동경재판에서의 그의 증언 등으로 인해 도오고오에 대한 평가가 좋기만 하지는 않다. 하지만 그는 전쟁 개시 때(1941년)와 전쟁 종료 시(1945년), 두 번씩이나 피 말리는 외교 교섭을 진두지휘하였고 전쟁 추진론자인 군인들 틈에 끼어서 평화의 길을 모색하고 일본의 국익을 위해 사력을 다한 외교관이자 정치가로 기억하려는 이들도 많다.

> 명심하거라 절대로 싸우지 말 것을 /
> 피치 못해 싸우게 될 땐 /
> 죽어도 잊지 마라 기필코 이겨야 한다는 것을
> いざ子らよ / 戦うなかれ / 戦わば / 勝つべきものぞ / 夢な忘れそ

　도오고오의 유언시조로는 모두에 기재한 것 외에도 또 다른 한 수가 세간에 알려져 있다.

　그는 군국주의자가 아니고 평화주의자였으나 이상주의자는 아니었다. 위의 한 수가 그것을 잘 말해주고 있는데 도오고오는 각 나라의 국익이 충돌하는 외교 무대에서 잔뼈가 굵은 외교관으로서 항상 현실을 직시하는 현실주의자였다. 하지만 자신이 믿는 원리 원칙이나 정의가 실행되지 않을 때는 이에 맞서는 원칙론자이기도 했다. 그는 수감 생활을 하는 동안 30만 자가 넘는 수기를 남겼는데 그 수기 속에서 동경재판이 단죄한 〈평화에 대한 죄〉와 〈인도에 대한 죄〉가 재판이 열리기 직전에 새로이 만들어진 죄목이었고 이를 소급하여 자신들에 적용한 것은 인정할 수 없다고 주장하면서 일본군이 범한 학살 행위는 악이고 연합군의 원폭 투하와 같은 민간인 학살은 필요악으로 규정하여 재판에서 다루지 않는 이중잣대에 대해 이의를 제기했다. 그가 남긴 위의 시조도 승전국이 일방적으로 패전국을 단죄한 동경재판은 부당한 재판이었다는 메시지로 읽힌다.

그런데 도오고오의 유언시조로 가장 잘 알려진 모두의 한 수는 어떤가? 시조의 후련인 〈바닷속 깊고 깊은 곳은 한 치인들 움직이랴〉는 말은 도오고오가 확고한 신념을 가지고 살았음을 미루어 짐작케 한다. 인간의 삶을 바다에 비유한 이 시조는 도오고오에 대해 아는 바가 없는 사람들에게도 눈치 보지 말라, 일희일비하지 말라는 인생훈으로 깊은 울림을 남긴다.

한편, 〈사람 사는 세상은 바람에 놀아나는 파도〉와 같으므로 자신의 외교 정책이나 처신에 대해 후세 사람들은 여러 말을 하겠지만, 자신이 확신하는 정의에 따라 행동한 자신은 떳떳하다는 자기변호로도 읽힌다.

우리는 누구나가 인정하고 모든 사람에게 공통되는 〈정의〉가 있음을 믿고 싶어한다. 사필귀정으로 정의가 실현되는 것을 보고 싶지만, 인류의 역사는 그렇게만 진행되어 오지는 않았다. 국가 간의 전쟁은 언제나 저마다의 정의를 내세우며 일어난다. 도오고오의 유언시조는 인류가 되풀이해 온 〈답이 없는 물음〉, 확고부동의 정의란 무엇인가에 대해 다시 생각하게 만든다.

그와 동시에 도오고오의 유언시조는 또 다른 생각도 유발한다. 도오고오가 외무대신으로 관여한 태평양 전쟁은 전무후무한 비극을 낳았다. 모두 2천만 명이 넘는 군인과 민간인 희생자를 냈고 도처에서 전쟁범죄가 일어났다. 민간인들에 대한 살육과 약탈, 강간과 강제노동, 인체실험과 포로 학대 등등 온갖 만행의 대부분은 일본군이 자행하였다. 일본군 지휘부는 자국의 병사들에 대해서 무리한 전투를 강요한 결과, 수많은 아사자와 자결자를 냈다.

그에 대한 기록과 증언이 많이 남아 있긴 하나 죽은 자들이 남기려 했던 말들은 그들의 죽음과 함께 허공 속에 사라졌다. 살아남은 사람 중에도 입을 열지 않는 자들이 많았다. 자신이 겪은 끔찍한 일을 말로 표현할 수가 없었기 때문이다. 그 〈말 없는 말〉들을 상상력과 통찰력으로 담아내고 표현하는 것은 문학의 역할이고 문학의 존재 이유일 것이다. 도오고오는 문학자가 아니었으나 그가 유언시조에서 말하는 〈바다〉가 전쟁을 치른 모든 사람을 뜻하는 것이라면 〈바람에 놀아나는 파도와 같아〉라는 말로 넘겨버리기에는 일어난 파도들의 사연은 턱없이 깊고 무거웠다.

전쟁이 끝난 후 일본에서는 징병되어 전쟁터로 나간 작가들에 의해 전쟁이라는 극한 상황 속에서 인간성을 잃어가는 사람들을 그려낸 여러 작품이 나왔다. 도오고오의 유언시조가 일깨워주는 것은 〈한 치도 움직이지 않는 가치〉만이 아니다. 그의 유언시조는 사납고 세찬 바람에 놀아나던 숱한 파도들, 즉 전쟁 속에서 가해자이기도 하고 피해자이기도 했던 삶을 산 사람들에 대해서도 생각하게 한다.

● 좀 더 알아봅시다

1945년 8월 8일에 연합군이 조인한 〈국제군사재판소헌장〉에서 전쟁범죄를 A, B, C의 세 가지로 구분하여 규정하였는데 A와 C급은 이때 새로 추가된 죄목이었다.

A급: 평화에 대한 죄 ……… 침략전쟁의 계획(공동모의) 및 수행

B급: 통상적인 전쟁범죄 ……… 국제적으로 동의된 전쟁 수행 규칙을 위반한 행위(포로 학대나 독가스 사용 등)

C급: 인도에 대한 죄 ……… 일반시민에 대한 대량 살육, 노예화 등 비인도적인 행위

A급을 대상으로 한 동경재판과 비슷한 시기에 B급, C급 전범들에 대한 재판도 요코하마나 필리핀 등지에서 열렸는데 B, C급 재판에서는 대략 5,000명이 기소되고 1,000명가량이 사형 선고를 받았다.

전쟁의 최고 책임자로 지목된 천황은 동경재판의 법정에 서지 않았다. 8월 15일 천황이 라디오를 통해서 일본의 항복을 국민에게 알리자 그토록 필사적으로 싸우던 일본군의 총소리가 일제히 멈추었다. 남아 있던 일본군과의 무력 충돌을 각오하고 있던 연합군은 천황의 권위를 실감했고 천황을 처벌하고 천황이라는 존재를 없애면 각지에서 소요 사태가 일어나 일본 국내의 혼란이 장기화할 것이고 치안 유지를 위해 100만 이상의 병력이 필요할 것으로 예상했다. 연합군 사령관 더글러스 맥아더는 종전 후의 일본 점령 정책을 순조롭게 이끌어가기 위해 천황을 전범 리스트에서 제외하였고 천황은 통치권은 잃었으나 국민 통합의 상징으로 천황제는 일본에 남게 되었다.

註2　시게노리가 태어난 마을은 지금은 鹿児島(가고시마)현 日置市(히오키시)[51] 美山(미야마) 지구로 이름이 바뀌었고 언어도 풍습도 주민들의 이름도 모두 동화되어서 조선의 흔적은 찾기 어려워졌으나 현재도 조선인 도공들의 후예가 도자기를 굽고 있으며 그들은 일본 본명과는 별도로 도예가들이 자신에게 붙이는 호(号)로써 朴 씨, 金 씨, 鄭 씨 등 조상으로부터 이어받은 성씨를 지키고 있다. 마을의 옛 이름이 苗代川(나에시로가와)였기 때문에 여기서 만들어지는 도자기는 苗代川燒(나에시로가와야키)라고 일컫는데 그 중 상아색 태토(胎土)에 다채로운 색깔로 무늬나 그림을 그린 도자기류는 白薩摩(시로사츠마)라는 브랜드 최고급품 취급을 받고 있다.

　이 마을의 역대 도공 중에서도 12대 심수관(沈寿官 / 1835~1906년)은 많은 명품을 남겼으며 도자기에 작은 구멍을 뚫어가면서 정교한 무늬를 만든 투각 기법을 개발하여 시로사츠마의 가치를 한층 더 높였다.

　이 마을 출신인 도오고오를 기리는 〈도오고오 시게노리 기념관〉도 히오키시 미야마 지구에 자리잡고 있다.

註3　도오고오는 대학 시절에 결혼을 약속한 여자가 있었으나 그가 조선인의 후예라는 것을 알게 된 여자 쪽 집안의 반대에 부딪혀 결혼을 포기한 일이 있었다고 한다. 도오고오의 결혼이 늦어지고 결혼 상대도 일본인 여성이 아닌 배경에는 젊은 시절의 결혼 문제가 영향을 미쳤는지도 모른다. 그것을 제외하고는 그가 심한 차별을 받았거나 외교관으로서 승진이 늦어졌다는 흔적은 찾을 수가 없다. 그의 학업 성적은 늘 우수했고 최고 명문인 동경제국대학에 진학했으니 그는 청년 시절에도 별다른 차별을 받았다고 보기는 어렵다.

　그런데 그가 외교관이 되기 위해 고시 공부를 하고 있던 1910년에 대한제국은 일본에 합병되었고 그가 일본의 최고급 호텔에서 결혼식을 올린 바로 다음 해인 1923년에는 관동 대지진의 혼란 속에서 조선인 학살 사건이 일어났다. 이러한 일들을 도오고오는 어떻게 받아들였을까?

그의 출생이 그의 정체성(identity)에 아무런 영향을 미치지 않았을까 하는 의문은 남게 되지만 그의 귀속 의식이 일본에 있었던 것만큼은 분명하다. 그는 일본을 대표하는 외교관으로서, 그리고 천황을 가까이 모시는 중신으로서 일본의 국익을 위해 혼신의 노력을 기울였다. 그의 시야와 식견은 일본 민족의 우월성을 맹신하는 당시의 군 수뇌부와는 거리가 멀었다. 그것은 외교관으로 구미 여러 나라에서의 체류 경험을 통해 형성된 것이겠지만 그가 편협한 민족주의자가 되지 않았던 데에는 자신의 핏줄에 대한 자각도 작용했던 것이 아닐까 한다.

제33화

허리에 찬 칼 뽑으려다 말고
빼려다가 또 놓고
몇 해를 참아 왔던가
첫서리 내린 오늘이 될 때까지

masuraoga / tabasamu tachino / sayanarini /
ikutose taete / kyoono hatsushimo
ますらおが / たばさむ太刀の / 鞘鳴りに /
幾とせ耐えて / 今日の初霜

미시마 유키오
三島由紀夫 (1925~1970년)

1970년 11월 25일 점심시간도 절반이 지난 무렵, 일본 열도가 술렁거렸다. 노벨 문학상의 유력 후보로 거론되던 三島由起夫(미시마 유키오)가 동경 한복판 市ヶ谷(이치가야)에 있는 자위대 본부에서 소란을 피운 후 할복했다는 뉴스가 터져 나왔기 때문이다. 해외 미디어도 일제히 임시 뉴스로 이 소식을 다루었는데 곧이어 이 시대착오적인 할복 사건에 대한 상세한 보도가 잇따르자 충격은 한층 더 커졌다.

그날 미시마는 자신이 주재하는 우익 단체의 청년 회원 4명과 함께 자위대 본부(육상 자위대 이치가야 주둔지)를 방문했다. 수도권과 그 주변 지역의 방위를 담당하는 동부방면대(東部方面隊)의 최고 지휘관인 총감과의 면담 약속이 잡혀 있던 그들은 본관 2층 총감실로 안내 받았다. 면담 도중에 그들은 느닷없이 소지하고 있던 일본도를 뽑아 총감을 인질로 잡고 총감실을 점거한 후 자위대원들을 현관 앞 광장에 집합시킬 것을 요구했다. 자위대원들이 모인 것을 확인한 후 미시마는 총감실 밖의 발코니로 나가 자위대의 쿠데타 궐기를 촉구하는 성명문을 뿌리고 연설을 했다. "전쟁을 포기한 일본의 현행 헌법을 개정하고 자위대가 진정한 군대가 되어야만 조국 일본을 지킬 수 있다"라고 광장에 모인 자위대원들을 질타했다.

◉ 태평양 전쟁 때의 특공대원들처럼 일곱 번 다시 태어나도 나라에 보답하겠다는 칠생보국 네 글자가 쓰인 머리띠를 하고 연설하는 미시마의 모습

열변을 토한 후 황거를 향하여 〈천황 폐하 만세〉를 삼창한 미시마는 총감실로 돌아가 웃통을 벗고 바닥에 앉았다. 곧이어 그는 왼쪽 아랫배에 단도를 꽂고 오른쪽으로 한일자로 배를 가르면서 동행한 청년에게 목을 칠 것을 지시했다. 그 지시를 따른 청년도 뒤따라 할복하고 다른 청년이 그의 목을

내리쳤다. 두 사람의 잘린 목과 할복한 동체에서 흘러나온 피가 낭자한 총감실에는 모두에 게재한 미시마의 유언시조가 놓여 있었다.

2층 발코니에서 미시마는 "4년을 기다렸다"라고 했다. 자위대가 궐기하는 것을 4년이나 기다렸다고 하면서 "목숨 이상의 가치도 모르면서 너희들은 그래도 무사냐?"라고 다그쳤다. 현관 앞에는 800명가량의 자위대원이 모였는데 미시마가 겨냥했던 자위대 정예 부대는 후지산 기슭에 있는 훈련장에 나가 있었고 남아 있던 부대원들은 대부분이 통신부대나 보급부대 소속이었다. 그날 미시마의 연설에 호응하는 자위대원은 거의 없었고 오히려 그를 향해 허무맹랑한 소리를 하지 말라고 야유를 날리는 자도 적지 않았다.

그는 자신의 절박한 심정을 호소하려 했으나 그의 연설은 무위로 끝나고 말았다. 하지만 잠시 후 그가 할복하고 자결했다는 소식이 흘러나오자 광장에 있던 자위대원들은 아연실색했다. 미시마의 할복 사건은 일반 시민들에게도 청천벽력이 아닐 수 없었다. 동경올림픽을 치른 지도 6년이 지났고 2개월 전에는 오오사카 엑스포를 성공리에 마쳤고 14개월 후의 삿포로 동계 올림픽을 준비하면서 고도성장을 구가하던 시기에 소설이나 영화에서만 보았던 옛 무사들의 할복이 재현되었기 때문이다. 인류사상 처음으로 미국 우주 비행사가 달에 착륙하는 모습을 지켜보며 온 세계가 환성을 지른 지도 1년이 지난 시점에 일어난 사건이었다.

◉ 제복을 입고 행진하는 다테노카이 회원들

미시마의 돌출 행동에는 조짐이 없었던 것은 아니다. 그가 주재했던 우익 단체 楯の會(다테노카이)의 결성이 그것이었다. 다테노카이는 단순한 우익 단체가 아니라 공산주의 세력으로부터 일본을 방어하기 위해 1968년에 미시마가 결성한 민간 방위조직,

즉 민병(民兵)으로 활동하는 단체였다. 회원들은 자위대에 체험 입대하고 1개월 이상의 군사 훈련을 마친 대학생을 주축으로 편성되었고 부대원 수는 약 100명이었다. **註1**

미시마는 세계의 공산주의 세력이 일본 국내의 동조자들을 지원·선동하면서 사회를 혼란에 빠뜨리는 〈간접 침략〉에 대해 남다른 의구심을 가지고 있었다. 그는 공산주의를 일본의 역사와 전통과 문화를 파괴하는 매우 위험한 사상으로 보았다. 공산주의를 지향하는 국가에서는 부를 가진 자와 못 가진 자로 나누어지는 계급 사회는 사라졌어도 권력의 분배를 통해서 새로운 형태의 계급 사회가 형성되어 있으며 일당 독재를 유지하기 위해 언론 통제와 비밀경찰과 강제 수용소가 존재하고 있고 사상·언론·표현의 자유가 없다고 보았다.

미시마는 1966년 말부터 공산 세력의 간접 침략에 대처할 수 있는 민병 조직의 필요성을 느끼고 그 결성을 준비하기 시작했다. 방위청(지금의 방위성) 사무차관 등 고위층 관계자들을 만나 군사 훈련을 받을 수 있도록 자위대 체험 입대 허가를 요청하는 한편 조국 방위를 위한 자위대의 각성을 유도하려고 했다(미시마가 발코니 연설에서 "4년을 기다렸다"라고 한 것은 이때를 기점으로 한 말이었음).

해가 바뀐 1967년부터는 학생 운동이 점차 좌경화되고 각목과 투석, 화염병 등으로 무장한 학생들이 일으키는 과격한 소요 사태가 빈발했다. 과격해진 학생 운동의 배경에는 중국의 문화 대혁명으로 인한 모택동 사상의 확산, 대학 당국의 부정이나 비리를 규탄하는 분쟁의 격화, 베트남 전쟁 반대를 외치는 반미 운동 등이 있었고 1969년에는 폭력 혁명을 공공연히 주장하는 이른바 적군파(공산주의자 동맹 적군파)도 대학가에 등장했다.

같은 시기에 일본은 친미 보수정당(자민당 / 自民黨)의 장기 집권이 계속되는 가운데 국산 여객기 YS-11이 하늘을 날고 세계 최초의 고속철 신칸센이

지상을 달리고 자국의 공업 제품이 세계 각국에 수출되면서 1966년에는 프랑스를, 1967년에는 영국을, 1968년에는 서독을 제치고 세계 2위의 경제 대국이 되는 경제 발전을 거듭하고 있었다.

일본 사회의 이 두 가지 상반된 양상은 미시마의 눈에는 일본의 역사와 문화를 잊은 채 벌어지는 광란으로 비쳤다. 계속되는 호경기로 경제 발전에만 혼을 빼앗긴 정·재계와 일반 시민사회, 그리고 경제적 번영을 누리면서 좌경화, 폭력화가 진행되는 대학가의 모습은 자국의 방위를 미국에 맡겨버린 자위대와 더불어 한심하고 개탄스러웠다. 미시마의 이러한 개탄은 그가 자위대 총감실에 남긴 또 한 수의 유언시조에서도 드러난다.

> 누군들 원하랴만 / 앞서서 져야만 꽃이라고 다그치네 /
> 밤의 적막 깨고 불어닥치는 세찬 바람이
>
> 散るを厭う / 世にも人にも / 先がけて /
> 散るこそ花と / 吹く小夜嵐

미시마의 행동 규범은 〈추해지지 말자〉라는 말에 수렴된다. 추해지고 싶은 사람은 없다. 그러나 거짓말하거나 배신하거나 책임을 회피하고 전가하는 사람은 끊이지 않는다. 그만한 이유가 있었다고 변명하면서 더 추해지기도 한다. 옛 무사들은 등에 생긴 칼자국을 감추고 살았다. 이유 여하를 막론하고 그 흉터는 적 앞에서 등을 돌렸다는 비겁함으로 치부되었기 때문이었다. 미시마는 옛 무사들의 행동 규범이었던 무사도를 숭앙했고 그것을 자신의 생활과 행동의 지침으로 삼았다. 무사도가 가장 추하게 여기는 것은 목숨을 아끼는 일이고 고귀한 무엇인가를 지키기 위해 목숨을 바치는 일은 최고의 미덕이자 명예였다. 옛 무사들이 지키려 했던 것은 충(忠)과 의(義)였으나 미시마가 사수하려 했던 것은 일본의 역사와 전통과 문화였다.

미시마가 보디빌딩으로 자신의 육체를 개조한 것은 잘 알려진 일화이다. 어릴 때부터 몸이 약하고 깡말랐던 그는 30세가 되던 해에 자기 육체의 초라함에 수치심을 느끼고 보디빌딩을 시작하는데 꾸준한 트레이닝 끝에 그는 눈부시게 달라진 몸매를 가지게 된다. **註 2** 그리고 그의 작품들은 일찍 해외 여러 나라에서 번역되었기 때문에 외국 미디어로부터 인터뷰를 받는 일이 여러 차례 있었는데 그때마다 그는 영어로 자신의 문학 세계와 일본인들의 미의식(sense of beauty)에 대해 매끄럽게 응답하였다. 그의 회화 실력은 독학으로 익혔다고는 믿기 힘들 정도로 유창했다. 미시마의 이러한 면모는 그가 부단한 노력가였음을 말해줌과 동시에 그가 자신에게 적용한 규범인 〈추해지지 말자〉의 기준이 동시대의 여느 작가들보다 월등히 높았음을 말해주고 있다.

자신에게 엄격했던 미시마는 20세기의 무사가 되려고 한 것 같았다. 옛 무사들은 잘못을 저지르면 할복하고 생을 마쳤다. 미시마가 저지른 잘못은 일본의 정신적인 황폐화를 막지 못했다는 것이었다. 그리고 목숨을 바칠 기회를 놓친 채 늙어가는 것은 그에게 있어서는 참기 힘든 추한 일이었다. 유언 시조 속의 〈앞서서 져야만 꽃이라〉는 말이 그것을 뜻한다. 요컨대 미시마의 할복은 그의 정치적 행보의 결과이기 이전에 무사도의 규범을 따른 결과이며 아름답기를 희구하고 추해지기를 거부했던 미시마의 행동 규범의 결과였다고 보아야 할 것이다.

작가로서의 미시마는 일본 고전문학에 대한 깊은 조예를 바탕으로 수려한 문체와 치밀한 구성으로 많은 명작을 남겼다. 그는 6년에 걸쳐 연재해 온 장

편 소설의 최종회 원고를 할복하는 날 아침에 잡지사에 전달했다. 『풍요의 바다(豊饒の海)』라고 하는 이 4부작은 일본의 전통과 문화가 갖는 고유의 미(美)를 추구해 온 미시마 문학의 집대성이었다. 미시마는 이 작품에 대해 알아주는 독자는 소수에 불과하겠지만 자신은 이것을 꼭 써야만 한다고 말해왔고 작가로서 스스로에 가한 책무를 죽는 날까지 잊지 않았다.

그는 늘 세심했다. 그리고 계획을 세우고 그것을 실천하는 삶을 살았다. 자결에 앞서 미시마는 가족과 친지들 각자에게 유서를 남겼고 노모에게는 자신의 저작권 일부를 유산으로 남기는 배려도 잊지 않았다. 뒤에 남은 두 자녀에게 크리스마스 선물이 해마다 배송되도록 백화점과 계약도 하고 자녀들이 구독하는 잡지의 장기 구독료도 선납해 놓았다.

미시마는 부친이 고급 관료였던 덕분에 특권층이 다니는 학습원(學習院)에서 초·중등교육을 받았고 학습원의 고등과를 수석으로 졸업한 후 동경제국대학 법학부에 진학하였다. 당시는 청년들이 면학보다 전쟁터에서 싸우다가 죽는 것을 자신들의 책무로 여기며 살았던 시대였으나 미시마는 20세가 되던 1945년 2월 입대 전 신체검사에서 결핵으로 오진 받아 입대하지 못하였다. 자택에 돌아온 후 받은 정밀 검사에서 결핵이라는 진단이 오진임을 알게 되지만 자진해서 다시 신체검사를 받지는 않았다. 그가 입대할 예정이었던 부대가 필리핀으로 파병되어 전멸했다는 소식을 들은 미시마는 나라를 위해 죽을 기회를 놓쳤다는 자괴감에 시달리게 되고 이것은 미시마가 평생 안고 가는 트라우마가 된다.

일본이 패망하고 미국의 점령 통치가 시작되면서 일본은 헌법과 국가 체제를 위시하여 학교 교육에 이르기까지 사회 전반에 걸쳐서 대대적인 변혁을 겪게 되는데 미시마에게 그것은 그때까지 자기를 길러준 일본에 대한 파괴 행위로 비쳤다. 미시마는 24세에 발표한 소설 『가면의 고백(仮面の告白)』으

로 일약 유명해지고 이후 소설뿐만이 아니고 평론이나 희곡 분야에서도 연거푸 화제작을 출간하며 활발하게 작가 활동을 이어갔는데 그러는 동안에도 미시마는 미국 문화에 물들어 일본의 전통적인 가치관이 사라져가는 일본 사회를 개탄스럽고 한심하다는 눈으로 보고 있었다.

일본 고유의 역사와 문화를 되찾고 지키기 위해서는 문학의 힘만으로는 불가능하고 평화헌법을 개정하여 미국의 통제에서 벗어난 진정한 군대를 가져야 한다고 생각했던 그는 40세쯤부터 행동하기 시작한다. 일본 사회의 정신적 황폐와 공산 세력의 간접 침략에 대해 예민하게 반응하면서 앞서 말한 다테노카이를 결성하고 자신의 목숨을 바치는 길을 모색하기 시작한다. 목숨을 바칠 대상은 오래전부터 정해져 있었다. 1945년에 기회를 놓쳤던 조국 일본이었다. 미시마는 자위대의 발코니에서 천황 폐하 만세를 삼창했다. 그 만세는 일본의 역사와 전통과 문화를 상징하는 천황이라는 존재, 즉 조국을 향한 것이었다.

미시마가 공경했던 명치유신의 정신적 지주 吉田松陰(요시다 쇼인 / 제25화)은 제자들에게 남긴 유서에서 "모든 사람의 인생에는 사계절이 있다. 싹이 트는 봄과 성장하는 여름, 열매를 맺는 가을과 씨앗을 땅에 심는 겨울이 있다. 정작 그 춘하추동의 길이는 사람마다 다르다. 나는 서른의 나이로 이미 모든 계절을 다 보냈으니 나의 죽음을 슬퍼할 필요는 없다"라고 하면서 "나의 씨앗을 잘 키우고 가꾸어 달라"고 당부했다. 미시마도 자위대 거사에 동행한 다테노카이 대원 4명에게 자신의 뜻을 이어갈 것을 당부했다고 한다. 미시마는 자신의 할복이 자위대를 바로 움직일 것이라고는 믿지 않았다. 다만, 자신의 거사가 사회에 충격을 주어 큰 흐름으로 이어지는 물꼬가 되기를 염원했다.

미시마가 자결한 후 그의 추종자들이 요시다 쇼인의 기일을 양력으로 따져 보니 미시마가 할복한 날과 일치하였다. 우연의 일치인지 미시마의 계산된 택일이었는지는 알 수 없으나 미시마 자신은 45년을 살면서 쇼오인이 말한 사계절을 다 보냈다고 생각했던 것 같다. 쇼오인에 비하면 훨씬 많은 45세라는 나이는 미시마에게는 이미 충분했고 그는 자신의 육체가 아직 젊고 할복을 해도 추하지 않은 시신을 남길 수 있는 〈때〉를 놓치고 싶지 않았을 것이다. 미시마와 가까웠던 사람들은 그의 심중을 그렇게 헤아리기도 했다.

하지만 미시마의 극단적인 선택에 대해 정부 관계자의 코멘트나 신문 각사의 논평은 비판적이었고 진보 진영의 인사들은 맹렬하게 비난했다. 당시의 일본 논단을 주름잡던 어느 평론가는 미시마의 선언문과 유언시조에 대해서도 "뭔가 잘못 생각하고 있다, 보잘것없다"라고 혹평했다. 일반 시민들도 이해하기 어렵다는 이가 압도적으로 많았지만, 미시마의 장례식에는 무려 8,000명이 넘는 일반 조문객이 모여들어 그의 죽음을 애도했다. 그가 자결한 지도 50년이 넘었으나 대표작 『금각사(金閣寺)』를 비롯한 그의 작품들은 그 인기가 사그라들지 않고 새로운 팬들을 낳고 있으며 그가 일으킨 할복 사건은 보수파 진영 사람들의 머리에 각인되어서 미시마의 기일에는 지금도 매년 동경에서 추도 모임이 열리고 있다.

● 좀 더 알아봅시다

註1　미시마는 다테노카이를 결성하기 전에 영국, 스웨덴, 중국 등 외국의 민병제도에 대해 연구하면서 전력회사, 통신회사 등 기간 산업에 종사하는 회사원들로 구성된 1만 명 규모의 민간 방위대를 구상하고 그 지휘관이 될 100명을 우선 양성하기 시작했다. 기간 산업에 대한 파괴 행위를 막는 일은 국토방위의 중요한 일환으로 생각했기 때문이다. 미시마는 「일본경영자단체연맹」 등 재계 관계자를 만나 기업체들의 자각을 촉구하고 지원을 요청했으나 홀대를 받고 협력을 거부 당하자 방침을 바꾸어 자위대의 쿠데타 궐기를 유도하기 위하여 다테노카이를 결성하고 이 민병 조직의 운영비를 모두 자신이 부담하기로 했다.

　나라의 앞날을 걱정하며 다테노카이에 가입하고 민병대원이 된 청년들은 거의 대학생들이었으나 그 당시 일반적인 대학생들의 관심사는 비틀즈의 동경 공연(1966년)이나 미니스커트의 여왕 트위기의 동경·오오사카 패션쇼(1967년)였고 중상층(upper middle)의 자녀들은 자기 차를 타고 청춘을 구가하고 있었다.

註2　오른쪽 사진은 보디빌딩을 시작한 30세 당시 미시마의 모습. 40대에 일본도를 들고 포즈를 취한 모두의 사진과 비교하면 그가 자신의 육체를 개조하는 데 성공했음을 알 수 있다. 33세부터는 검도(劍道)도 배우기 시작한 미시마는 자결하기 며칠 전까지 도장에 나가  서 몸을 단련했다고 전해진다. 미시마는 평소에 그리스 조각처럼 아름다운 육체 갖기를 꿈꾸었다고 하며 그의 자택 마당에는 그리스 신화에 나오는 아폴로의 대리석 조상(彫像)이 세워져 있었다.

제34화

늙어 주름투성이인 이 모습 그대로
곱게 걸어가리
나의 생명 끝까지

naetaruwa / naetaru mamani / utsukushiku /
ayumiosamen / kono hanamichiwo

萎えたるは / 萎えたるままに / 美しく /
歩み納めん / この花道を

츠루미 가즈코
鶴見和子 (1918~2006년)

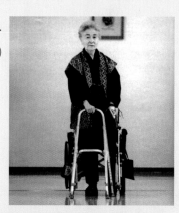

모두에 게재한 시조는 유언시조가 아니지만 鶴見和子(츠루미 가즈코)가 지은 和歌(와카) 가운데 가장 유명하고 그녀의 활기찬 만년을 상징하는 것이어서 먼저 소개했다. 이 와카는 츠루미 가즈코가 82세 때 낸 『花道(하나미치)』라는 와카집에 수록되어 있다. 花道(하나미치)라는 말은 직역하면 〈꽃길〉이 되지만 우리가 흔히 "꽃길만 걸으세요."라고 할 때의 꽃길과는 다르다. 일본말의 하나미치는 '퇴장하는 길, 역할을 다하고 유종의 미를 거두는 길'이란 뜻으로 가즈코도 유종의 미를 거두려고 이 와카집을 낸 것 같았지만 그녀의 문필 활동은 그 후에 더 활발해졌다.

가즈코는 77세이던 1995년에 뇌출혈로 반신불수가 되어 휠체어를 타게 된다. 병원에서 재활 치료를 받다가 1998년부터는 요양원에서 지내게 되는데 모두의 사진은 1999년 81세가 된 가즈코가 요양원에서 보행기에 의지하고 서 있는 모습을 찍은 것이다.

뇌출혈로 쓰러져 죽음의 문턱까지 갔다가 돌아온 가즈코는 자신이 건강했을 때는 미처 몰랐던 자유로운 영혼과 새 생명을 느낀다. 거동이 불편하고 손과 발이 저린 것에 오히려 감사하고 그녀는 온 힘을 다해 하루하루를 사는 〈건강한 병자〉가 되기로 마음먹는다. **註 1**

젊었을 때 와카 짓기를 배웠던 그녀는 수십 년 만에 다시 와카를 짓기 시작한다.

지팡이 짚고 다시 걷기 시작했다 /
벚꽃 지는 나무 아래 길 / 그 흙을 단단히 밟고

杖つきて / 歩み始めたり / 桜散る /
木の下道の / 大地踏みしめ

왜 그다지도 / 감수성이 빈약했을까
병으로 쓰러지기 전의 / 나의 몸 나의 마음

感受性の / 貧しかりしを / 嘆くなり /
倒れし前の / 我が身我が心

아직 모르는 일, 이해하지 못하는 일 /
꼬리에 꼬리를 물고 꿈에 나오네
이대로 죽을 수 없다고 날 붙잡네

知らぬこと / 解らぬことの / つぎつぎに /
夢にあらわれ / 死ねぬと思う

〈건강한 병자〉가 된 가즈코는 본인의 나이도 잊은 채 집필 활동에 전념하면서 학술서·일반교양서·수필집 등 수십 권의 저작물을 내놓는다. 모두에 게재한 와카에서 한 다짐 〈곱게 걸어가리/나의 생명 끝까지〉를 말 그대로 실천하면서 흐트러짐 없는 만년을 살았다. 팔순의 노인이 눈부신 여생을 살았다.

그녀는 일본의 전통 무용이나 일본옷(기모노)에 대한 조예도 깊어서 일본 전통문화에 대한 저작가로도 이름이 알려져 있었지만 정작 가즈코의 이름은 일본을 대표하는 사회학자로 더 유명했다.

프린스턴 대학에서 학위를 취득한 그녀는 British Columbia 대학(1964년)과 일본 상지대학(1969년)에서 교수로 봉직했고 민속학을 바탕으로 한 독자적인 비교 사회학을 확립한 업적과 대기업이나 외지인들의 자본에 의존하지 않고 추진하는 지역 사회의 발전을 모색한 저서 『내발적 발전론』(1989년)으로 일본 사회학계의 권위자가 되었다.

젊은 시절의 가즈코는 1950년대 후반에는 당시 일본의 큰 사회 문제였던 공해의 실태를 밝히기 위해 공해 지역의 기업과 주민들에 대한 현지 조사에 몰두하기도 하고 일본 사상계를 이끌었던 철학자인 남동생 鶴見俊輔(츠루미 슌스케 / 1922~2015년)와 함께 베트남 전쟁 반대운동에 참여하는 등 진보적 지식인으로 활동하기도 했다.

가즈코는 77세에 반신불수의 몸이 된 후에도 약 10년간 활기차게 집필 활동을 계속했다. 그러나 88세가 된 2006년 6월 대장암 병세가 악화하자 병원에 입원하여 임종할 때까지 45일 동안 여동생의 헌신적인 간병을 받다가 남동생 부부를 비롯하여 여러 친족이 지켜보는 가운데 영면했다.

가즈코는 당시의 천황 황후와도 친교가 있었고 그녀가 태어난 집안은 많은 유명 인사를 배출한 명문 가문이었다. 하지만 가즈코는 평생을 독신으로 지냈고 가즈코의 유골은 그녀의 유언에 따라 바다에 뿌려졌다. 오래 살고 업적도 많이 남긴 가즈코와 같은 죽음을 흔히 호상이라고 말하지만 호상이라는 것이 흔한 것일까? 그녀를 간병했던 여동생에 따르면 연명 치료를 거부했던 가즈코의 마지막 한 주일은 결코 고요하고 평안하기만 한 것은 아니었다고 회고하고 있다. 註2

그런데 가즈코는 임종 직전까지 와카를 지었다고 한다. 유언시조로 따로 남긴 것은 없으나 병세가 악화했을 때 병원에서 지은 아래의 2수를 유언시조로 삼아도 될 것 같다.

정신 똑바로 차리라고 / 서로 북돋아 주는 /
나의 몸 나의 얼 /
흐트러지지 말아라 / 숨이 끊어지는 순간까지

気を確かに / 持てと励ます / 我と我 /
真向いてあれ / 死に至るまで

이 세상 떠나는 그때 그 순간 /
무엇이 보이고 무엇이 들리려는지 /
자리를 지키며 기다리리라

この世をば / さかりゆく時 / 何が見え /
何が聞こゆか / その刻を待つ

가즈코는 자신의 죽음을 지켜보려고 했다. 연명 치료를 거부한 탓에 고통과 괴로움이 더해지는 가운데 발버둥치지 않고 죽음과 똑바로 대면하려고 했다. 죽음과 대면한다고 해도 무슨 소용이 있을까마는 〈정신 똑바로 차리라고〉 자신을 북돋아 주면서 〈무엇이 보이고 무엇이 들리려는지〉 알려고 했다.

다재다능했던 가즈코가 마지막까지 손에서 놓지 않았던 것은 〈학자의 냉

철한 자세〉였던 것 같다. 西行(사이교오 / 제2화)와 같은 죽음에 대한 〈바람〉
도 官兵衛(칸베에 / 12화)나, ガラシャ(가라샤 / 제11화)와 같은 죽음에 대한
〈순복〉도 아니었다.

  죽음은 결국 모든 것을 쓸어가지만 그럼에도 불구하고 사람들은 죽음을
맞이하면 〈감사〉와 〈쾌재〉, 〈저주〉와 〈원망〉, 〈자조〉와 〈체념〉이나 〈결의〉 등
마지막에 떠오른 생각을 남기려 한다. 이 세상에서 죽음이라고 하는 영원한
작별이 있는 한 또 다른 사연을 담은 유언시조가 나올 것이다. 아무리 비슷
해 보여도 인간의 수만큼 많은 죽음의 모습이 있는 것이니까.

● 좀 더 알아봅시다

註1　NHK 敎育TV「こころの時代 / 回生の道を歩む」(2001년 4월 8일 방
영)에 출연한 가즈코의 증언

註2　NHK 敎育TV「こころの時代 / 姉・鶴見和子との日々」(2009년 11월
29일 방영)에 출연한 가즈코 동생의 증언

일본적인 것을 밝혀내려고 애를 썼다. 34명의 삶을 통해 일본의 역사와 문화의 가려져 있던 부분을 드러내는 데 나름의 역할을 했다고 생각한다.

일본인의 국민 정서에 대해서도 이 책에 수록한 각 시대 각 계층에서 고른 34명의 유언시조와 그와 관련된 와카나 하이쿠를 통해 어느 정도 전달되었으리라고 본다.

하지만 정작 일본의 가치에 대해서는 언급하지 못했다. '일본은 알아둘 가치가 있는 나라인가? 일본어는 배울만한 가치가 있는 언어인가?' 하는 물음은 50년 가까이 일본어 교육에 종사하는 동안 계속 나를 따라다녔다. 시대에 따라 강도는 달랐지만, 한국인에게는 반일 감정이 있으며 그 뿌리는 깊기 때문이다.

한편 한일 간에 무역수지가 호전되지 않고 무역 역조 현상이 지속되고 있는 것만 보아도 일본이 지닌 경제적인 가치는 분명하다. 문제는 일본의 문화적 가치인데 우리는 문화에 대해 논할 때 도덕적인 기준을 적용하여 평가할 때가 많고 일본 문화를 논할 때는 유독 이 경향이 두드러진다. 그러다 보니 일본 대중문화는 저질이고 일본 문학은 섹스와 폭력 일색이며 매우 야만적이라는, 일제강점기를 겪은 세대의 시각이 그대로 이어져 내려와 굳어져서 일본 문화 수용의 발목을 잡고 있다.

그런데 세계적으로 일본 미술 공예품의 컬렉션을 갖고 있지 않은 유명 미술관은 찾아볼 수 없고 일본 문화를 전공하는 일본학과를 개설하지 않은 유명 대학은 없는 것도 사실이다. 근래에 와서 한일간의 인적 교류가 활발해지면서 애니메이션을 비롯한 일본의 서브컬쳐 수용은 젊은 층을 중심으로 퍼져가고 있으며 일본 음식 문화는 모든 연령층에서 거부감 없이 받아들여지고 우리 음식 속의 기본 메뉴로 정착하고 있는 것은 다문화사회를 지향하는 시대의 흐름에도 맞는 바람직한 일이 아닌가 한다(김치를 비롯한 한국 음식은 이미 오래전부터 일본에 정착되었고 한국 드라마나 K-Pop의 유행도 대단히 고무적인 일이다).

이제 우리는 일제강점기 때의 천황 숭배를 강요하고 반인도적이었던 일본 문화만을 볼 게 아니라 크고 넓게 일본 전체의 모습을 볼 때가 되지 않았을까? 생활문화만이 아니라 일본의 정신문화에 관해서도 관심을 둘 때가 되지 않았을까? 이 책에 소개한 유언시조(辞世/지세에)는 일본문학의 매우 작은 영역이지만 일본인의 가치관을 알 수 있는 새로운 문화 메뉴로써 앞으로 관심의 대상이 될 것을 기대한다.

끝으로 이 책의 출판을 흔쾌히 허락해주신 시사북스의 엄태상 대표와 일본어 교사로서의 필자를 누구보다도 이해하고 아껴주셨던 故 엄호열 회장님 그리고 이 책의 집필에 도움을 주신 많은 분께 깊이 감사드린다.

부록

찾아보기

🏵 와카 · 하이쿠 일람

제1화   다이라노 다다노리 平忠度

行き暮れて　木の下かげを　宿とせば
花や今宵の　あるじならまし

날 저물어 나무 그늘 아래 잠자리 잡으면 내일도 모르는 몸 달래줄 이는 벚꽃이 되리라

제2화   사이교모 西行

願わくば　花の下にて　春死なん　その如月の　望月のころ

비나이다 비나이다 벚꽃 나무 아래 누워 숨 거두기를
중춘이월 보름달 뜰 무렵 때맞추어 가기를 비나이다

何事の　おわしますをば　知らねども
かたじけなさに　涙こぼるる

여기 계신 분 뉘신지 모르오나 황송하고 감사한 마음에 눈물 금할 길 없나이다

제3화   구스노키 마사츠라 楠木正行

帰らじと　かねて思えば　梓弓　なき数に入る　名をぞとどむる

주저없이 떠나노라 살아서는 돌아오지 않기로 맹세한 우리 모두의 이름을 예 남기고

제4화   잇큐무 一休

借りおきし　五つのものを　四つ返し　本来空に　今ぞ基づく

빌린 다섯(地·水·火·風·空) 중에 넷을 돌려주고 텅 빈 공(空)만 챙겨 본래 모습 찾아가리

門松は　冥土の旅の　一里塚　めでたくもあり　めでたくもなし

설날은 저승길로 가는 이정표라 반갑기도 하고 반갑지 않기도 하구나

釈迦という　いたずら者が　世にい出て
多くの人を　迷わするかな

석가모니라는 장난꾸러기가 이 세상에 나타나 많은 사람을 헷갈리게 하네

分け登る 麓の道は 多けれど 同じ高嶺の 月をこそ見れ

오르는 길은 저마다 다르더라도 정상에서 보는 달은 같은 달이로다

女をば 法の御蔵と 言うぞ実に
釈迦も達磨も ひょいひょいと産む

여자는 불법(佛法)의 보고(寶庫)라고 해야 하느니라 석가모니도 달마대사도 쑤욱쑥 낳았으니

제5화 아시카가 요시마사 足利義政

何事も 夢まぼろしと 思い知る 身には憂いも 喜びもなし

세상만사 허무한 꿈인 걸 깨달으니 시름이 이 몸 어디 있으며 이 몸에 기쁨이 어디 있으리

제6화 미우라 도오순 三浦道寸

討つ者も 討たれる者も かわらけよ
砕けて後は もとの土くれ

칼로 베는 자 칼에 맞는 자 모두가 한낱 토기 그릇
산산이 부서져 흙으로 돌아가리니

오오타 도오칸 太田道灌

かかる時 さこそ命の 惜しからめ
かねてなき身と 思い知らずば

불시에 변을 당하면 오죽이나 목숨이 아까우랴
언제 어디서나 죽을 각오가 되어 있지 않았더라면

제7화 벳쇼 나가하루 別所長治

今はただ 恨みもあらじ もろびとの
命にかわる わが身と思えば

이제 가노라 수많은 목숨 대신하여 내 몸 바치러 원한도 모두 내려놓고

깃카와 츠네이에 吉川経家

武士の 取り伝えたる 梓弓 帰るや元の 棲家なるらん

대대로 물려받은 무사의 기개 이제 내 혼과 함께 돌아가리 원래 있던 조상들 곁으로

시미즈 무네하루 清水宗治

浮世をば 今こそ渡れ 武士の 名を高松の 苔に残して

이승 떠나야 할 때가 이때로다 무사로 태어난 나의 이름 영원토록 이 땅에 남기고

제8화 센노 리큐우 千利休

利休めは とかく冥加の ものぞかし
菅丞相に なると思えば

아! 나는 복도 많구나 후세에 사람들이 신으로 모실 테니

ひっさぐる わが得具足の 一つ太刀
今この時ぞ 天に投げ打つ

아껴왔던 검 한 자루 이제야 뽑아서 내 몸에 꽂고 나의 영혼 함께 던지리 저 하늘 높이

제9화 이시카와 고에몬 石川五右衛門

石川や 浜の真砂は 尽きるとも 世に盗人の 種は尽きまじ

우리의 핏줄 끊어질지라도 해변에서 모래가 사라질지라도
남의 것 훔치는 도적들의 씨가 마를 날은 오지 않으리

제10화 도요토미 히데요시 豊臣秀吉

露と落ち 露と消えにし わが身かな
浪速のことは 夢のまた夢

이슬로 왔다가 이슬로 사라져 가니 꿈속의 꿈이었도다 오오사카에서 누린 영화는

제11화 호소카와 가라샤 細川ガラシャ

散りぬべき 時知りてこそ 世の中の
花も花なれ 人も人なれ

목숨은 모두가 지키려고 한다마는 사라져야 할 때를 알아야만이
꽃도 꽃이어라 사람도 사람이어라

시미즈 무네토모 清水宗知

世の中に 惜しまるる時 散りてこそ
花は花なれ 人も人なれ

사람들이 아쉬워할 때 사라져야만이 꽃은 꽃이어라 사람도 사람이어라

제12화 구로다 칸베에 黒田官兵衛

思いおく 言の葉なくて ついに逝く
道は迷わじ なるにまかせて

남길 말 따로 없고 길 헤매는 일도 없을 테니
저승 가는 길 물 흐르듯 따라가 보자

제13화 시마즈 요시히로 島津義弘

春秋の 花も紅葉も とどまらず 人も空しき 闇路なりけり

봄가을의 꽃도 단풍도 한때뿐 사람도 남지 않고 어두운 길만 남았도다

제14화 도쿠가와 이에야스 徳川家康

先に逝き あとに残るも 同じこと
連れ行けぬ 別れとぞ思う

먼저 가든 뒤에 남든 다를 게 무언가 같이 가지 못함이 이별이라 하지 않더냐
다시 눈을 뜨니 기쁘기 그지없네 한숨 더 자자꾸나

うれしやと 再び覚めて 一眠り 浮世の夢は 暁の空

이승에서 꾸는 꿈엔 새벽 하늘이 보이네

제15화 다테 마사무네 伊達政宗

曇りなき 心の月を 先立てて 浮世の闇を 照らしてぞ行く

내 마음속에 높이 뜬 밝은 달 그 달빛 따라 이승의 캄캄한 길 뚫고 가리라

제16화 우네메 采女

名をそれと 問わずとも知れ 猿沢の
あとを鏡が 池に沈めば

왜냐고 누구냐고 묻지도 말아라 사루사와 연못의 옛 사연이
가가미가 연못에 다시 일어났을 뿐이니

제17화 마츠오 바쇼오 松尾芭蕉

旅に病んで 夢は枯野を 駆け巡る

길 떠나 병든 내 몸 메마른 들판을 이리저리 뛰어다니는 꿈을 꾸네

山路来て 何やらゆかし すみれ草

산길 걸어오다 발길이 멈췄네 그 흔한 작은 제비꽃 앞에서

静かさや 岩にしみ入る 蝉の声

울창한 숲속 바위에 스며드는 매미 우는 소리

荒海や 佐渡に横たう 天の川

파도가 몰아치는 거친 바다 저 멀리 佐渡(사도)섬 하늘에 커다란 은하수 누워 있네

古池や かわず飛込む 水の音

오래된 연못 개구리 한 마리 뛰어드는 물소리 들리네

しばらくは 花の上なる 月夜かな

올해도 한동안은 바라보게 되었네 저 벚꽃 위에 뜨는 달

제18화 모오이시 구라노스케 大石内蔵助

あら樂し 思いは晴る 身は捨つる
浮世の月に かかる雲なし

얼씨구나 절씨구나 소원 성취하고 이 내 몸 바치니
이승에서 보는 달 가리는 구름 없이 밝기만 하네

모오타카 겐고 大高源五

梅で飲む 茶屋もあるべし 死出の山

저승으로 넘어가는 산길에도 매화 보며 한잔 걸치고 갈 주막 하나쯤은 있겠지

모오이시 치카라 大石主税

会う時は 語りつくすと 思えども
別れとなれば 残る言の葉

마음에 있던 말 모두 아뢴 줄 알았건만 헤어질 때가 오니
그래도 못다한 말이 한으로 남도다

제19화 모가타 겐잔 尾形乾山

憂きことも 嬉しきことも 過ぎぬれば
ただ明け暮れの 夢ばかりなる

가슴 앓았던 일 기쁨이 넘치던 일 지금은 모두 옛이야기 되고
이제는 종일 꿈만 꾸다 깨는 나날이로다

제20화 히라가 겐나이 平賀源内

乾坤の 手をちぢめたる 氷かな

하늘도 땅도 손 뻗어 주우려다 멈춘 얼음덩이가 되고 말았다네

功ならず 名ばかり上げて 年暮れぬ

뭐 하나 이룬 것도 없는 채 이름만 알려져 해가 또 넘어가네

제21화 모토오리 노리나가 本居宣長

今よりは　はかなき身と　嘆かじよ
千代の住み家を　求め得つれば

이제 나는 덧없는 목숨 탄식하지 않으리 천세 만세 살아갈 집 있는 곳 알았으니

敷島の　大和心を　人問わば　朝日に匂う　山桜花

우리 겨레의 마음을 누가 물으면 아침 햇살에 피어나는 저 산벚꽃이라 답하리

제22화 모모타 난포 大田南畝

生きすぎて　七十五年　食いつぶし　限り知られぬ　天地の恩

오래도 먹었네 오래도 먹었어 일흔다섯 나이 되도록 밥 처먹고 살았으니
하늘의 은혜는 갚을 길이 없어라

광효천황 光孝天皇

君がため　春の野にいでて　若菜つむ
わが衣手に　雪は降りつつ

님 그리며 이른 봄에 들에 나와 나물 캐는 나의 소매에 하얀 눈꽃이 내려앉네

世渡りに　春の野に出て　若菜つむ　わが衣手の　雪も恥かし

먹고 살기 위해 이른 봄에 들에 나와 나물 캐는 나의 소매에 내리는 눈도 부끄러워라

ひとつ取り　ふたつ取りては　焼いて食う
鶉失くなる　深草の里

하나 잡고 또 하나 잡아서 구워 먹다 메추리 사라지는 후카쿠사 마을

후지와라노 슌제에 藤原俊成

夕去れば　野辺の秋風　身に染みて　鶉鳴くなり　深草の里

가을 들판에 날이 저물어 쌀쌀한 바람 부는 후카쿠사 마을
메추리 울음소리도 가슴에 사무치네

모토노 모쿠아미 元木網

汗水を 流して習う 剣術の 役にも立たぬ 御代ぞ目出たき

땀방울 흘리며 배우는 검술도 아무 쓸데 없어지니 경사스러운 세상이어라

아케라 칸코오 朱樂菅紅

いつ見ても さてお若いと 口々に

誉めそやさるる 年ぞくやしき

언제 뵈어도 젊어 보이신다 믿어지지 않는다 부러워하는 말 듣게 된
내 나이가 원망스럽기 그지없네

요코이 야유우 橫井也有

人の恋季はいつなりと 猫問わば 面目もなし 何と答えん

사람들은 시도 때도 없이 사랑을 나누느냐 고양이가 물으면 어찌하리
면목이 없어 어찌하리

제23화 료오칸 良寛

裏を見せ 表を見せて 散る紅葉

낙엽이 지네 앞태와 뒤태를 보이면서 단풍나무에서 낙엽이 지네

散る桜 残る桜も 散る桜

지는 벚꽃 남아있는 벚꽃도 질 벚꽃

鉄鉢に 明日の米あり 夕涼み

시원한 바람 좀 쐬고 가야지 쇠사발 속에는 내일의 먹거리

この里に 手まりつきつつ 子供らと

遊ぶ春日は 暮れずともよし

봄이 온 마을에서 아이들이랑 공놀이하면서 노는 날은 저물지 않으면 좋겠네

いついつと 待にし人は 来たりけり

今は相見て 何か思わん

언제 오나 기다리고 기다리던 사람을 만나니 이제 더 바랄 것이 무어랴

비구니 정심니 貞心尼

生き死にの 境はなれて 住む身にも

去らぬ別れの あるぞ悲しき

생과 사를 초월하려 수행하는 이 몸에도 이별은 피할 길이 없고
슬픔은 참을 길이 없나이다

제24화 가츠시카 호쿠사이 葛飾北齋

人魂で 行く気散じや 夏野原

몸에서 혼이 빠져 떠다니게 되면 가즈아 기분전환 하러 여름 들판 돌아다니자

제25화 요시다 쇼오인 吉田松陰

身はたとえ 武蔵の野辺に 朽ちぬとも

とどめおかまし 大和魂

몸은 비록 무사시(武蔵) 황야에서 썩을지라도
남기고 떠나리라 일본의 혼 겨레가 지켜온 우리의 혼

かくすれば かくなるものと 知りながら

やむにやまれぬ 大和魂

이렇게 하면 결과가 뻔하다는 건 알건만 겨레가 지켜온 일본의 혼
어이 누를 수가 있으랴 외면할 수가 있으랴

제26화 이이 나오스케 井伊直弼

咲きかけし 猛き心の ひと房は

散りての後ぞ 世に匂いける

굳건히 세운 뜻은 마음의 꽃이로다 다 피지 못하고 진다 해도
향기는 남아서 세상에 퍼지리라

제27화 가즈노미야 和宮

空蝉の 唐織り衣 なにかせん 綾も錦も 君ありてこそ

님 떠나신 덧없는 세상 사다 주신 비단옷 이제 누굴 위해 입으랴
고운 옷 많은들 무슨 소용 있으리

袖に置く 涙の露に 映しませ 逢うがまほしと 恋る御影を
소매에 떨어진 눈물에나마 성스러운 얼굴 비쳐주시옵소서
만나 뵐 수 없었던 그리운 모습 잠시만이라도 보여주시옵소서

三瀬川 世にしがらみの なかりせば
君もろともに 渡らしものを
저승 가는 길에 있다는 삼도천 님과 함께 건너고저
얽히고설킨 이 세상의 인연 끊고 갈 수만 있다면은

装わん 心も今は 朝鏡 向かう甲斐なし 誰がためにかは
누구를 위해 앉으랴 아침마다 거울 앞에 뵈올 님은 가시고 이제 다시 못 오시나니

今年こそ のどけさおぼゆ 去年までは
春を春とも 知らざりし身の
모르고 지내던 나날은 가고 봄이 온 것을 아노매라
올해에야 비로소 화창함에 이 내 마음 이 내 몸 감싸이네

제28화 사이고모 치에코 西郷千重子

なよ竹の 風にまかする 身ながらも
たゆまぬ節も ありてこそ聞け
바람이 부는 대로 휘는 가느다란 대나무일지라도
결코 휘지 않는 마디가 있도다 보아라 원수들아

치에코의 큰딸과 둘째 딸 千重子の 長女と 次女

手を取りて ともに行かなば 迷わじよ
いざ辿らまし 死出の山道
손잡고 나서면 헤매는 일은 없으리라 어서 가고저 저 산길
저승으로 가는 길 따라가고저

나카노 다케코 中野竹子

もののふの　猛(たけ)き心(こころ)に　比(くら)べれば

数(かず)にも入(い)らぬ　わが身(み)ながらも

어찌 싸우지 않으랴 내 비록 사내 무사들의 용맹함에 견줄 바는 아닐지라도

제29화 신몬 다츠고로오 新門辰吾郎

思(おも)いおく　まぐろの刺身(さしみ)　ふぐと汁(じる)

ふっくりぼぼに　どぶろくの味(あじ)

아쉬움이 남는 것은 참치회 맛과 시원한 복국 푹신푹신 아랫배와 막걸리의 맛

제30화 다카야마 초오고로오 高山長五郎

桑(くわ)の根(ね)に　魂(たま)はとどめて　枯(か)れにけり

뽕나무 뿌리에 나의 넋 묻고 나의 몸 시들어가네

기무라 구조오 木村九蔵

七(なな)たびの　世(よ)を迎(むか)うとも　変(か)わらじと　蚕飼(みち)の道(みち)に　尽(つ)くす心(こころ)は

일곱 번 다시 태어난들 변할 리 있으랴 양잠에 정성 다하는 마음은

제31화 기타 잇키 北一輝

若殿(わかとの)に　兜(かぶと)とられて　負(ま)け戦(いくさ)

무릎 꿇었다네 나이 어린 군주(君主)에 투구 빼앗기고

가와이 츠기노스케 河井継之助

八十里(はちじゅうり)　腰抜(こしぬ)け武士(ぶし)の　越(こ)す峠(とうげ)

험한 길 걸어서 허겁지겁 겁쟁이 무사가 도망치네 산 고개 넘어서 도망가네

가가노 치요조 加賀千代女

朝顔(あさがお)に　つるべ取(と)られて　もらい水(みず)

옆집에 물 얻으러 갔다네 나팔꽃 넝쿨에 두레박 빼앗기고

제32화 도오고오 시게노리 東郷茂徳

人の世は 風に動ける 波のごと

そのわだつみの 底は動かじ

사람 사는 세상은 바람에 놀아나는 파도와 같아도
바닷속 깊고 깊은 곳은 한 치인들 움직이랴

いざ子らよ 戦うなかれ 戦わば 勝つべきものぞ 夢な忘れそ

명심하거라 절대로 싸우지 말 것을 피치 못해 싸우게 될 땐 죽어도 잊지 마라
기필코 이겨야 한다는 것을

제33화 미시마 유키오 三島由起夫

ますらおが たばさむ太刀の 鞘鳴りに

幾とせ耐えて 今日の初霜

허리에 찬 칼 뽑으려다 말고 빼려다가 또 놓고 몇 해를 참아 왔던가
첫서리 내린 오늘이 될 때까지

散るを厭う 世にも人にも 先がけて

散るこそ花と 吹く小夜嵐

누군들 원하랴만 앞서서 져야만 꽃이라고 다그치네
밤의 적막 깨고 불어닥치는 세찬 바람이

제34화 츠루미 가즈코 鶴見和子

萎えたるは 萎えたるままに 美しく 歩み納めん この花道を

늙어 주름투성이인 이 모습 그대로 곱게 걸어가리 나의 생명 끝까지

杖つきて 歩み始たり 桜散る 木の下道の 大地踏みしめ

지팡이 짚고 다시 걷기 시작했다 벚꽃 지는 나무 아래 길 그 흙을 단단히 밟고

感受性の 貧しかりしを 嘆くなり

倒れし前の 我が身我が心

왜 그다지도 감수성이 빈약했을까 병으로 쓰러지기 전의 나의 몸 나의 마음

272

知_しらぬこと 解_{わか}らぬことの つぎつぎに
夢_{ゆめ}にあらわれ 死_しねぬと思_{おも}う

아직 모르는 일, 이해하지 못하는 일 꼬리에 꼬리를 물고 꿈에 나오네
이대로 죽을 수 없다고 날 붙잡네

気_きを確_{たし}かに 持_もてと励_{はげ}ます 我_{われ}と我_{われ}
真向_{まむ}かいてあれ 死_しに 至_{いた}るまで

정신 똑바로 차리라고 서로 북돋아 주는 나의 몸 나의 얼 흐트러지지 말아라
숨이 끊어지는 순간까지

この世_よをば さかりゆく時_{とき} 何_{なに}が見_みえ
何_{なに}が聞_きこゆか その刻_{とき}を待_まつ

이 세상 떠나는 그때 그 순간 무엇이 보이고 무엇이 들리려는지
자리를 지키며 기다리리라

참고 문헌

서적

* 經營技術研究会 「辞世」 ぎょうせい, 1999
* 荻生待也 編著 「辞世千人一首」 柏書房, 2005
* 司馬遼太郎, ドナルド·キーン 「日本人と日本文化」 中公新書, 1972
* 加藤周一 「日本文化における時間と空間」 岩波新書, 2007
* 武光誠 「型と日本人」 PHP新書, 2008
* 山本七平 「日本人とは何か(上巻)」 PHP文庫, 1992
* 染谷智幸, 崔官 編 「日本近世文學と朝鮮」 勉誠出版, 2013
* 李御寧 「縮み志向の日本人」 学生社, 1982
* 최재철 「일본근대문학의 발견」 한음출판, 2019
* 류시화 「바쇼오 하이쿠 선집」 열림원, 2015
* 김용운 「일본인과 한국인—또는 칼과 붓」 뿌리깊은나무, 1981
* 박경리 「일본산고」 다산북스, 2023
* 정재정 「교토에서 본 한일통사」 효형출판, 2007
* 오욱환 「격동—메이지유신 이야기」 조윤커뮤니케이션, 2022
* 태가트 머피 저, 윤영수 · 박경환 역 「일본의 굴레」 글항아리, 2021
* 黑田勝弘, 畑好秀 編 「昭和天皇語録」 講談社學術文庫, 2004
* 大岡昇平 「レイテ戦記」 中公文庫, 1974
* 東郷茂彦 「祖父 東郷茂德の生涯」 文藝春秋, 1993
* 野里洋 「汚名一第二十六代沖縄県知事 泉守紀」 講談社, 1993

인터넷 사이트

* ウィキペディア, https://ja.m.wikipedia.org
* コトバンク, https://kotobank.jp
* 文化遺産オンライン, https://bunnka.nii.ac.jp
* 国指定文化財等データベース, https://kunisitei.bunnka.go.jp
* 刀剣ワールド, https://www.touken-world.jp
* 위키백과, https://ko.m.wikipedia.org

유튜브

* 〈森永エンゼルカレッジ〉 (日本の古典) 製作者: 森永エンゼル財団
* 〈大人の教養TV〉 製作者: ドントテルミ-荒井
* 〈掛軸塾〉 製作者: 野村雄一
* 〈사무라이 로망스〉 @samurairomance, 제작자: 이정남

사진 협력

* 神奈川県立歴史博物館
* 正派薩摩琵琶 徳将城(とく しょうじょう)
* 法雨山 大慈寺(太田道灌画像 所蔵)
* 伊勢原市教育委員会
* 東建コーポレーション
* 法界寺(三木合戦軍図 所蔵)
* 三木市教育委員会(写真提供)
* 築土神社(旧蔵)
* 堺市博物館
* 五島美術館
* 島根県立美術館
* 福岡市博物館
* 公益社団法人 鹿児島県観光連盟
* 朝日新聞フォトアーカイブ
* 明星山 出山寺
* 台東区教育委員会
* 長岡京ガラシャ祭実行委員会
* 赤穂市立歴史博物館
* 京都国立博物館
* 石川県立美術館
* 郵政博物館(「源内のエレキテル」「和宮様御参向御行列附」所蔵)
* 本居宣長記念館
* 長岡市企画振興部
* 良寛の里活性化研究会
* 梅洞山 岩松院
* 椙山女学園大学
* 彦根城博物館 /DNPartcom
* 萩市観光協会
* 京ひな工房 たくみ
* 会津若松市観光ビューロー
* 会津武家屋敷
* 富岡市

일본인이 죽는 법

초판 인쇄	2024년 2월 8일
초판 발행	2024년 2월 15일
저자	김조웅
편집	권이준, 김아영, 임세희
펴낸이	엄태상
디자인	이건화
조판	이서영
콘텐츠 제작	김선웅, 장형진, 조현준
마케팅	이승욱, 왕성석, 노원준, 조성민, 이선민
경영기획	조성근, 최성훈, 김다미, 최수진, 오희연
물류	정종진, 윤덕현, 신승진, 구윤주
펴낸곳	시사일본어사(시사북스)
주소	서울시 종로구 자하문로 300 시사빌딩
주문 및 교재 문의	1588-1582
팩스	0502-989-9592
홈페이지	http://www.sisabooks.com
이메일	book_etc@sisadream.com
등록일자	1977년 12월 24일
등록번호	제300-2014-92호

ISBN   978-89-402-9391-1 (03830)